결전의 날

기괴한 레스토랑

③

결전의 날

기괴한 레스토랑

③

팩토리나인

≫ 목차 ≪

아카시아 양의 새로운 시작

거미 발을 가지게 된 아카시아 양은 다시는 예전처럼 춤을 출 수 없게 되었다. 거미 발은 그녀의 몸을 지탱하기에는 너무나 가냘팠고, 춤을 추기 위해서는 몸이 균형을 이루어야만 했다. 결국 그녀는 자신의 아름다운 팔과 다리를 절단하고 거미의 팔다리를 부착했다. 가느다란 팔다리에 맞추어 앙상해진 몸통에는 갈비뼈가 올록볼록 도드라졌다. 끔찍이도 흉측한 형상이었다.

쨍그랑! 거울 깨지는 소리가 날카롭게 울렸다. 연습실 바닥은 넘치는 유리 조각으로 호수처럼 반짝였다. 아카시아 양은 거울로 둘러싸인 연습실에서 채 일 분을 버티지 못했다. 연습실 안에 들어선 순간부터 사방에서 기괴한 형상들이 유령처럼 쫓아와 그녀를 구석으로 몰았다. 그 흉측한 형상들이 바로 거울에 비친 자신이라는 사실에 차라리 혀를 깨물고 싶었다. 문가에는 다른 무용수들이 질렸다는 표정으로 서 있었다. 이번이 열두 번째 방이었다.

아카시아 양은 떨리는 몸으로 유리 조각 위를 사각사각 걸어 다녔다. 앙상한 몸은 금방이라도 고꾸라질 것처럼 위태로워 보였다. 아카시아 양은 반짝이는 유리 조각으로 이루어진 산 위에 주저앉았다.

그녀는 주변에 굴러다니는 토슈즈 하나를 주워 발아래에 대보았다. 하지만 역시나, 거미 발은 토슈즈를 신기에는 터무니없이 얄팍했다. 찢어지는 듯한 절규가 연습실 안에서 절망스럽게 울려 퍼졌다.

이를 지켜보고 있던 무용수들 중 하나가 한숨을 쉬며 입을 열었다.

"아카시아, 정말 안됐지만 이만 받아들이고……."

그 순간 날카로운 유리 조각이 날아와 무용수의 뺨에 꽂혔다. 눈 바로 밑이었다. 빨간 피가 물감처럼 흘러내렸다. 절망감에 무릎 위로 엎드려 있던 아카시아 양이 고개를 확 젖혔다. 헝클어진 머리카락에 가려졌던 눈동자가 드러났다. 그녀의 눈을 본 무용수들은 일순간에 얼어붙었다. 절망을 가득 안은 눈이었다. 실핏줄이 터진 눈동자는 정신 나간 사람의 것처럼 초점이 없었다.

아카시아 양은 무용수들에게 시선을 고정한 채로 몸을 일으켰다. 갈비뼈의 굴곡이 그대로 도드라진 앙상한 몸이 앞뒤로 휘청이며 그들에게 다가갔다. 가느다란 거미 팔다리가 부자연스럽게 꺾이며 움직였다. 고장 난 기계 같은 기괴한 걸음걸이는 소름 끼칠 정도로 섬뜩했다.

"닥쳐. 닥치라고. 닥쳐. 닥쳐. 닥쳐."

아카시아 양이 설움과 분노를 꾹꾹 눌러 담아 금방이라도 터질 것 같은 목소리로 중얼거렸다. 그리고는 난데없이 높은 웃음소리가 공기를 찔렀다.

"기쁘지? 기쁘지? 너희들은 기쁘지."

눈물이 고인 눈동자가 타올랐다.

'그만, 받아들이라고?'

아카시아 양은 폭소했다. 저들은 그녀를 비웃고 있었다. 그렇지 않고서야 그만 받아들이라고, 저렇게 쉽게 당연한 일인 것처럼 이야기할 수가 없다. 아카시아 양은 순간 가식으로 점철된 저들의 얼굴을 갈가리 찢어 버리고 싶은 충동에 휩싸였다.

"열등감에 찌들어 살던 너희들은 내가 이 꼴이 된 게 우습고 즐겁겠지."

아무도 부정하지 않았다. 무용수들은 오만한 표정으로 아카시아 양을 응시했다.

"하지만 내 척추가 으깨지고 갈비뼈가 조각이 난다고 해도, 너희들은 내 춤을 따라잡지 못할 거야. 평생, 영원히."

그것을 마지막 위안으로 삼기라도 하는 것처럼 혹은 저주를 내리는 것처럼 아카시아 양은 진심을 다해 속삭였다. 그러나 무용수들은 그녀를 비웃을 뿐이었다.

"차라리 바로 옆 천막에 있는 서커스단에 들어가는 게 어때?"

"거미줄이 있으니 베 짜는 일도 가능하겠어."

무용수들의 조롱에 아카시아 양은 괴성을 지르며 그들에게 달려들었다. 그러나 그녀는 곧 균형을 잃고 고꾸라졌다. 절망의 밑바닥에서 아카시아 양은 절규했다. 듣는 사람은 누구든 절망감에 사로잡힐 만큼 비참한 감정이 모두 응축된 구슬픈 절규였다. 절규는 곧 흐느낌으로 번졌다. 온몸이 망가진 무용수는 그렇게 비참한 감정을 한참 동안 토해 냈다.

그날 이후로 아카시아 양은 무용단에서 쫓겨났다. 대형 언론사와 수백 명의 관객들 앞에서 발이 잘린 그녀의 소식은 대서특필되어 요괴 섬 각지로 빠르게 퍼져 나갔다.

그녀는 더 이상 무용수가 아니었다. 그저 과욕의 어리석은 희생양이자 우스운 광대였다. 온 세상이 그녀를 비난하고 동정했다. 아카시아 양은 구역질이 나서 조금도 견딜 수가 없었다.

그녀는 검은 숲속으로 뛰어 들어갔다. 그리고 하늘 높이 뻗은 나무들 위로 올라가 거미줄을 쳤다. 금방이라도 고꾸라질 것처럼 팔과 다리를 휘청이며 투명하고 가느다란 실을 뽑았다. 새까만 하늘 아래, 나무 사이를 날아다니며 기괴한 몸이 역동적으로 움직였다. 그렇게 그녀는 세상과 단절할 수 있는 장막을 쳤다.

스스로를 가둔 새하얀 감옥 속에서 그녀는 거미줄을 혐오했다. 자신의 시야를 어지러울 정도로 뿌옇게 채운 정교함이, 자신의 발짓 한 번에 진동하는 움직임이 참을 수 없을 정도로 징그럽게 느껴졌다. 필사적으로 사방을 둘러보아도 온통 촘촘하고 뿌연 줄들뿐이었다. 뎅. 허연 줄들이 모두 똑같은 모습으로 일렁였다. 뎅. 어지러울 정도로 숨 막히는 움직임이었다.

문득 온몸을 소스라칠 정도로 모든 것이 끔찍하게 느껴졌다. 참을 수 없는 괴성이 목구멍 밖으로 터져 나왔다. 그러자 그녀의 몸부림에 거미줄이 진동하는 것이 느껴졌다. 뒤죽박죽 흔들리는 수억 개의 줄들을 분노와 광기가 바득바득 타고 기어 와 그녀에게 스며들었다. 주체할 수 없는 강렬한 감정들이 그녀의 가슴에서 폭죽처럼 터졌다. 아카시아 양은 더는 견딜 수 없었다.

그녀는 몸을 빠르게 움직였다. 갈비뼈가 올록볼록 튀어나온 앙상한 가슴팍을 폈다. 삐거덕거리는 거미 팔을 힘주어 어깨 위로 들어 올렸다. 한쪽 다리를 뒤로 빼며 척추를 휘었다. 온몸이 고장 난 기계처럼 거칠게 꺾이며 움직였다. 손가락 끝을 들어 올리는 사소한 움직임조차도 부드럽게 하기 위해서는 수십 개의 땀방울이 필요했다. 모든 관절 하나하나에서 피가 나는 느낌이었다. 이제 고작 다리 하나를 펴고 허리를 움직였을 뿐이었다.

이 사소한 것조차 얼마나 힘들어졌는지를 실감하자 가슴이 무너져 내렸다. 어느새 아카시아 양은 소리 내어 울면서 춤을 이어 가고 있었다. 과거에 그녀가 이 모든 것들을 얼마나 아름답고 손쉽게 해냈는지 회상하면서 그리움과 절망감에 사로잡혔다. 움직일 때마다 견뎌야 하는 거미줄의 진동에 공포를 느꼈다. 그러나 춤을 멈추지는 않았다. 그녀는 이성을 잃고 자신이 느끼는 절망감을 온몸으로 표출했다.

그렇게 쉬지 않고 춤을 추며 며칠이 지났다. 차오르는 숨과 온몸을 적시는 땀에 움직임을 멈추었을 때, 커다란 절망감 속에서 미약한 희망을 안기는 사실들이 있었다. 첫 번째, 미세한 정도의 변화였지만, 그녀의 움직임이 아주 조금은 부드러워졌다. 두 번째, 아카시아 양에게는 여전히 춤을 출 수 있는 팔과 다리가 남아 있다. 세 번째, 더없이 볼품없고 흉측하지만 아카시아 양은 여전히 무용수라는 것이다.

사소하지만 놀라울 정도로 대단한 이 사실들은 아카시아 양의 가슴을 미약한 희망으로 두근거리게 했다. 아카시아 양은 떨리는 손으로 거미줄을 뽑았다. 춤을 추기 위해서는 그녀가 가진 모든 것을 아름답게 다룰 줄 알아야 했다. 그리고 그녀를 이루는 모든 것을 사랑해야 했다.

아카시아 양은 목구멍까지 차오르는 구역질을 참고, 거미줄을 조심스럽게 쓰다듬어 보았다.

그날 이후로 아카시아 양은 자신의 일상을 아주 더디게 되찾아 갔다. 그녀는 종종 시내로 나가 먹을 것을 해결하고 신문 기사로 세상의 소식을 접했다. 대부분의 시간은 거미줄 위에서 연습하는 데에 할애했다. 아카시아 양은 달라진 자신을 받아들이는 데는 많은 노력과 시간이 필요했다.

그녀는 자신의 거미줄에 소름이 끼칠 때마다 그것은 정말 사랑스러운 것이라고 미친 듯이 세뇌했다. 자신의 흉측해진 외형을 마주하는 것에도 용기와 인내가 필요했다. 수년간 그녀는 숲속의 맑고 투명한 호수는 거들떠보지도 않았으며, 시내에 나가서도 유리창이나 거울을 깨뜨리기 일쑤였다.

변화는 춤에 있어서도 생겼다. 그녀는 이제 몸을 부드럽게 움직이려고 애쓰기보다는 가슴속 깊은 곳에서 끓어올라 도저히 견딜 수 없는 감정을 온몸으로 표현하는 데 심혈을 기울였다. 아카시아 양은 망가지지 않았다. 그녀는 더욱 강렬하고 새로워졌다.

하루는 시내에서 끼니를 때우며 신문을 읽다가 낯익은 이름에 눈길을 멈추었다. 워낙 흔한 이름이기에 기사에 종종 등장하고는 했지만 이번에는 진짜 '그'라는 것을 아카시아 양은 감지할 수 있었다. 톰이 외형이나 목소리를 마음대로 바꿀 수 있으며 강력한 힘을 가졌을 뿐 아니라 어떤 존재든 매혹할 수 있다는 기사를 읽고 있자니 묘한 기분이 들었다. 그는 몇 년 사이 더더욱 성장하여 요괴 섬에서 강력한 지배력을 발휘하기 시작했다. 사진 속에서는 몇몇 요괴들이 그를 숭배하기라도 하는 것처럼 땅에 엎드려 손을 공중으로 든 우스꽝스러운 자세를 하고 있었다.

아카시아 양은 그 기사에 오래 머물지 않고 신문을 넘겼다. 다음 장에는 한때 그녀가 소속되었던 무용단에 대한 기사가 기재되어 있었다. 거리의 천막에서 다음 달, 역대 최대 규모의 공연을 펼칠 예정이라는 기사를 읽으며 아카시아 양은 차분하게 욕지거리를 중얼거렸다. 가장 찬란했던 그녀의 부재를, 무용단은 마치 아무 일도 없었던 것처럼 얼마나 손쉽게 지나쳐 버렸는가.

문득 무용단에서 화려하게 반짝였던 그녀의 전성기들이 떠올랐다. 그녀가 무대 위에서 얼마나 아름다웠는지, 그녀가 그 주변의 공기와 얼어붙은 관객들을 어떻게 휘어잡았는지, 강렬하고 생생한 느낌들이 온몸을 훑고 지나갔다. 그저 생각하는 것만으로도 전율이 느껴졌다. 주체할 수 없는 흥분에 아카시아 양의 입꼬리가 올라갔다. 문득 재미있는 생각이 하나 떠올랐다. 그 생각은 어느새 그녀의 머릿속에 깊숙이 자리 잡아, 그녀의 온몸을 짜릿하게 만들었다. 아카시아 양은 환하게 웃으며 기사를 다시 한번 확인해 보았다.

'그래서 공연 날짜가 언제라고?'

아카시아 양의 공연이 무용단의 공연과 같은 날짜, 같은 시간, 다른 장소에서 단독 공연을 펼칠 것이라는 기사는 신문 첫 장에 대서특필되었다. 수년 전, 세상 앞에서 초라하게 몰락했던 그녀가 거미 팔과 다리를 가지고 춤을 출 것이라는 사실은 모두에게 자극적인 화젯거리가 되어 삽시간에 소식이 퍼져 나갔다. 그녀가 '그때 그 아카시아'라는 이유로 공연장과 의상, 직원들을 구하기란 너무나 쉬운 일이었다.

아카시아 양은 호수 수면을 시선의 언저리로 짤막하게 훑었다. 불에 데기라도 할 듯 아주 찰나의 시선이었다. 곧 부러질 것처럼 가느다란 팔다리와 올록볼록 두드러진 뼈의 굴곡이 끔찍한 피사체를 이루었다. 파리한 얼굴에는 헝클어진 머리카락이 치렁치렁 흘러내렸고 굶주린 눈동자가 섬뜩했다.

아무리 살펴도 과거에 무대를 누비고 그 위에서 온 세상을 지휘했던 아름다운 무용수의 잔상은 티끌만큼도 남아 있지 않았다.

아카시아 양은 거미 팔다리를 가지고 처음으로 다른 사람들 앞에서 춤을 추게 되었다는 사실에 뒤늦게 두려움이 차올랐다. 이러한 육체로 애를 쓴다고 한들, 그것을 예술로 받아들이는 시선이 있기는 할까. 과연 자신이 추악한 몸으로 무용수라는 숭고한 이름을 걸고 무대에 서도 되는 것일까.

'무용수보다 광대가 어울릴지도 몰라.'

마지막 무대의 기억이 펼쳐졌다. 그날의 기억은 사소한 부분 하나까지 생생하게 그녀의 머릿속에 각인되어 있었다. 그녀가 팔을 움직이고 다리를 썰었을 때 관객들의 숨결이 어떻게 얼어붙었는지, 그녀가 무대 위를 누리고 다닐 때 모든 시선과 공기의 흐름이 그녀를 중심으로 어떻게 모였는지. 그리고 그녀의 발이 잘렸을 때 그 황홀했던 모든 것들이 어떻게 한순간에 뒤집혔는지. 무대 위에 형편없이 쓰러진 그녀를 찍는 카메라 셔터 소리, 조롱이 담긴 웃음소리, 혐오가 깃든 비명. 그 순간에 느낀 미세한 감각들마저도 여전히 생생하게 살아나 온몸의 솜털까지 곤두서는 듯했다.

기억의 파편들이 엮인 채로 줄줄이 이어져 아카시아 양을 휘감았다. 온몸을 고통스러울 정도로 옥죄는 악몽의 기억들에 아카시아 양의 숨이 거칠어졌다. 벗어나기 위해 몸부림치듯 온몸이 경련했다. 그녀는 호수로부터 도망치듯 거미줄로 올라갔다. 그녀가 소름 끼칠 정도로 경멸하는 고통의 산물을 하나하나 기어올라, 그 위에서 피어나는 감정들을 고스란히 느꼈다.

도대체 무슨 생각으로 이다지도 무모한 결단을 내렸단 말인가. 아카시아 양의 부재에도 아랑곳하지 않고 진전하는 무용단과 그에 호응하는 사회를 향한 분노가 솟구쳐 충동적으로 일을 저질렀던 것이다. 아카시아 양은 당장이라도 언론사에 전화를 걸어 죄다 장난이었다고 깔깔 웃으며 말하고 싶은 욕구에 사로잡혔다. 후회와 불안감이 아카시아 양의 머릿속에 쇄도했다. 겹겹이 쌓이는 감정들이 낙엽처럼 팔랑대며 그녀를 어지럽혔다.

복잡한 감정들을 쫓아내기 위해 아카시아 양은 춤을 추었다. 바닥으로 추락하는 낙엽처럼 몸을 휘청이며 가볍게 움직였다. 아카시아 양은 눈을 감고 맨발로 그녀가 수놓은 왕국을 누볐다. 여전히 호흡이 불안정하고 심장 박동이 빨랐지만, 애써 외면했다.

'사실, 후회하지는 않아.'

그녀는 자신이 어떠한 감정으로 이러한 결정을 하고 신문사에 전화를 했는지 알고 있었다. 그것은 단순히 무용단에 대한 분노 때문만은 아니었다. 무대 위에서 춤을 추는 행위에 대한 지독한 그리움. 걷잡을 수 없이 애틋한 그 감정이 그녀의 가슴속을 지배하여 손가락을 움직이게 했다. 아카시아 양은 계속해서 춤을 추었다. 어쨌거나 그녀는 춤을 추었다.

그렇게 공연 날이 다가왔다. 커튼 너머로 웅성거리는 소음들이 들려왔다. 인원이 어느 정도인지 감을 잡을 수 없었다. 아카시아 양은 숨을 헐떡였다. 심장이 너무나 빨리 뛰는 나머지, 온몸이 터져 버릴 것 같았다. 걷잡을 수 없는 긴장감에 속이 메스꺼웠다. 무대에서 발이 잘렸던 날에도 이보다 떨리지는 않았다. 온몸이 심하게 후들거렸다.

드디어 그녀의 이름이 호명되었다. 아카시아 양은 두 눈을 세게 감았다. 그리고 비틀거리는 발걸음을 한 발, 한 발천천히 옮겼다. 그녀가 몇 년간 자신을 가두었던 숲속처럼 주변이 온통 어두웠다. 곧 탁 트인 공간이 느껴지자 숨이 더더욱 가빠졌다.

어둠의 장막이 깔린 공연장은 쥐 죽은 듯 고요했다. 문득 한 줄기의 빛이 추락했다. 빛이 떨어진 곳, 거미줄 위에 우아하게 늘어져 있던 아카시아 양이 고개를 들었다. 당돌한 미소가 여유로웠다. 관객들을 내려다보는 눈빛은 자신의 화려한 귀환을 아는 듯, 환희와 자신감으로 반짝이고 있었다. 지금 이 순간, 그녀는 그 어느 때보다도 아름답고 완벽한 존재였다. 그녀는 세상을 깜짝 놀라게 할 준비가 되어 있었다.

아카시아 양이 등장하자마자 관객들의 시선에 놀라움과 경이가 섞였다. 그들의 기억 속 화려했던 무용수는 변함없이 찬란했다. 피아노의 부드럽고 우아한 선율이 흘러나왔다. 아카시아 양은 여전히 거미줄 위에 늘어진 채, 잔잔하게 넘실거리는 음에 맞추어 기다란 소매 속에 감추어진 팔을 휘었다. 그녀는 자신의 부드러운 움직임에 어떤 기괴한 부분이 섞여 있지는 않은지 살피기 바쁜 관객들의 눈빛을 구경했다. 기묘한 미소가 그녀의 입가에 스쳤다.

잔잔한 음악에 맞추어 아카시아 양이 천천히 일어섰다. 여전히 관객들을 내려다보는 채였다. 거미줄에 가려져서 보이지 않았던 몸이 환한 빛 속에 고스란히 드러났다. 당혹감, 충격, 두려움, 혐오, 흥미. 거미줄처럼 투명하고 팽팽하게 얽혀 오는 감정들이 읽혔다.

우아하게 흐르는 피아노 연주 위로 또 다른 연주가 시작되었다. 바이올린들의 공기를 찌를 듯한 앙칼진 합주였다. 잔잔하고 부드러운 선율에 정열적이고 위태로운 선율이 뒤죽박죽 섞였다. 아카시아 양은 거미줄 위를 기어가기 시작했다. 활짝 펼친 팔다리가 제멋대로 휘고 등과 허리를 구부렸다가 폈다가 하는 모습이 기괴했다.

무대에 선 순간부터 아카시아 양은 관객들을 보지 않고 오로지 춤에 집중했다. 팔이 허공을 역동적으로 휘저었고 다리는 발목이 꺾인 채로 바닥을 쓸었다. 자유분방하고 기괴한 움직임이었으나 이상하게 아름다웠다. 모순되는 두 음악 중 어느 것에 맞추어 춤추는 것일까. 온몸이 날카롭고 우아하게 음정에 맞추어 움직였다. 허리를 숙이고 다리를 휘청이며 터덜터덜 걷다가 어느 순간 팔다리가 꺾인 채로 허공을 돌았다. 그러다 조명이 꺼졌다.

암흑 속에서 관객들은 혼란에 빠졌다. 시설 장비에 문제가 생긴 것일까. 아니면 너무 오랜만의 공연에 겁을 먹은 무용수가 도망친 것일까. 그들은 온갖 물음과 추측들을 내뱉으며 웅성거렸다. 그러다 객석 위 천장에서 아카시아 양을 발견했다. 어두운 공연장에서 아카시아 양의 모습 말고는 아무것도 보이지 않았다. 별개로 흘러가던 두 개의 음악은 어느덧 하나의 선율로 합쳐져 공연장을 울렸다. 객석과 무대의 경계는 허물어진 지 오래였다.

아카시아 양은 천장, 객석 바로 옆, 복도 등 장소를 가리지 않고 누비며 춤추었다. 관객들의 시선은 홀린 듯 아카시아 양을 좇았다. 기묘하리만치 아름답게 느껴지는 기괴한 동작들이 작은 태풍처럼 공연장을 휩쓸었다. 공연을 시작한 자리인 무대 가운데의 거미줄 위에 도달한 아카시아 양이 움직임을 멈추자 공연장이 밝아졌다. 관객들은 충격에 휩싸였다.

객석을 포함한 공연장 내부 전체는 어느새 온통 뿌연 거미줄로 붕대처럼 칭칭 감겨 있었다. 촘촘하고 새하얀 실들로 엮인 세상 안에서 관객들은 무기력했다. 손을 조금만 뻗어도 끈적한 실들이 살에 달라붙었다. 아카시아 양은 무대 밖으로 나와서 춤을 추는 척하면서 어둠 속에서 거미줄을 친 것이었다.

관객들은 마치 둥지 속에 있는 새끼 새처럼 주변을 혼란스럽게 두리번거렸다. 팽팽하게 당겨진 거미줄 한가운데에서 그들은 정교한 감옥 안에 갇힌 것 같아 두려운 감정이 들었다. 천장 위에서 그들에게 이를 드러내며 웃고 있는 아카시아 양을 보며 소름이 끼쳤다. 거미줄에 걸린 벌레. 그것이 그들의 모습이었다. 뿌옇게 채워진 세상 속에서 그들을 훑는 눈빛이 음산하게 반짝였다. 그 안에 감춰진 광기에 관객들은 비명을 지르고 싶어졌다. 공연장을 뛰쳐나가고 싶었지만 거미줄 때문에 움직일 수 없었다.

아카시아 양이 서서히 팔과 다리를 움직였다. 음산한 미소를 지은 채 가느다란 팔다리로 거미줄 위를 기어 다니는 모습이 진짜 거미처럼 보였다. 관객들은 좌석 안으로 깊숙이 숨었다. 아카시아 양이 서서히 내려왔다. 관객들의 숨이 멎는 듯했다.

객석으로 내려온 아카시아 양은 즐겁게 먹이를 골랐다. 그녀가 겁에 질린 아이 하나를 낚아챈 것과 동시에 다시 조명이 꺼졌다. 아무것도 보이지 않는 공연장 안에서 그 누구도 말하거나 움직이지 않았다. 아이의 찢어질 듯한 비명만이 공연장 안에 처량하게 울려 퍼졌다. 지독한 공포가 공연장을 지배했다.

곧이어 조명이 켜졌다. 어느새 아카시아 양은 무대 위에 서서 관객들에게 정중하게 인사하고 있었다. 혼란스러운 관객들 앞으로, 아이가 나타나 환하게 웃으며 손을 흔들었다. 무대는 끝이 났고, 관객들은 환호했다.

오랜만에 느껴 보는 공연 후의 진한 여운과 열기에 아카시아 양의 가슴이 빠르게 뛰었다. 그녀에게 열광하는 관객들이 환한 조명 너머로 어렴풋이 보였다. 그녀는 양 볼이 붉게 달아올랐다. 마치 찬란했던 과거로 돌아간 것 같았다. 황홀경에 머리가 어지러웠다. 그녀는 살아 있음을 실감하며 삶의 의미와 생동감을 온몸으로 누렸다.

곧이어 언론사에서 나온 기자들이 그녀에게 질문을 던지기 시작했다. 아카시아 양은 성자처럼 온화한 미소를 지었다. 과거에 그녀는 공연 후 기자들을 모두 무시한 채 돌아섰지만, 지금은 이 순간을 길게 음미하며 즐기고 싶었다. 그녀는 쏟아지는 질문들에 귀를 기울였다. 처음에 발을 잃었을 때의 심경은 어떠했는지, 거미 팔다리를 가지고 어떤 어려움이 있었는지, 고충을 어떻게 극복했는지, 공연을 하기로 용기를 낸 이유는 무엇인지…….

아카시아 양은 얼어붙었다. 미소가 지워진 입술에서는 단한 마디의 대답도 뱉어 낼 수 없었다. 기자들은 눈에 불을 켜고 더 큰 목소리로 질문을 던졌다. 아카시아 양은 그들의 타오르는 눈빛들을 말없이 바라보았다. 그녀의 춤이 얼마나 아름다웠는지, 그것이 그녀에게 어떠한 의미를 담고 있는 지, 그녀가 어떤 마음으로 춤을 추었는지, 그녀의 춤에 대해 서 궁금해하는 질문은 단 하나도 없었다. 그녀의 감동적인 성장 이야기. 그들이 궁금해하는 것은 그것뿐이었다.

달아올랐던 두 볼이 차갑게 식었다. 그녀는 여전히 행복 했으나 씁쓸한 파도가 밀려와 들떠 있던 마음을 공허하게 적셨다. 아카시아 양은 소리치는 기자들을 내버려 둔 채 말 없이 뒤로 돌아 걸어 나갔다.

옷을 갈아입기 위해 탈의실로 향하는데 문가에서 노크 소 리가 들려왔다. 아카시아 양은 문을 바라보며 걸음을 멈추 었다. 분명 그녀가 쳐 놓은 거미줄 때문에 관객이라면 이토 록 빨리 객석을 벗어나기 어려울 것이었다.

"어떻게 오신 거죠?"

날카롭게 던지는 질문 끝에 짧은 정적이 흘렀다. 잠시 후 나지막한 목소리가 문밖에서 들려왔다.

"……이쑤시개로 변해서요."

아카시아 양의 눈동자가 흔들렸다. 그녀는 저도 모르게 이끌린 듯 다가가 문을 열었다. 화려한 꽃다발이 그녀 앞으로 내밀어졌다. 톰이 보조개가 파일 정도로 부드러운 미소를 지어 보였다.

"춤이 너무나도 아름다워서 여기까지 올 수밖에 없었습니다."

아카시아 양의 두 볼이 다시금 붉게 달아올랐다.

성공적으로 공연을 마친 후 아카시아 양은 숲속에서 완전히 나왔다. 아카시아 양은 그동안 축적해 온 어마어마한 부와 재산으로 연습실이 많은, 넓은 집을 사들여 자신만의 보금자리로 가꾸었다. 공연 날에 톰이 준 꽃다발은 아름다운 꽃병 안에서 풍성하게 피어 있었다. 그날 그녀가 유일하게 받은 꽃이었다.

똑똑.

아카시아 양은 문밖에서 들리는 노크 소리에, 마음을 들킨 사춘기 소녀처럼 재빨리 꽃에 물을 주던 컵을 숨겼다. 그녀를 방문할 만한 손님은 단 한 명뿐이기 때문이었다.

"어쩐 일이야? 톰."

아카시아 양이 문을 열어 주며 시치미를 뗐다.

"아카시아 양의 공연에 대한 기사가 실린 신문이 발행되었습니다. 오늘 저녁 잡화점에 입고되기를 기다리다가 사 왔어요."

톰이 미소를 지으며 신문을 눈앞에서 흔들어 보였다. 아카시아 양은 톰이 건네준 신문을 들고 소파에 앉았다. 톰이 따라와 그녀의 옆에 앉았다. 기사를 건성으로 훑어보니 그녀가 예상했던 그대로였다. 아카시아 양이 얼마나 치열하게 노력해서 처절한 비극을 극복했는지 눈물 없이는 볼 수 없는 성장 이야기가 절절하게 적혀 있었다. 아카시아 양은 그녀의 침묵에서 이러한 드라마를 써낸 기자들의 창의력에 웃음이 샜다.

"그녀의 숙연한 고통과 성장이 엿보이는 무대였다. 거미의 팔과 다리로 움직이는, 기괴하지만 아름다운……."

고작 상투적인 한두 마디.

"내 춤에 대해서는 이게 전부야."

아카시아 양이 중얼거리듯 말했다.

"기자들은 무엇이 더 중요한지를 종종 알아차리지 못하고는 하죠."

톰이 아카시아 양의 어깨를 감싸며 속삭였다. 그러나 아카시아 양은 그의 말이 머리에 들어오지 않았다. 그녀는 불안한 듯 머리카락을 움켜잡고 정신없이 중얼거렸다.

"내가 고집을 부리고 있는 거라면 어떡하지? 아, 그런 거라면 제발 알려 줘, 톰. 내가 상처받을까 봐 숨길 필요 없어. 나의 움직임이 더 이상 춤으로 받아들여질 수 없는 것이라면 당장이라도 그 사실을 알려 주는 것이 나를 위한 일이야. 어쩌면 발을 잃은 순간부터 춤을 추지 말아야 했을지도 몰라. 단순히 내 욕심 때문에……."

"아카시아 양."

단호한 목소리가 정처 없이 헤매는 호소를 멈추게 했다. 머리카락을 무릎까지 치렁치렁 내리고 있던 아카시아 양이 고개를 들어 톰을 멍하니 바라보았다.

"나는 아름답지 않은 것에 꽃을 낭비하지 않아요."

톰의 아름다운 눈동자가 꽃병이 놓여 있는 쪽을 바라보고 있었다.

"오랜 세월 세상을 돌아다니면서 많은 것을 보았지만, 그날 밤 당신의 '춤'은 진실로 아름다웠어요."

감미로운 억양의 듣기 좋은 목소리가 흘러나왔다.

"기자들은 자극적인 화제만을 기사로 옮기고 사회는 변화를 수용하는 데 더디죠. 하지만 그날 밤 저는 당신이 가장 아름다운 무용수라는 것에 한 치의 의심도 하지 않았어요."

정신이 어지러울 정도로 황홀한 말들이었지만 아카시아 양은 인정할 수 없었다.

"거짓말하지 마. 춤에 대해서라면 누구보다 내가 제일 잘 알아. 지금은 과거의 발끝도 따라가지 못해."

그녀가 코웃음 쳤다. 그러자 톰이 입꼬리를 부드럽게 올리며 요사스러운 미소를 지었다. 아카시아 양은 언제부터 그가 이렇게 다양한 표정을 지을 수 있게 되었을까 생각했다.

"과거와 다르다고 해서 아름답지 않다는 말은 현재의 삶을 살아가는 모두에게 불합리한 말이죠. 그저 과거와 다를 뿐입니다. 그리고 다른 방식으로 아름다운 거고요."

그녀가 겉으로는 코웃음을 치면서도 속으로는 자신의 말을 부정해 주길 간절히 바랐다는 것을 꿰뚫어 본 것일까. 톰은 아카시아 양이 마음속 깊이 갈구했던 말들을 쏟아 내며 희망과 설렘으로 떠는 그녀를 다정하게 내려다보았다.

"앞으로도 더욱 아름다워질 수 있을 거예요. 당신도 그걸 믿어야 해요."

속삭이며 웃는 그의 뺨에 보조개가 파였다. 아카시아 양은 문득 달콤한 말들을 속삭일 때마다 패이는 그의 보조개에 입 맞추고 싶다는 생각이 들었다. 동시에 소스라치게 놀라 그런 생각을 바로 떨쳐 냈다. 아카시아 양의 심장은 자신감과 안정감으로 활기를 되찾았다.

아카시아 양은 꼴사나운 기사를 지나쳐 다음 장으로 넘겼다. 그렇게 몇몇 개의 기사들을 빠르게 훑으며 넘기다 어느 한 기사 제목을 보고는 움직임을 멈추었다. 기사에는 톰의 많은 추종자들, 희생자들과 관련한 엽기적인 사례들이 소개되어 있었다. 그가 얼마나 강력하고 매혹적인 존재인지를 조명하며 두려움과 경이를 드러내는 기사에 아카시아 양은 진심으로 감탄했다.

"몰라보게 성장하는구나, 톰."

점토로 이루어진 작고 지저분한 남자아이의 형태였던 그는, 이제 점토로 만들어졌다고 믿기 힘들 정도로 생생한 남자의 모습을 하고 있었다.

"사랑을 받을수록 더 강해지는 게 제 몸의 섭리이니까요.

강해지는 데에 아무런 한계가 없으니 자연스럽게 점점 더 많은 힘과 재능을 가지게 되죠."

"예를 들면?"

톰은 잠깐 고민하는 듯하다 대답했다.

"가장 최근에는 상대의 감정을 읽을 수 있는 능력이 생겼습니다."

아카시아 양은 잠깐 동안 그의 힘이 과연 어디까지 강력해질까 생각했다. 그러나 곧 복잡한 생각은 떨쳐 버리고, 그가 그녀의 춤을 칭송했던 말 마디마디를 행복하게 곱씹었다.

톰은 그녀의 일상과 생각에 자연스럽게 스며들기 시작했다. 그는 하루도 빠지지 않고 그녀를 방문했고, 그때마다 소파에 앉아 그녀가 연습하는 모습을 지켜보았다. 그리고 그녀의 춤이 얼마나 아름다운지, 더 아름다워질 수 있는 잠재력이 얼마나 큰지 속삭였다. 그리고 언제나 잠깐 동안만 머무르고 떠났다. 아카시아 양은 그가 올 때마다 그의 분위기나 힘이 어마어마하게 빠른 속도로 변하고 있다는 것을 어렴풋이 감지했지만 모르는 척했다.

그녀는 그가 방문할 때마다 속삭이는 황홀한 말들 속에

빠져 헤어 나올 수 없었다. 그는 그녀의 움직임이 아름다울 수 있다는 것을 확신시켜 주는 유일한 돌파구였다. 아카시아 양은 그녀의 춤이 흉측하고 무섭게 느껴질 때마다, 그에게 무용수라는 정체성을 인정받는 말들을 개처럼 구걸했다.

"아아악!"

찢어질 듯한 비명 위로 거울 깨지는 소리가 쏟아졌다. 쓰러질 것처럼 휘청이는 아카시아 양의 눈동자는 광기와 분노로 충혈되어 있었다. 다시 한번 끔찍한 절규가 입 밖으로 새어 나갔다. 같은 동작을 수천 번 반복해도 그녀가 원하는 춤선은 나오지 않았다.

'아름다워야 해.'

치명적이고 강력한 속삭임이 머릿속을 할퀴듯 각인되었다.

'앞으로도 더욱 아름다워질 수 있을 거예요.'

톰의 목소리가 그녀의 팔다리를 휘어잡아 움직였다. 아카시아 양은 절망스럽게 헐떡였다. 그때 문이 열리고 톰이 들어왔다. 그는 이제 아카시아 양이 문을 열어 주지 않아도 집 안에 자유롭게 들어올 수 있었다. 깨진 거울 앞에서 위태롭게 후들거리는 아카시아 양을 본 그의 발걸음이 잠시 멈추었다. 그러나 그는 곧 태연하게 소파에 기대앉았다.

"어디 갔다 와?"

날카로운 목소리가 넓은 방 안에 공허하게 울려 퍼졌다.

"조금 멀리요. 제가 본디 세상 이곳저곳을 돌아다닌다는 것을 알지 않습니까."

그가 여유롭게 대답했다.

"어제는 왜 오지 않았어?"

물음에 톰은 그저 어깨를 으쓱일 뿐이었다. 이전에도 가지 못하는 경우가 종종 있지 않았냐며 아무렇지도 않게 넘어가는 그의 태도에 아카시아 양이 코웃음을 쳤다.

"어제는 무용단이 공연하는 날이었지."

톰은 태연하게 그녀를 바라보았다.

"그들의 공연을 보러 갔지? 다른 무용수들의 춤을 보러 간 거잖아."

아카시아 양이 카랑카랑한 목소리로 대답을 종용했다. 완벽한 비율의 이목구비로 이루어진 그의 아름다운 얼굴이 찌푸려졌다. 아카시아 양은 그의 침묵이 마음에 들지 않았다. 꼿꼿하게 분노를 내보였지만 속으로는 불안감이 고개를 들었다. 톰은 그녀를 그저 바라보기만 했다.

열기가 온몸으로 번지며 갈증이 났다. 그녀는 말없이 주방으로 걸어갔다. 깨진 컵들과 접시들의 파편이 바닥에 깔려 있었다. 찬장 문을 여니 단 하나의 컵만 남아 있었다. 아카시아 양은 후들거리는 손으로 컵을 들었다. 가느다란 손가락이 컵의 고리를 위태롭게 스쳤다. 컵이 요란한 소리를 내며 바닥에 흩어진 파편들 속으로 추락했다.

"목이 말라."

아카시아 양이 얼빠진 듯 중얼거렸다. 주방 밖으로 나오니 소파에 앉아 있던 톰이 한숨을 쉬었다. 그는 그녀를 위하여 기꺼이 컵이 되어 주었다. 금색 테두리에 섬세한 꽃문양이 새겨진 고급스러운 컵이었다. 아카시아 양은 소파 위에 놓여진 컵을 거칠게 낚아챘다. 시간이 멈춘 것처럼 그녀의 몸이 갑작스럽게 얼어붙었다. 아카시아 양은 컵의 표면에 묻어 있는 붉은 립스틱 자국을 말없이 응시했다. 침묵이 흘렀다.

쨍그랑.

"무슨 짓입니까?"

다시 조금 전처럼 남자의 모습으로 돌아온 톰이 소리쳤다. 아카시아 양은 적의에 가득 찬 눈으로 그를 노려보았다. 그녀는 자신을 태연하게 쳐다보는 그의 눈빛이 끔찍하게 싫었다. 아카시아 양은 소파에 앉은 그의 앞에 뱀처럼 다가가 허리를 숙였다. 기다란 머리카락들이 그의 무릎 위로 장막처럼 쏟아졌다. 그녀는 더는 견딜 수 없었다. 겁이 날 정도로 무심한 그의 눈을 눈앞에서 지우고 싶었다. 손가락으로 그의 눈가를 쓸며 그녀가 속삭였다.

"거짓말쟁이."

배신감과 절망이 묻어나는 목소리가 태연한 눈동자 위로 비처럼 쏟아졌다.

"다른 무용수들에게도 가장 아름답다고 말하고 다니지?"

어쩌면 가장 아름다운 무용수는 그녀가 아니었을지도 모른다. '춤이 너무 아름다워요. 이 세상에서 가장 훌륭한 무용수는 당신이에요. 더 아름다워질 수 있어요.' 그녀가 춤을 이어 나갈 수 있도록 당겨졌던 목줄이 그녀의 앙상한 가슴에 깊은 자국을 남겼다. 아카시아 양은 그 목줄이 전부 허상이 아니기를 바랐다. 톰이 그녀의 간절한 눈동자를 응시했다. 그가 웃었다.

"당연한 것 아닙니까."

아카시아 양의 가슴이 차갑게 식었다.

"팔다리를 잃은 당신보다 더 아름다운 무용수가 어디 한

둘이겠어요."

그날 이후로 아카시아 양은 톰을 만나지 않았다. 그가 그녀의 집에 찾아와도 그녀는 그를 집 안으로 들이지 않았다. 그녀는 오직 연습에만 집중했다. 팔다리가 부드럽게 휘고 곡선이 아름답도록 심혈을 기울였다. 그리고 몇 개월 뒤로 공연 날짜를 잡았다. 그녀는 그날 공연에서 '그'에게 반드시 보여 줄 것이다. 그리고 그는 그녀의 아름다움을 찬양하게 될 것이다.

톰은 하루도 빠지지 않고 그녀를 찾아왔다. 문 앞에서 서성이며 아카시아 양을 기다리거나 이름을 부를 때도 있었고, 꽃이나 선물을 남기고 가기도 했다. 그러나 단 한 번도, 그날의 말에 대해서 사과하거나 정정하지는 않았다. 그것이 그가 가장 미운 이유였다. 아카시아 양은 더욱더 결의에 차서 자신의 몸을 혹사했다. 그렇기에 이번에는 무용단 측에서 그녀의 공연과 같은 날, 같은 시간에 공연을 하기로 했다는 소식을 접하고도 동요하지 않았다.

그렇게 공연 날이 되었다. 아카시아 양은 웅성거리는 소음을 감상하며, 일렁이는 커튼 너머를 맨발로 걸어 나갔다. 눈을 따갑게 비추는 빛 너머에 그가 앉아 있다고 생각하니,

모든 관절이 시계추가 된 것처럼 온몸이 떨렸다. 그녀는 혼신을 다해 춤추었다. 하나의 꽃잎처럼 세심하고 부드럽기 위해 온몸이 쪼개지는 고통을 참았다. 그러나 공연 중간에 회전할 때 다리가 휘청이는 바람에 심장이 철렁 가라앉았다.

공연이 끝나자마자 아카시아 양은 박수가 쏟아지는 관객들을 뒤로하고 대기실로 도망쳤다. 그녀는 지친 몸으로 의자에 무너지듯 기대앉았다. 그리고 떨리는 심정으로 그를 기다렸다.

똑똑.

노크 소리가 들려오자마자 그녀가 벌떡 일어섰다. 문을 여니 근사하게 차려입은 톰이 서 있었다. 아카시아 양은 숨을 몰아쉬었다. 심장이 가슴 밖으로 튀어나올 것 같았다.

"어땠어?"

그녀가 차갑게 물었다. 톰이 대답했다.

"너무나 아름다웠어요. 저번보다도 더."

아카시아 양은 그를 바라보았다. 무언가 묘한 기분이 들었다. 그녀는 조심스러운 눈길로 그의 다정한 미소를 찬찬히 뜯어보았다. 아름다운 입꼬리가 부드러운 곡선을 그리고 있었다. 보조개는 보이지 않았다. 문득 아카시아 양은 그가 꽃을 가져오지 않았다는 것을 깨달았다. 무언가를 감지한 심장이 조금씩 두근거렸다.

그녀는 태연하게 입을 열었다.

"다행이네. 회전할 때 다리를 휘청이기라도 할까 봐 불안했거든."

톰이 소리 내어 웃었다.

"불필요한 걱정이었네요. 회전은 완벽했어요."

심장이 묵직하게 내려앉았다. 아카시아 양은 그의 뺨을 있는 힘껏 갈겼다.

야콥의 충고

매서운 바람이 거리를 강타하는 쌀쌀한 날이었다.

"당장 주머니 안에 들어 있는 걸 전부 내놓지 않으면 네 간을 갈아서 빵으로 구워 먹겠어!"

누더기를 걸친 야콥이 거리에서 깔깔대는 아이들에게 윽박질렀다. 그러나 야콥의 호통이 커지면 커질수록 아이들은 더욱 재미있어할 뿐이었다.

"바보 할망구. 바보 할망구."

아이들이 노래하며 깔깔거렸다. 화가 난 야콥은 정말 간을 도려내기라도 할 것처럼 아이들의 작은 몸을 향해 돌진했다. 아이들은 더 큰 소리로 웃으면서도 도망가기 시작했다. 또래들보다 뒤처진 조그마한 아이가 야콥의 손아귀에 걸려들었다.

"간을 뺏기기 싫으면 어서 돈을 내놔."

야콥은 기다란 손톱으로 아이의 배를 할퀴며 거칠게 속삭였다.

겁이 난 아이는 주머니를 뒤져 야콥에게 돈을 쥐여 주고는 허둥지둥 거리를 벗어났다. 야콥은 아이에게서 뺏은 지폐를 서둘러 세어 보았다. 상당한 양에 낄낄낄 기분 좋은 웃음을 흘리며 돈을 챙기는데, 뒤쪽에서 날카로운 목소리가 들려왔다.

"애들을 상대로 한심하시네요."

뒤를 돌아보니 아카시아 양이 야콥을 거만하게 바라보고 있었다. 못 본 새에 더욱 핼쑥해진 그녀의 얼굴 위로 다크서클이 진하게 내려와 있었다. 뼈의 굴곡이 드러나 올록볼록한 상체는 더욱 마른 듯했다. 아카시아 양을 본 야콥의 얼굴에 비식비식 웃음이 떠올랐다.

"네가 날 찾아올 거라고 예상했지."

"여기서 뭘 하고 계신 거예요? 전에 살던 집은 어쩌고요."

아카시아 양이 얼굴을 찌푸리며 물었다.

그녀는 야콥이 살던 집이 텅 비어 있는 것을 보고 한참 동안 야콥을 찾아 헤매야 했다. 겨우 발견한 야콥은 얇은 옷 한 장만 달랑 걸친 채 상당한 크기의 가방을 여러 개 짊어지고 있었고, 언제나 질끈 묶여 있던 검은 머리카락은 기름기가 흐르는 채 제멋대로 흐트러져 있었다.

야콥이 퉁명스럽게 대꾸했다.

"요즘에는 신문을 보지 않나 보지?"

아카시아 양은 그녀의 마지막 공연 이후 신문을 챙겨 보지 않았다. 그녀가 야콥의 설명을 기다리며 아무 말도 하지 않자 야콥이 험악하게 인상을 구겼다.

"난 여왕 때문에 거지가 되어 버렸어. 하츠를 잡는 데 실패했거든. 화가 난 여왕이 누구도 나를 고용하거나 의뢰할 수 없도록 요괴 섬에 명령을 내렸지."

야콥은 하츠라는 이름을 경멸하듯 거칠게 뱉었다. 아카시아 양은 아무런 표정 변화 없이 야콥을 거만하게 바라보았다. 그녀에게 야콥의 사정 따위는 그다지 중요하지 않았다.

"상관없어요. 이번에는 당신에게 의뢰를 하러 온 게 아니니까요. 지난 의뢰가 제대로 이루어지지 않은 것 같아서 찾아왔어요."

그녀가 차가운 말투로 말을 이었다.

"분명 제게서 타인에게 사랑받고자 하는 욕구를 제거했다고 하셨죠. 하지만 실수를 하신 것 같아요."

아카시아 양이 확신에 찬 목소리로 말했다. 그러나 야콥은 그녀가 더 말을 잇기도 전에 고개를 저었다.

"톰을 말하는 거지?"

정곡을 찌르는 물음에 아카시아 양은 입을 다물었다.

"어리석은 비둘기 같으니. 그건 내 실수가 아니야."

야콥이 욕설을 지껄이는 것처럼 거칠게 소리쳤다.

"그래, 맞아. 나는 너에게서 타인으로부터 사랑받고자 하는 욕구를 제거했지. 하지만 말이야……."

야콥의 입가에 은밀한 미소가 떠올랐다. 아카시아 양은 왜인지 그 웃음이 무섭게 느껴졌다. 야콥이 목소리를 낮추며 속삭였다.

"과연 톰이 너에게 완전히 타인으로 분리될 수 있는 존재인가?"

두꺼운 손가락이 가녀린 아카시아 양을 겨냥했다.

"그는 너의 욕구로 이루어진 존재야. 너의 '일부'라고."

겁이 날 정도로 무심한 눈동자, 모든 온기를 지워 버린 것처럼 냉랭한 조소. 그 모든 것들이 그녀의 일부라는 말에 아카시아 양은 소름이 끼쳤다.

"그렇기 때문에 제거된 네 욕구의 대상에 그가 포함되기에는 모호한 부분이 있어."

야콥이 설명했다.

"너는 그 욕구를 제거하기 전부터 타인을 사랑하고 타인에게 사랑받기를 원하기보다는 너 스스로를 사랑하는 자존감이 높은 아이였지. 너의 그런 성격이 잘 반영된 결과야. 네가 톰에게 잘 보이고 싶어 하는 이유는, 변화한 너 스스로를 너 자신이 온전히 사랑하고 인정할 수 있기를 바라는 욕망과 연관이 있어. 톰은 결국 너의 일부분이니까. 그래서 네가 톰의 애착을 갈구하는 것처럼 느껴지는 거야."

폭우처럼 쏟아진 야콥의 말에는 타당성이 있었다. 아카시아 양은 허탈함을 느꼈다. 야콥의 설명을 부정하고 반박하고 싶었지만 야콥의 모든 말은 그녀를 통찰한 것이었다.

아카시아 양이 중얼거리듯이 속삭였다.

"그가 칭찬하거나 만족스럽게 보지 않으면 모든 춤은 의미가 없어져 버리고, 모든 무대는 목적을 잃어요. 그런데 이

건 내 삶이 아니에요. 나는 그를 위해서 춤을 추는 게 아니란 말이에요."

그녀가 고개를 들어 야콥을 바라보았다. 허탈감에 체념한 듯했던 눈빛이 어느새 경멸로 타오르고 있었다. 아카시아 양이 날카로운 목소리로 말했다.

"비열한 마녀 같으니. 처음부터 알고 있었던 거죠? 내가 이렇게 변해 버릴 거라는 걸 알고 있었던 거야."

"그렇지 않아. 톰의 존재는 나에게도 변수야. 점토로 이루어진 주전자가 이렇게까지 성장할 수 있을 거라고는 예상하지 못했지. 그는 나의 힘으로도 통제할 수 없을 정도로 너무 강해져 버렸고, 한계 또한 없어."

전부 믿고 싶지 않은 말들뿐이었다. 아카시아 양은 화가 나서 야콥을 향해 더욱 신랄하게 쏘아붙였다.

"거짓말! 그렇다면 모두 어떻게 알고 있는 거죠? 수정 구슬로 추잡하게 내 삶을 훔쳐보기라도 한 건가요?"

"글쎄, 그렇다기보다는……."

야콥은 말끝을 흐리며 기억을 더듬었다. 조바심이 난 아카시아 양이 야콥을 노려보며 이야기를 보챘다. 야콥이 천천히 입을 열었다.

"내가 수정 구슬로 너를 마지막으로 보았던 것은 그가 초록 여관을 두 번째로 떠나던 날이야. 너와 그의 관계가 궁금해서 들여다보았었지."

그날은 아카시아 양이 톰을 그녀의 방 안으로 데려와 신과 종교에 관하여 이야기를 늘어놓은 날이었다. 그날의 기억을 떠올리는 순간, 소름 끼칠 정도로 무서운 생각이 아카시아 양의 뇌리를 스쳤다. 머릿속이 아찔했다.

그녀의 표정이 변하는 것을 즐겁게 바라보면서, 야콥이 천천히 말을 이었다.

"그리고 그 뒤로, 나는 톰을 실제로 만나게 되었어. 네가 무대에서 발이 잘린 날, 톰이 나를 찾아왔거든. 그때 너는 내 침대에서 의식을 잃은 채로 누워 있었지."

살며시 밝혀지는 과거와 현재의 연결 고리들에 아카시아 양은 한순간 멍해졌다. 모든 감정과 모든 만남과 모든 기약은 거미줄처럼 촘촘하고 정교하게 연결되어 있었다. 끊어 낼 수도 없도록. 아카시아 양을 노리고 쳐 놓은 거미줄에 걸려, 그녀는 아무것도 모르는 채 발버둥을 치고 있었던 것이다.

톰이 두 번째로 떠난 날, 그날 아카시아 양은 사랑받고 싶어 울고 있던 그에게 신에 관하여 이야기했었다.

'그래서 나는 매일 신을 찾아. 그리고 그의 자비를, 그의 사랑을 구걸해. 나뿐만 아니라 수천 명의 요괴들 역시.'

그녀의 속삭임을 집중하여 귀담아듣던 그의 모습이 머릿속에 선연하게 그려졌다. 아카시아 양은 정신이 아득해졌다. 원망의 화살은 갈 곳을 잃었다. 그래, 그날 그녀가 그에게 암시했던 메시지는 분명했다. 신이 되라는 것.

"내가 너에게 거미의 발을 달 생각이라고 얘기하자 그는 거미 발을 가진 네가 다시 춤을 추는 것이 가능할지 물었어. 나는 너의 의지와 노력만 충분하다면 얼마든지 가능하다고 대답했지. 그러자 그는 또 다른 질문을 던졌어. 네가 거미 발로 춤을 춘다면 예전처럼 아름다울 수 있을지 묻더군."

야콥의 거친 속삭임이 묵직한 울림을 남겼다.

"아니라는 답변을 듣자마자 그는 입가에 웃음을 머금고 사라졌어."

'진정한 절망을 가슴속에 품고 사는 자들은 신을 믿을 수밖에 없어.'

그날 그에게 속삭였던 말을 기억하며 아카시아 양은 자신이 여태 무시해 왔던 의문들에 대한 답변을 깨달았다. 그는 왜 신에 관한 이야기를 들은 날 사라져서 그녀가 거미의 발로 처음 공연을 펼친 날 그녀 앞에 나타났을까.

아카시아 양은 더 아름다워질 수 있다고, 전처럼 돌아갈 수 있다고, 그녀를 세뇌하던 그의 속삭임을 떠올렸다. 헛웃음이 튀어나왔다. 그가 정말로 신이 되려고 할 것이라고는 생각하지 않았었다. 그리고 그의 신자로 그녀를 겨냥할 것이라고는 더더욱, 상상조차 하지 않았었다.

언제부터 그녀가 성경들과 조각품들을 보지 않게 되었던가. 언제부터 그녀가 모든 춤과 무대의 의미를 그를 중심으로 부여했던가. 무대의 중앙을 차지하지 않아도, 스포트라이트와 박수와 꽃을 받지 않아도, 아무도 없는 허름하고 조그만 다락방에서라도 행복할 테니. 그냥 춤을 출 수 있게만 해 달라고 기도하던 그녀가, 언제부터 더 아름다워야 한다는 강박감에 스스로를 가두게 되었던가. 아카시아 양은 몸을 부르르 떨었다. 흥분과 분노로 표출된 몸부림이었다.

아카시아 양의 표정을 본 야콥이 그녀를 붙잡았다.

"쓸데없는 마음은 버리는 게 좋을 거야. 그는 이미 지나치게 강력한 존재가 되어 버렸어. 엄청나게 많은 요괴들의 사랑과 갈망을 먹고 어마어마한 속도로 강해지고 있지. 요괴 섬의 생태와 균형을 파괴할 정도의 힘을 가져 버린 거야."

어쩌면 그는 정말로 신이 되어 버린 것일지도 몰랐다. 그러나 아카시아 양은 더는 지체할 수 없었다. 설령 그녀가 그를 이길 수 없다고 하더라도, 더 이상 그녀의 삶을 그에게 빼앗기고 싶지 않았다.

'그에게서 벗어나야 해. 하지만 어떻게?'

그때 야콥이 작별 인사를 했다.

"더는 용건이 없는 것 같군. 이번에는 예의를 갖추어서 작별 인사를 하는 게 좋을 거야. 앞으로는 나를 찾지 못할 테니까."

"어째서요?"

"나를 굶겨 죽이려는 여왕의 명령 때문에 다른 곳으로 떠나기로 했거든. 그곳에서는 아무도 날 찾지 못할 거야."

방금 막 꿈에서 깬 것처럼 멍하니 서 있는 아카시아 양을 향해 야콥이 종이를 하나 건넸다. 손을 펼쳐 확인해 보니 해돈이라는 이름이 쓰여 있는 명함이었다. 레스토랑 지배자라는 직함에 아카시아 양은 영문 모르겠다는 눈길로 야콥을 바라보았다. 야콥이 고장 난 인형처럼 이상한 웃음을 지어 보였다.

"배가 고플 때 한 번쯤 방문해 봐. 그곳 음식 맛이 기가 막

히거든."

아카시아 양은 집에 돌아온 뒤에도 곰곰이 고민했다. 머
릿속에 한번 자리 잡힌 생각은 점점 또렷해졌다.

'그를 떠나야 해.'

생각이 분명해지자 더는 망설일 필요가 없었다. 그래서
아카시아 양은 즉시 떠날 채비를 했다. 떠나는 것은 그렇게
어려운 일이 아니었다. 챙겨야 할 것은 무대를 위한 의상과
화장품 몇 가지, 우산 한 개가 전부였다.

아카시아 양이 가방 안에 필요한 것들을 거의 다 채웠을
때, 익숙한 목소리가 그녀의 귓가에 파고들었다.

"어디 가세요?"

톰이 그녀를 바라보고 서 있었다. 꼼짝하지 않고 그녀를
바라보는 메마른 눈빛 때문인지, 아카시아 양은 미술관에
전시된 조각상과 마주 보는 기분이 들었다. 오직 점토로만
되어 있는 차갑고 딱딱한 조각상.

아카시아 양이 허망하게 웃었다.

"다시는 이곳에 들어오지 말라고 했잖아. 그런데 왜……."

"그래서 그날 이후로 매일 현관에서 당신의 이름을 불렀

는데 한 번도 얼굴을 비춰 주지 않았죠."

톰이 차갑게 대답했다.

그가 아카시아 양에게 한 걸음 다가왔다.

"하지만 오늘만큼은 들어와야 했어요."

낮은 속삭임이 좁아진 둘 사이에서 메아리쳤다. 감정이 응축된 짙은 눈빛이 아카시아 양의 곁에 있는 가방을 바라보고 있었다. 아카시아 양은 꼼짝하지 않고 서서, 톰의 시선을 오롯이 받아 냈다. 그녀를 지배하려는 듯한 눈동자가 마음에 들지 않았다. 차가운 눈빛에 온몸이 허물어질 것 같았다. 시선 한 번으로 그녀의 일상을 뒤집어 버리는 그가 정말로 무서웠다. 그리고 그녀를 엉망으로 만들어 버리는 그가 미웠다.

그녀가 그를 노려보며 말했다.

"널 떠날 거야."

톰이 비웃었다.

"불가능합니다. 아직도 모르겠어요? 어디든 제가 가지 못할 곳은 없어요."

"알아, 너는 내가 상상조차 할 수 없을 정도로 강하고 똑똑하겠지. 그래서 널 떠나려고 하는 거야. 아무리 너라도 닿을 수 없는 곳에 갈 거야. 야콥이 방향을 제시해 주었어."

또랑또랑 울리는 목소리에는 자신감이 가득 차 있었다. 아카시아 양은 확신에 찬 눈동자로 톰을 바라보았다. 과거에 깃들어 있던, 톰을 향한 기대와 의지가 모조리 지워진 눈빛이었다. 그를 완전히 비우기로 결심한 시선이 맑았다. 그리고 그 확신은 톰을 나약하게 만들었다.

아카시아 양은 냉랭하게 굳은 그의 표정이 조각조각 무너지는 것을 지켜보았다. 무너져 내린 가면 너머의 눈빛에는, 수년 전 비 오는 날 웅덩이에서 발버둥 치던 겁먹은 소년이 숨어 있었다. 감정을 들킨 눈동자는 간절하게 애원하고 있었다.

톰의 입술이 천천히 벌어졌다.

"제발."

그의 목소리에서 느껴지는 떨림이 아카시아 양을 아프게 했다.

"나를 떠나지 말아 주세요."

절박한 속삭임이 아카시아 양의 발목을 움켜잡았다. 어쩌면 그녀가 그녀의 일부인 그를 갈망하는 것과 동일하게, 그역시 그의 일부인 그녀를 갈망하는 것일지도 몰랐다. 참으로 피곤한 관계가 아닐 수 없었다. 벗어나기 위해 지독히도 몸부림쳐야 했다. 온 마음이 지쳐 버렸다.

이젠 고된 몸부림에 종지부를 찍어야 했다. 아카시아 양은 절절한 감정이 담긴 그의 눈동자를 올곧게 바라보았다.

"우린 서로의 삶을 갉아먹고 있어."

아카시아 양이 부드럽게 속삭였다.

"너와 난 서로의 사랑을 갈망하고 의존해. 감정이 충족되지 않으면 불안에 떨며 어쩔 줄을 모르지."

톰의 딱딱한 손 위를 아카시아 양의 손이 덮었다. 가느다란 손가락이 후들거리며 점토를 조심스럽게 쓰다듬었다.

"톰, 이래선 안 돼. 이건 정상이 아니야."

아카시아 양은 이제 울먹이고 있었다.

해골처럼 마른 얼굴에는 머리카락이 달라붙어 있었고, 다크서클은 멍이 든 것처럼 진했다. 마치 병에 걸린 것 같은 몰골이었다. 오직 목소리만이 선명했다. 절망스러운 목소리가 처절하게 쏟아졌다.

"의지하는 삶은 결코 반짝일 수 없어. 스스로를 쾌쾌한 집착과 갈망에 묶어 버리는 짓이야."

곧 죽을 것처럼 새하얀 입술이 속삭였다.

"우린 절대 함께할 수 없어."

잔인한 결론이 그들의 가슴을 난도질했다. 둘은 서로를 옭아맨 사슬에 엮여 힘없이 마주 보았다. 억겁 같은 침묵이 빚어졌다. 아카시아 양이 벗어나고자 발걸음을 옮겼다. 그녀의 옆에 놓인 가방을 들고서, 걸음걸음 담담하게 나아갔다. 그리고 문고리를 잡으려는데 어깨가 비틀어지는 고통이 몰려와 움직임을 멈추었다. 톰이 그녀의 어깨를 움켜쥐고 억지로 뒤로 돌렸다.

아카시아 양의 시야에 다급한 그의 모습이 들어왔다.

"함께할 수 없다고?"

그의 눈동자에 불꽃이 일었다. 그의 손이 아카시아 양의 어깨를 우악스럽게 옥죄었다. 톰이 고개를 바짝 붙였다. 떨리는 숨결이 아카시아 양의 얼굴 위로 흩어졌다. 아카시아 양은 얼어붙은 채로 그를 바라보았다. 어마어마한 분노와 불안감이 그의 눈동자에 담겨 있었다. 바짝 밀착된 시선 안에서 원망과 증오가 폭발하여 파편이 튀는 듯했다.

"신이 되라며. 신을 원한다고 했잖아."

목소리가 짓이기듯 새어 나왔다. 톰의 눈동자에서 감정들이 비처럼 쏟아지는 것 같았다. 아카시아 양은 그의 손에 불

들려 그의 시선을 그저 받아 낼 수밖에 없었다. 온몸이 부서질 것 같았다. 그는 그녀를 다급하게 몰아붙였다.

"당신이 갈망할 수 있는 존재가 되려고 십 년이 넘도록 노력했어. 내 삶의 모든 순간을 당신을 위해 살았어."

아카시아 양은 톰의 사슬 같은 말들 속에 얽혀 들어가며 허망한 기분이 들었다. 그녀는 그의 눈동자에 비친 자신의 모습을 바라보았다. 그 안에 담긴 것이 그녀인지 그인지 헷갈렸다. 그녀는 알 수 없는 의문 속을 헤매며, 그와 그녀가 너무도 가엾다고 생각했다. 아카시아 양은 손을 뻗어 톰의 얼굴을 쓰다듬었다. 앙상한 손가락 안에 그의 형상을 담으며 그녀가 절망스럽게 말했다.

"나 역시 떠나고 싶지 않아. 팔다리를 잃고 나서 겨우 내 삶을 되찾았는데, 또다시 모든 것을 새로 시작하는 것이 너무나도 무서워."

아카시아 양이 톰의 귓속에 나직하게 목소리를 흘려 넣었다.

"하지만 내가 떠나지 않으면 분명히 우린 결국 서로를 죽이고 말겠지."

아카시아 양이 두 팔을 뻗어 그의 목을 끌어안았다. 톰은 스스럼없이 허리를 숙여 그녀의 품에 안겼다. 아카시아 양은 핏기 없는 입술로 그의 눈가를 쓰다듬었다. 분노와 원망이 휘몰아치던 눈동자가 그녀의 입술에 순종하며 감정을 갈무리했다. 그녀의 입술이 스치는 곳마다 떨림이 서서히 멈추었다. 아카시아 양이 고개를 내려 그의 입가에서 입술을 지분거렸다.

"가끔 이런 생각을 하곤 해. 내가 처음부터 너를 작고 초라한 주전자가 아니라 화려한 주전자에 담았다면 우리의 결말은 달랐을까. 네가 처음부터 화려한 주전자로 만들어졌다면 사랑을 받기 위해 이렇게 애쓰는 일은 없지 않았을까."

공허한 속삭임이 톰의 입가에 안개처럼 퍼졌다.

"이제는 주전자라는 단어도 견디기 힘들 정도로 괴로워. 너에게는 뭐라 말할 수 없을 정도로 미안해. 미안해."

톰은 체념하듯 고개를 숙이고 눈을 감은 채 움직이지 않았다. 아카시아 양에게 얌전히 기대어 있는 그는 잘 다듬어진 아름다운 조각상 같았다. 아카시아 양은 말없이 그의 입술 위에 입을 맞추었다. 슬프지만 평온한 작별 인사였다. 그렇게 그녀는 조용히 문밖으로 걸어 나갔다.

아름답고 안타까운 두 삶은 결국 서로를 떠나보냈다. 그렇게 그들의 이야기는 매듭이 지어지는 듯했다.

사방의 거미줄은 엉망으로 얽혀 있었다. 꼬여 버린 줄들 사이에서 시아는 그 안에 갇힌 여인을 바라보았다. 여인이 오랜시간 풀어 놓은 그녀의 이야기는 시아의 심장에서 타올라 재가 되었다. 쓸려 가는 여운에 심장이 두근거렸다.

"벨라."

시아가 여인의 이름을 불렀다. 시체가 되어 가던 여인은 망연히 시아를 올려다보았다. 플라밍고 날개 깃털이 거미줄 너머로 추락하며 발자국 같은 흔적을 남겼다. 널브러진 선홍색 깃털 몇 개가 시아의 질문을 이끌어 냈다.

"당신은 왜 이곳에 있는 거죠? 어째서 바깥에……."

"톰이 저를 이곳으로 끌어들였으니까요."

시아의 물음에 벨라가 대답했다. 의구심으로 점철된 시아의 표정을 보며 벨라가 한숨을 쉬었다.

"아카시아는 나의 춤을 갈망했고, 나는 아카시아의 명성을 갈망했어요. 팔다리를 잃은 후에도 그녀의 공연은 내 공연보다 훨씬 더 유명했고 많은 관객을 불러들였으니까요. 시기와 박탈감에 괴로워하는데 어느 날 톰이 찾아와서 말하더군요. 레스토랑에 가라고. 세상과 단절된 그 안에서는 내가 가장 인기 많은 무용수가 될 수 있을 거라고."

벨라가 자조적인 웃음을 터뜨렸다.

"어리석게도 나는 그의 말을 곧이곧대로 믿었어요. 그리고 레스토랑에 오고 나서야 아카시아 역시 이곳에 들어와 있다는 것을 알게 되었죠. 레스토랑 안에서도 관객들은 춤을 추는 나보다 거미줄을 뽑는 그녀에게 더 열광했어요. 나는 열등감과 자괴감에 괴로워했죠. 그런데 가장 비참했던 건 뭔지 알아요?"

벨라는 잠시 숨을 멈추었다.

"아카시아는 나를 기억조차 하지 못했다는 거예요."

그녀가 신음하듯 말했다.

"나는 아카시아의 공연 소식이 들려올 때마다 관객의 규모와 언론사의 수를 확인하고, 그녀의 명성을 따라잡기 위해서 매 순간 발버둥 쳤어요. 그녀가 없는 곳에서 가장 명망 있는 무용수가 되고자 도망쳐서 간 곳에서 그녀가 친절한 미소로 나에게 인사를 건네고 있었죠. 내 이름이 뭐냐고 물으면서."

　그것이 그녀를 얼마나 미칠 듯하게 만들었던지……. 처음 보는 아카시아의 겸손하고 상냥한 표정 앞에서 벨라는 너무나 비참했다.

　"그녀의 머릿속에서 잊히지 않은 자는 오직 톰뿐이었어요. 톰이 레스토랑에 들어왔다는 소식을 처음 들었을 때 그녀의 표정을 보고 알 수 있었죠. 처음에 그녀는 그저 이름만 같은 요괴일 거라고 애써 넘겨 버리려는 듯했어요. 그러나 톰이 해돈의 고용 계약 중개인이 되어 주는 대신, 대가로 주전자를 받기로 했다는 소식을 듣자마자, 그녀는 무너지듯 바닥에 주저앉고 말았어요."

　아카시아의 낯선 표정을 보자, 벨라는 의아한 마음이 들었다. 그러나 곧 그녀는 이해하게 되었다.

　"아카시아가 톰을 떠나 레스토랑에 온 뒤에도 톰은 끝내 그녀를 포기하지 못했던 거죠. 그래서 우아한 팔다리로 아름다운 춤을 출 수 있는 나를 그녀가 있는 곳에 보냈던 거예요. 더 이상 아름답게 춤을 출 수 없는 그녀에게 열등감을 느끼게 할 대상을 선물하려고요. 그녀가 절망감을 잊지 못하게 하려고. 그리고 절망감에 빠진 그녀가 신을 찾아 방황

할 때 비로소 나타나려고."

시아의 눈빛을 읽은 벨라가 나직하게 물었다.

"내가 이 모든 이야기를 어떻게 아느냐고요?"

그녀는 꿈을 꾸듯 몽롱하게 웃어 보였다.

"톰이 레스토랑에 왔다는 소식을 듣고, 며칠 뒤였어요. 여느 때처럼 공연 연습을 위해 연습실에 가다가 아카시아와 톰의 대화 내용을 듣게 되었지 뭐예요."

다음 순간 벨라는 목소리를 낮추고 거칠게 속삭였다.

"'나는 더욱 강해졌어.' 톰이 그렇게 호소하고 있었죠. '너의 모든 바람을 들어줄 수 있을 정도로 강한 힘을 가지게 되었어. 네가 그토록 원하던 팔과 다리도 줄 수 있어.'라고. 그리고 다음 순간 그의 말은 나를 소름 끼치게 만들었어요."

그녀가 시아를 똑바로 노려보며 가라앉은 목소리로 빠르게 속삭였다.

"원한다면 벨라의 팔다리를 잘라 너에게 선물해 줄게. 그러면 너는 더 아름답고 행복해질 수 있을 거야."

벨라는 생각만으로도 끔찍하다는 것처럼, 두려운 듯 숨을 헐떡였다.

"비명을 지르려는 찰나, 아카시아의 대답이 먼저 나왔어요."

벨라가 호흡을 멈추고 시아를 바라보았다. 고요한 적막 가운데 그녀가 차분하게 입을 열었다.

"톰, 내가 원하는 건 그저 춤일 뿐이지, 특별한 팔다리가 아니야."

명령하듯 거만한 목소리가 또랑또랑 울렸었다. 벨라는 황홀경 속에서 말을 이었다.

"그보다 더 경이로운 대답이 있을까요. '아, 나는 정말이지 진심으로 그녀를 동경해요. 믿을 수 없어.' 하며 톰이 말했어요. '그렇다면 다른 소원은 없어? 무엇이든 들어줄게. 약속해.' 아카시아가 대답했죠. '무엇이든?' 톰이 확신했어요. '너를 행복하게 할 수 있다면, 무엇이든.' 그러자 아카시아의 맑은 목소리가 귀를 울렸어요."

벨라가 선선히 말했다.

"다시는 내 앞에 나타나지 말아 줘."

또다시 이별을 확정하는 목소리는 무자비할 정도로 단호했다.

"'다시는.'이라고 아카시아가 되뇌며 방을 걸어 나갔어요. 나는 몸을 숨기고 그녀가 홀연히 사라지는 것을 바라보았죠. 심장이 빠르게 두근거렸어요. 다음 순간 나를 똑바로 보고 있는 톰의 눈동자와 마주쳤거든요. 그가 근사하게 웃어 보였어요. 마치 내가 여태 듣고 있었다는 걸 알고 있었다는 듯이요. 그는 나에게 이 이야기의 전부를 모두 말해 주었어요. 그리고 달콤하게 물었죠. '벨라, 너의 소원은 뭐야? 내가 들어줄게.'"

벨라는 탄식에 가까운 한숨을 쉬었다.

"나는 그가 내 소원을 알고 있다는 확신이 들었어요. 그래서 망설임 없이 대답할 수 있었죠. '거미의 팔다리를 가지게 해 줘. 아름다운 거미줄을 뽑아 명성을 얻을 수 있도록.'"

그녀가 시아를 바라보았다.

"그리고 그 대가로 지금 이 자리에 있네요. 나는 아마 이곳에서 죽고 말겠죠. 눈을 감기 전까지 그녀의 춤을 간신히 바라보면서."

시아는 주변을 둘러보았다. 초원처럼 광활하게 펼쳐진 줄들 위로, 먹이를 거머쥔 올록볼록한 무덤들이 즐비해 있었다. 오싹한 광경에 시아는 겁이 나서 도망치고 싶었다.

벨라가 그것 보라는 듯 미소 지으며 말했다.

"당신이 구하려고 하는 잭도 마찬가지예요. 포기하고 돌아가세요. 그녀는 당신의 부탁을 들어주지 않을 거예요."

벨라의 이야기를 듣고 돌아간 뒤, 시아는 그녀의 이야기를 이따금 떠올렸다. 그러나 많은 생각을 하려고는 하지 않았다. 여러 가지 의미들이 담겨 있는 이야기였지만 그런 것들은 지금 시아에게 중요하지 않았다. 시아는 자신에게 필요한 결론에만 집중하기로 했다. 그녀가 잭을 구할 수 없다는 것. 잭은 죽어야 한다는 것. 그 사실을 가장 단순하고 쉽게 받아들이는 것만이 중요했다. 자신 때문이라는 죄책감이나 그를 살려야 한다는 정의감에 스스로를 가둘 필요는 없다고 자신을 세뇌했다.

난파된 선원은 한시도 망설이지 않고 버리고 간다. 시아는 잭이 주의를 주었던 것만을 머릿속에 떠올리려 애썼다.

'그래야 항해가 지속될 수 있어. 그래야 나아갈 수 있으니까.'

시아의 위기

시아는 다음 날 저녁에도 단정하게 유니폼을 차려입고 태연하게 레스토랑에 들어가서, 거미 여인과 다른 웨이터들에게 밝게 인사했다. 곧이어 새로운 웨이터 매니저의 인사를 들으며, 잭 선장이 얼마나 손쉽고 간단하게 대체되었는지 생각했다. 그리고 손님들이 들어선 뒤부터는 완전히 잊어버렸다.

정말 바쁜 시간이었다. 무수히 많고 다양한 손님들이 몰려와 만족스러운 서비스와 음식을 요구했다. 시아는 여유로운 음악과 불규칙한 소음을 감상하며 민첩하게 움직였다.

"연어 샐러드와 마따니아 와인 가져다주세요."

주문을 받을 때마다 시아는 메뉴가 적힌 종이를 거미줄에 붙이고 주방으로 들어갔다. 주방에서 굴뚝 아래나 갈라진 벽 틈, 수납장 안 등에 있는 거미줄을 잡아당기면 요리실로부터 내려오는 음식들을 받을 수 있었다.

시아는 수납장을 열고 거미줄을 잡아당겨 손님이 주문한 스테이크를 받았다. 시아는 스테이크에 곁들일 소스들을 더 준비하고, 몇 가지 장식으로 플레이팅을 완성했다. 스테이크의 재료는 새끼 돼지의 앞발이었는데 손톱에 색을 입히고 접시 둘레에 푸른 꽃잎을 두른 것이었다. 시아는 한 손에 스테이크를, 다른 한 손에 또 다른 테이블의 요리를 들고서 주방 밖으로 고상하게 걸어 나갔다. 그리고 잭 선장의 피아노 연주를 감상하며 테이블로 천천히 다가갔다.

"실례합니다. 주문하신 스테이크 나왔습니다."

옅은 미소를 띠고 말을 붙였다. 시아는 들고 있던 접시들을 하나둘 차례대로 전달했다. 그리고 와인을 가지고 오기 위해 주방에 있는 계단을 내려가 와인 저장고에 들어갔다.

이곳은 시아가 레스토랑에서 가장 좋아하게 된 공간이었다. 주방과 식사 장소는 모두 시끄러웠지만 이곳은 고요하고 평화로웠다. 바닥부터 천장까지 이어진 선반들은 와인들로 빼곡히 채워져 있었고, 달달한 향이 공기를 메웠다. 시아는 주문받은 마따니아 와인을 찾아 걸었다. 와인 병들로 채워진 벽 사이, 걸음 소리가 고즈넉하게 울려 퍼졌다. 이내 시아는 선반을 가득 채운 와인들 중에서 한 병을 꺼내 들고 밖으로 올라갔다.

얼음 통에 누인 채로 가져간 와인을 한 손에 세워 든 시아는 테이블의 비어 있는 잔에 병을 기울였다. 다른 한 손은 허리 뒤로 가져간 채 고상하게 몸을 숙인 폼이 이제는 제법 능숙한 태가 났다. 그러나 영롱한 빛깔의 와인이 잔의 중간에서 넘실거릴 즈음 시아는 하마터면 와인 병을 떨어뜨릴 뻔했다.

"괜찮아. 가장 구석진 데가 편해서."

꿈결에도 누군인지 알아챌 듯한 목소리가 시아의 심장을 거머쥐었다. 시아는 와인 병을 놓치지 않으려고 애써 힘주었다. 고개를 들자 하츠가 들어오는 것이 보였다. 시아는 빠르게 고개를 내렸다. 그리고 마치 그가 같은 공간에 들어섰다는 것을 모르는 것처럼 다른 테이블로 향했다. 굳어 버린 표정을 숨기고 미소 지었다.

"주문하시겠습니까."

"아, 예. 눈물의 술 한 병과 박쥐 날개 쌈이요."

'그가 왜 이곳에 나타난 거지?'

"속 재료는 송아지 고기와 거위 고기 중 어떤 것을 선택하시겠습니까?"

'내 실수를 잡아내려고? 아니면 나를 방해하려고?'

손님의 주문을 적은 종이를 붙인 뒤, 시아는 도망치듯 주방으로 걸어갔다. 그리고 수납장을 열어 거미줄을 잡아당겨, 느리게 추락하는 연어 샐러드를 받아 냈다. 갓 손질된 연어는 선홍색이 생생했다. 하얀색, 회색, 빨간색. 시아의 손길에 각양각색의 소스들이 잉크처럼 후두둑 떨어졌다. 연어의 토막 난 살 조각이 난잡한 색들로 버무려졌다. 탁자에 늘어져 있던 거미줄로 드레싱을 완성하며, 시아는 호흡을 가다듬었다. 그리고 옷매무새를 정돈하고, 머리카락을 다시 묶었다. 마지막으로 요리를 한 손 위에 얹고서, 주방 밖으로 고상하게 걸어 나갔다.

다행스럽게도 하츠가 앉은 테이블은 시아가 담당하는 구역에서 제법 멀리 떨어진 곳이었다. 무슨 일인지 그는 그녀를 전혀 신경 쓰지 않는 것 같았고, 오직 식사를 하는 데에만 관심이 있는 듯했다. 시아는 그가 이곳에 왔다는 사실을 모르는 것처럼 행동하려고 노력했다. 그녀는 샐러드를 주문받은 테이블에 가져다 놓고 계속해서 손님들을 받는 동안 하츠 쪽으로는 고개도 돌리지 않았다.

"여기, 와인은 언제 나오는 겁니까?"

이상한 느낌이 든 것은 하얗게 질린 요괴 하나가 시아에게 넌지시 물어 왔을 때부터였다.

"오늘 저녁, 제 애인에게 청혼을 하려고 해서요. 모든 것이 다 준비되었는데, 주문한 로사리오 와인이 아직까지 나오지 않았네요."

시아는 몸서리치며 웃는 그녀를 의아하다는 듯이 바라보았다. 주문받았던 와인은 이미 나가지 않았던가. 그러나 그 요괴가 앉아 있는 테이블에는 유리잔이 맑게 비어 있었고 와인 병의 흔적은 보이지 않았다.

"잠시만 기다려 주세요. 실례하겠습니다."

시아는 곧바로 사과를 한 뒤 와인 저장고로 내려갔다. 불길한 상황을 예고하는 것처럼 가슴이 뛰기 시작했다. 둥둥둥둥. 심장 소리가 북소리처럼 머릿속을 헤집었다. 와인 저장고에는 아무도 없었다. 시아는 주문받은 와인이 있는 곳으로 빠르게 뛰어갔다. 그리고 숨을 헐떡이며 멈추었다.

시아는 그 자리에서 얼어붙었다. 로사리오 와인 병들이 나열되어 있어야 할 자리가 텅 비어 있었다. 와인 저장고에는 언제나 모든 종류의 와인들이 꽉 채워져 있었다. 웨이터들은 와인이 떨어지기 전에 미리 요리실에 주문하여 빈 공간을 채워 놓는다. 제때에 와인을 채워 두지 않아, 손님이 주문한 와인을 제공하지 못하게 된다면 그것은 웨이터의 잘못이었다.

그러나 늘 이곳에는 종류별로 수십 병의 와인이 보관되어 있고, 와인 종류가 몇백 가지는 되다 보니, 이곳에서 어떤 와인이 남아 있지 않은 경우는 거의 없었다. 주변 와인 선반들을 모두 살폈지만 로사리오 와인은 남아 있지 않았다. 시아는 와인 저장고 안을 서성였다.

'나가서 로사리오 와인이 다 떨어졌다고 할까? 그러다 거미 여인이 잡아가면 어쩌지.'

"하!"

탄식이 입 밖으로 샜다.

"무슨 일이야?"

익숙한 목소리가 와인 진열장 너머에서 들려왔다. 갑작스러운 목소리에 시아가 움츠러들며 고개를 들었다. 그때 반가운 얼굴이 진열장 뒤에서 튀어나왔다.

"쥬드! 네가 왜 여기에 있는 거야?"

시아가 소리 지르며 쥬드에게 다가갔다. 낯설고 차가운 환경에서 친구를 만나자 마음에 불씨가 지펴지는 느낌이었다.

"마담 모리블한테 약을 배달해 주러 갔다가 네가 레스토랑에서 일한다는 사실을 들었어."

그가 시아를 바라보며 씨익 웃었다.

"알다시피 식재료 저장실은 나도 마음대로 들락날락할 수 있잖아. 와인 저장고와 레스토랑 내부가 연결되어 있다는 걸 알고 이쪽으로 와 봤지."

"진짜? 언제부터 여기 있었던 거야?"

"글쎄, 삼십 분 정도? 진열장이 하도 많아서 숨기 쉽더라고. 이렇게 농땡이 피우기 좋은 장소가 있다니."

쥬드의 천연덕스러운 농담에 시아는 자신도 모르게 웃었다. 그러나 쥬드는 반가운 재회에 가려진 현실을 잊지 않았다.

"그나저나 방금 전에는 왜 그렇게 심각했던 거야? 무슨 문제라도 생긴 거야?"

걱정이 깃든 목소리에, 시아는 어린아이처럼 걱정거리를 입 밖으로 쏟아 냈다.

"주문받은 와인이 저장고에 없어. 다 떨어지기 전에 미리 채워 넣어야 했는데. 와인 종류와 수가 너무 많아서 생각지도 못했어."

시아가 두려움에 떨며 말했다. 쥬드와 대화하는 와중에도 그녀의 근무 시간은 계속되고 있었다. 너무 오래 자리를 비우면 의심을 살 게 분명했다. 시아는 레스토랑에 앉아 있는 하츠를 떠올렸다. 마음이 조급해졌다.

"그만 가 봐야겠어. 와인은 어떻게든……."

걸음을 거칠게 옮기는 찰나 쥬드가 그녀의 손을 잡았다.

"잠깐만 기다려, 시아."

"미안해. 하지만 나 오래는……."

"난 와인을 만드는 요리실이 어디에 있는지 알아."

희망의 실마리를 내미는 말에 시아는 절실한 심정으로 고개를 돌렸다.

"전에 공연단에서 무대를 시작했던 뱀파이어, 에드워드 백작이 와인을 만들어. 전에 우리가 갔던 공연장 바로 옆에 그의 요리실이 있어. 내가 가서 그에게 그 와인을 서둘러 내달라고 해 볼게. 그리고 그가 와인을 내주면 이곳으로 최대한 빨리 가져올게."

쥬드의 해결책에 시아는 망설였다. 루이의 공연에서 하츠가 쥬드와 히로를 죽일 뻔한 이후로 시아는 두 번 다시 자신의 일에 그를 휘말리게 하지 않겠다고 다짐했다. 무조건 거절해야 했다.

거미 여인이 순식간에 잭 선장을 낚아채던 순간이 번개처럼 눈앞에 떠올랐다. 거미줄을 타고 올라갔을 때 보았던 너무나 많은 무덤들을 떠올리자 오소소 소름이 돋았다. 시아는 두려움으로 한껏 나약해진 자신이 미웠다. 쥬드의 도움에 제발 그렇게 해 달라고 소리치고 싶은 욕망이 죄스러웠다.

'다른 방법은 없을까? 쥬드의 도움을 받지 않고 와인을 채울 수는 없을까?'

당장 와인을 대접해야 하는 손님이 저 밖에서 그녀를 기다리고 있었다. 저장고에 채울 와인을 지금 거미줄을 통해 주문한다고 해도 제때 받기는 어려울 것이었다.

"……부탁할게."

시아는 자괴감과 죄책감을 느끼며 대답했다. 시아의 복잡한 감정과 다르게 쥬드는 너무나도 밝고 산뜻한 미소로 화답하고는 빠른 속도로 와인 저장고에서 뛰어나갔다. 시아는 죄책감을 덜어 낼 새도 없이 레스토랑으로 돌아갔다. 그리고 평온한 미소를 지은 채 하얗게 질린 요괴에게 다가갔다.

"늦어서 죄송합니다, 손님. 곧 재고가 들어와 와인을 대접해 드릴 테니 조금만 기다려 주세요."

정중하게 말하는데 요괴가 고개를 저었다.

"어머, 아니에요. 지금 생각해 보니 다른 와인이 먹고 싶은걸요. 마따니아 와인이 좋겠어요."

공포에 질린 듯한 요괴가 호들갑을 떨며 다급하게 말했다. 불현듯 시아는 무언가 이상하다는 느낌이 들었다. 시아는 요괴의 얼굴을 가만히 바라보았다. 요괴는 시아의 눈을 쳐다보지 않았다.

"……알겠습니다. 지금 바로 가져오겠습니다."

시아가 천천히 대답하며 걸음을 옮겼다. 악기들이 기괴한 음정을 연주했다.

시아는 손님에게 마따니아 와인을 가져다주었다. 이제 쥬드가 와서 로사리오 와인 재고를 채울 수 있기를 맘 편히 기다리기만 하면 되었다. 시간이 조금 흐르자 레스토랑 안의 세상은 원래대로 돌아가는 듯했다. 시아는 와인 저장고에 여러 번 내려갔지만 쥬드는 아직까지 도착하지 않았다.

우당탕탕. 주방에서 요란한 소음이 들려왔다. 손님에게

막 차를 따라 준 시아는 주방 안으로 천천히 걸어 들어갔다. 웨이터 하나가 접시를 깨뜨린 채로 성가시다는 표정을 짓고 있었다.

시아의 표정을 본 그가 말했다.

"괜찮아. 이런 걸로 거미 여인이 잡아가지는 않아. 주방 밖, 손님들이 보는 앞에서 깨뜨린 것이라면 모를까."

그가 웃으며 말을 이었다.

"제때 와인을 내가지 않는 실수를 한다든가 말이야."

시아는 간신히 유지하던 미소를 순식간에 잃어버렸다. 웨이터가 어깨를 으쓱였다.

"왜 그렇게 심각해? 와인 저장고에 로사리오 와인이 남아 있지 않길래 하는 소리야. 아, 아직까지는 주문이 들어오지 않았으니 괜찮아. 그 전에 누가 어서 가서 로사리오 와인을 좀 가져와야 할 텐데."

"제가 가져올게요."

고민도 하지 않고 시아가 대답했다. 무언가 이상하다는 느낌이 다시 슬그머니 고개를 들고 있었다. 하얗게 질린 요괴가 갑작스럽게 물어본 와인, 마침 품절되어 버린 재고, 주문을 번복한 요괴와 주방 안의 요란한 소리. 모두 기가 막힌

우연들의 나열이었다. 문득 쥬드가 언제쯤 돌아올지 불안하고 초조해졌다.

웨이터가 빙긋 웃으며 속삭였다.

"그럼 어서 가져와 줘야겠어. 이따가 귀한 손님이 그 와인을 찾을지도 모르거든."

"귀한 손님이요?"

"하츠 말이야."

그 순간 견딜 수 없을 정도로 무시무시한 공포가 온몸을 덮쳤다. 시아는 바로 레스토랑 밖으로 나갔다. 그리고 에드워드 백작의 요리실로 정신없이 뛰었다.

시아는 요괴들을 밀치고 숨을 가쁘게 내쉬며 달렸다. 쥬드가 말했던 대로 공연장 쪽으로 향하자 근처에 자그마한 창문이 하나 붙어 있는 돌탑이 보였다. 직감적으로 그곳이 뱀파이어가 와인을 만드는 곳이라는 것을 알아차릴 수 있었다. 시아는 돌탑으로 헐레벌떡 달려가 문고리를 잡고 오래된 나무 문을 두드렸다.

"열어 주세요! 열어 주세요!"

시아가 조급하게 소리쳤다. 끼이익 소리를 내며 느리게

열리는 문에 시아는 속이 탔다. 그러나 벌어진 문의 틈으로 등장한 인물은 시아의 속을 전혀 알지 못했다.

"무슨 일이오?"

에드워드 백작은 갑작스러운 방문이 영 불쾌하다는 듯이 미간을 찌푸린 채 물었다.

시아는 거친 숨을 토해 내며 백작을 바라보았다. 백작의 성가시다는 듯한 표정은 눈에 들어오지 않았다. 그녀는 무시무시한 불안감에 사로잡혀 있었다. 시간이 없었다.

시아는 문틈으로 무작정 몸을 밀어 넣었다.

"일단 들어가게 해 주세요."

다행스럽게도 에드워드 백작은 시아가 그의 요리실 안에 들어오도록 내버려 두었다. 시아는 탑 안에 들어서자마자 멀쩡하게 서 있는 쥬드를 발견하고 그에게 뛰어들었다.

"쥬드!"

시아의 목소리에 안도감이 섞였다. 쥬드의 얼굴을 보고 있자니 너무나 안심이 되어 눈물이 날 것 같았다. 접시를 깬 웨이터의 말을 들은 순간부터 돌탑에 들어온 순간까지, 그가 이미 하츠의 손에 당했을까 봐 무서워서 견딜 수가 없었다.

"얘가 왜 이래? 일은 어쩌고?"

쥬드가 눈을 동그랗게 뜨며 소리쳤다.

"와인 때문에 온 거라면 아직 조금 더 기다려야 해. 그러니까……."

"와인 때문이 아니야."

시아가 단숨에 말했다.

"쥬드, 너 어서 다른 곳으로 가야 해. 하츠가 네가 여기 있다는 것을 알고 있어. 네가 나를 돕고 있다는 것을 알고 있어. 곧 그 애가 너를 찾아와서……."

시아는 말을 마저 끝낼 수 없었다.

그가 쥬드를 찾아와서 무슨 짓을 할지, 차마 어떤 추측도 할 수 없었다. 말끝을 흐리며 쥬드를 바라보자 겁에 질린 얼굴이 보였다. 너무나 솔직하게 감정을 내보이는 표정에 시아는 다시 한번 심장이 철렁 가라앉는 기분이 들었다. 어려운 상황에서도 언제나 밝은 얼굴로 해결책을 제시하던 쥬드였는데 지금은 그의 얼굴에서 자신감과 확신을 찾아 볼 수 없었다. 시아는 이 모든 상황이 그녀의 책임이라는 것을 알고 있었다.

시아는 창백하게 질린 쥬드의 옷깃을 급히 잡아당겼다.

"쥬드, 어서 다른 데로……."

"유감이지만 이미 늦은 것 같네."

무게감 있는 목소리가 시아의 말을 끊었다.

뒤를 돌아보자 둘을 조용히 바라보고 있던 에드워드 백작이 창밖을 가리키고 있었다. 그의 손끝이 향한 곳을 확인한 쥬드와 시아는 공포에 잠겨 서로를 마주 보았다. 창밖 높은 하늘 위에서 까마귀의 날개를 가진 소년이 이곳으로 날아오고 있었다. 가까이 오지 않아도 누군지 알 수 있었다.

시아는 절망감에 휩싸여 주변을 둘러보았다. 탑 밖으로 나간다고 해도 높이 날고 있는 하츠에게 단번에 발각될 것이 분명했다. 쥬드를 돌아보았지만 흔들리는 눈동자가 그 역시 해결책을 찾지 못했다는 것을 알려 주었다.

"제발 도와주세요."

시아는 무정하게 상황을 관전하고 있는 에드워드 백작에게 애원했다. 백작은 시아를 빤히 바라보았다. 동공이 보이지 않을 정도로 온통 시커먼 눈동자가 그녀를 빨아들일 듯했다. 새하얀 피부와 대조되는 까만 시선이 시아를 무심하게 내몰았다.

"글쎄, 이런 상황에서는 마땅히 방법이 없는 듯하오."

냉정한 대답에 시아의 마음이 무너지는 듯했다. 창밖을

바라보니 하츠는 빠른 속도로 가까워지고 있었다.

"쥬드! 일단 이 안으로 들어가."

조급한 마음에 시아는 탑의 구석에 놓여 있는 장롱 쪽으로 쥬드를 잡아끌었다.

"시아!"

쥬드가 떨리는 목소리로 그녀의 이름을 불렀다. 시아는 대답할 새도 없이 장롱 문을 열고 그 안으로 쥬드를 밀어 넣었다. 시아는 쥬드가 떨고 있는 것을 느꼈다. 장롱 문을 닫기 전 시아는 쥬드와 눈을 마주쳤다. 불안함을 가득 담은 그의 눈동자가 시아를 바라보았다.

그때 노크 소리가 들려왔다. 시아는 소리 없이 장롱 문을 닫았다. 에드워드 백작이 문을 열기 위해 걸음을 옮기는 순간 시아는 그에게 다가갔다.

"제발 그에게 거짓말을 해 주세요. 제발."

시아가 절박하게 속삭였다. 백작은 냉정한 표정으로 시아를 쳐다보았다. 공연장에서 최면을 걸기 전 관객들을 여유롭게 훑어보던 그때의 표정과 다를 게 없었다.

"그에게 최면을 걸어 주세요. 쥬드가 여기 없다고."

시아가 부탁했다. 에드워드 백작은 별 대답 없이 문을 향해 다가갔다. 시아는 더욱더 간절한 목소리로 빌었다.

"제발요. 무엇이든 해 드릴게요. 무엇이든……."

말이 끝나기 무섭게 문이 열렸다. 서늘한 침묵이 방 안을 잠식했다. 시아는 백작의 뒷모습을 바라보며 호흡을 골랐다. 작은 목소리로 이야기를 나누는지 대화 내용이 들리지 않았다. 백작의 뒷모습이 빳빳했다.

시아는 초조한 마음으로 기다렸다. 지금 그가 하츠에게 뭐라고 말하고 있는 것일까? 쥬드가 여기에 있다고, 시아를 도와주려다 장롱 속에 숨어 있다고 고백하고 있을까? 아니면 그들을 위하여 거짓말을 하고 있을까? 찰나의 순간이었지만 수많은 생각이 오고 갔다.

곧이어 하츠가 방 안에 들어왔다. 여유롭게 걸음을 옮긴 그가 그녀를 향해 미소 지었다. 그러고는 탑 안을 둘러보았다. 팽팽한 긴장감이 감돌았다.

하츠가 입을 열었다.

"다들 왜 이렇게 얼어 있어?"

서늘한 목소리가 공기를 더 차게 물들였다. 시아의 시선은 에드워드 백작에게 옮겨 갔다. 그의 눈을 보고 상황을 읽어 내려고 했지만 백작은 무표정을 고수했다.

백작이 하츠에게 대꾸했다.

"찾을 게 있다고 했는데 빨리 해결하고 떠나 주길 바라오. 보시다시피 웨이터가 가지러 온 와인을 마저 완성해야 해서."

하츠는 별다른 대꾸 없이 탑 안을 수색하기 시작했다.

탑 안에는 많은 것들이 있었다. 크기가 다양한 단지들과 와인 병이 나열되어 있는 진열장, 나무 받침이 다 뜯겨 나간 오르골, 침대, 용도를 알 수 없는 관, 파이프와 촛대들이 놓여 있는 선반, 장롱 하나…….

하츠는 탑 안 곳곳에 놓여 있는 오크 통의 뚜껑을 하나하나 열었다. 사람 하나가 들어갈 수 있는 크기인 것들만. 뚜껑들을 열었다가 닫는 손길이 무심하고 빨랐다. 통 안에는 설탕에 파묻힌 먹음직스러운 포도알들, 향긋한 단내가 풍기는 즙, 탐스러운 과일 등이 담겨 있었다.

하츠는 벽에 세워져 있는 관을 향해 걸어갔다. 그는 망설임 없이 관 뚜껑을 열었다. 시아는 하마터면 비명을 지를 뻔했다. 뚜껑을 열자마자 머리가 하나 굴러 나왔다. 붉은 핏자국으로 길을 남기며 굴러간 머리는 시아로부터 멀지 않은 곳에서 멈추었다. 관 안에는 원래의 정체를 알 수 없는 토막

들이 핏속에서 뒤죽박죽 엉켜 있었다. 비릿한 냄새가 순식간에 좁은 탑 안을 잠식했다. 날카로운 침묵이 흘렀다.

시아는 구역질이 날 것 같았다. 찰나였지만 관 안을 바라본 순간, 익숙한 가위와 집게가 눈에 들어온 것 같았다. 숨이 턱 막혀 왔다. 무어라 형언할 수 없는 무시무시한 감정의 응어리가 몸속 깊은 곳에서부터 빠르게 올라왔다.

"볼 만한 건 없을 테니 그만 닫는 게 좋겠소. 거미 여인이 전해 준 내 먹이를 저장해 둔 것뿐이오."

시아가 몽롱한 의식 안을 허우적거리고 있을 때 에드워드 백작이 느릿한 목소리로 침묵을 깨뜨렸다. 그의 차분한 중저음의 목소리가 방 안에 내려앉는 듯했다. 마치 공연에서 최면을 걸었을 때처럼.

하츠는 순순히 뚜껑을 닫았다.

"조금 지저분해도 이해하시오. 레스토랑의 와인 제작과 공연단 일을 병행하려니 정리할 여유가 좀처럼 나질 않더군."

에드워드 백작이 파이프에 불을 붙이며 말을 덧붙였다. 점점 안개처럼 드리우는 연기는 그날의 공연을 더욱 생생하게 상기시켰다. 하츠 역시 같은 기억을 떠올렸는지 호응했다.

"확실히 인상적인 노래 실력이더군."

"그렇게 말해 주니 기쁘오."

백작이 대답했다.

시아는 점차 몸에서 힘이 빠져나가는 것을 느꼈다. 연기로 인해 시야가 흐려지고 백작의 낮은 목소리에 정신이 점점 몽롱해졌다. 온몸의 긴장을 풀며, 시아는 어쩌면 이 모든 것이 꿈속일지도 모른다는 생각을 했다. 말도 안 되는 상상에 시아는 키득키득 웃었다. 기분이 묘했다. 하츠가 걸음을 옮겼다. 시아는 그가 향하는 곳이 어디인지 고개를 돌려 보았다. 뿌연 연기 속에서 희미하게 보이는 것은 장롱이었다.

'아, 안돼.'

절망스러운 비명이 머릿속에서 울렸다.

"그것 아시오?"

그때 에드워드 백작의 목소리가 넌지시 들려왔다. 하츠가 고개를 돌려 백작을 쳐다보았다.

"내가 그날 불렀던 노래 말이오."

백작이 파이프를 한 모금 빨아들이며 말했다.

"사실은 다른 공연단원이 부르던 것이었는데…… 눈을 몰고 오는 남자에게 목이 잘린 이후로 다시는 그 노래를 부르지 않더군."

시아는 연기 속에 잠식되어 둘의 모습을 무기력하게 바라보았다. 하츠는 알 수 없는 표정으로 백작을 바라보고 있었다.

"가사가 눈송이에 대한 것이기 때문이지. 기억하시오?"

백작이 조용히 물었다.

하츠는 아무 말도 하지 않았다. 대신 고개를 움직여서 대답한 것 같았다. 그가 고개를 끄덕였는지, 저었는지는 시아에게 잘 보이지 않았다. 다만 그 순간 나직하게 흘러나온 백작의 노랫소리가 시아의 귓속에 스며들었다.

최면을 걸듯, 노랫소리는 시아의 정신과 춤을 추었다. 시아는 숨죽이고 익숙한 노랫소리를 감상했다.

눈이 쏟아져.

눈송이 하나는 상실.

눈송이 하나는 배신.

눈송이 하나는 망각.

온 눈이 세상을 덮어.

나는 곧 침몰하는 배처럼 눈 속에 잠기는데…….

눈을 떠 보니 사람, 편지, 장롱, 모든 것이 잠겨 있구나.

백작의 최면은 부드럽지만 확실했다. 시아는 자신도 모르게 노랫소리에 온 신경을 집중했다. 익숙한 멜로디는 잭 선장이 남기고 간 피아노에서 이따금 흘러나오곤 했던 것이었다.

'불쌍한 잭 선장.'

몽롱하게 취해 가는 의식 속에서도 잭 선장에 대한 동정심이 피어났다. 곡을 얻는 대가로 손을 자르라는 작곡가의 조건을 흔쾌히 받아들였던 그의 삶은 결국 그렇게 허망하게 끝나 버렸다. 연주를 남기기 위해 마지막 남은 자신의 삶까지도 가차 없이 버린 것이었다.

하츠는 이제 장롱 문 앞에 서 있었다. 시아는 절실한 마음으로 그가 장롱 문을 여는 것을 지켜보았다. 에드워드 백작은 계속해서 노래를 불렀다.

헤엄쳐 다가가 장롱 문을 열어 보니,

텅 비어 있네.

온통 창백한 세상에 속이 메스꺼워.

숨이 차올라.

장롱 속에 들어가 눈이 다 녹는 봄날이 올 때까지 잠이나 자야지.

사실은 알고 있어.

'제발 쥬드를 보지 못했기를……'

시아는 그가 노래 속에 빠져들었기를 간절히 바랐다. 에드워드 백작은 아무런 감정의 동요 없이 계속해서 노래했다. 그는 노래의 마지막 소절을 부르기 위해, 파이프에서 연기를 한번 빨아들이고는 입을 뗐다.

눈이 아니라 새하얀 벚꽃들이라는 것을.

봄은 이미 왔다는 것을.

순간 시아는 온몸에 소름이 돋았다. 최면에 느려졌던 심장이 거세게 쿵쾅거렸다. 노래의 마지막 소절을 부른 것은 백작만이 아니었다. 하츠가 백작과 동시에 노래를 부르며 뒤를 돌아보았다.

그의 표정을 본 순간 시아는 절망감에 휩싸였다.

"이 곡을 지은 건 나야."

하츠가 웃으며 속삭였다. 순식간에 탑 안에 휘몰아친 눈송이가 연기를 몰아내 버렸다.

매서운 눈보라 너머로 쥬드의 비명이 들려왔다. 매서운 눈보라가 장롱 안에도 몰아친 것이다. 장롱 벽에 몸을 부딪친 쥬드는 정신을 잃었는지 몸이 축 늘어졌다. 시아는 너무 놀라 그대로 얼어붙었다.

'그가 이 노래를 만들었다고?'

피부로 스며드는 눈의 온도에 내장까지 차가워졌다. 문득, 노래에 관해 루이에게 들었던 이야기가 떠올랐다. 예술가는 잭 선장의 손을 자르는 조건으로 그에게 노래를 주겠다고 말했다지.

시아는 고개를 돌려 바닥에서 지저분하게 나뒹굴고 있는 잭 선장의 머리를 바라보았다. 차마 오래 볼 순 없어 고개를 돌리기도 전에 눈을 감았다. '그'는 기억하기나 할까? 지금 이 시체가 오래 전 손을 자르는 대가로 그의 노래를 가져갔던 피아니스트였다는 것을.

시아는 고개를 들어 하츠를 바라보았지만, 그는 썩어 가는 시체 따위는 안중에도 없어 보였다.

"곧 직원들이 이곳으로 올 거야. 커다란 웨이터 하나와 창백한 요괴 하나지. 그들이 저 애를 해돈에게 데려갈 거야."

하츠가 쥬드를 가리키며 말했다.

시아는 의식을 잃은 채 장롱 안에 기대어 있는 쥬드를 보고, 장롱 안의 잭 선장을 보았을 때보다 더 커다란 공포감에 사로잡혔다. 쥬드를 이대로 죽게 할 수는 없었다. 그가 자신 때문에, 단지 자신을 도와주고 싶어 한 선한 마음 때문에 그런 일을 당하게 할 수는 없었다.

"쥬드!"

시아는 쥬드를 불러 보았지만 대답은 들려오지 않았다. 하츠가 무자비한 걸음으로 돌탑을 나섰다. 절망에 사로잡혀 있던 시아는 서둘러 그를 뒤쫓았다.

"하츠! 하츠!"

그는 이미 조금 떨어진 공중에서 까마귀 날개를 우악스럽게 움직이고 있었다. 시아는 계속해서 그를 쫓아 달렸다. 달리는 속도보다 더 빠르게 심장을 좀먹는 불안감이 발걸음을 보챘다. 숨이 차는 것은 상관하지 않고 계속해서 그의 이름을 외쳤다. 재앙을 예고하는 사이렌처럼 심장 박동이 귓가에서 쿵쾅거리며 크게 울렸다.

이대로 쥬드가 해돈에게 끌려간다면 다시는 그를 보지 못할 것이다. 광활하게 펼쳐진 거미줄 위에서 죽음에 저항하고자 흔들리던 먹이들, 관 속에 있던 가위와 집게가 주마등처럼 머릿속을 스쳤다. 쥬드에게 벌어질지도 모르는 끔찍한 일들이 상상되어 시아는 온몸이 후들거렸다. 어느새 시아는 자신의 앞을 지나는 요괴들을 무의식적으로 밀치고 있었다. 아무것도 눈에 들어오지 않았다.

그 순간 알 수 없는 소용돌이가 시아의 눈앞에서 생겨났다. 소용돌이 속에서 공중을 비상하던 시꺼먼 형상이 시아의 눈앞에 떨어졌다. 무시무시한 추락 속도에 일순간 시아 발밑의 땅이 진동했다. 하츠가 시아를 차갑게 바라보았다.

"친구를 살려 달라고 말하겠지."

하츠가 중얼거리듯 말했다. 자비 따위는 한 줌도 보이지 않는 시선이 시아의 말문을 막았다.

"그는 고문당할 거야. 죽을지도 모르지."

하츠가 덤덤하게 말했다.

"받아들여. 어차피 그가 너를 도와준 이상 당연한 결과야. 그걸 알고도 그 애의 도움을 받은 거잖아?"

정곡을 정확하게 찌르는 물음이 괴롭게 다가왔다. 스스로의 이기심이 이러한 결과를 가져온 것이라는 걸 시아는 받아들였다. 너무나 비참했다.

하츠가 시아의 표정을 보고 웃었다.

"아니면, 도움을 받은 게 아닌가?"

그가 천천히 물었다. 시아는 의외의 이야기에 재빨리 반응했다.

"그게 무슨 뜻이야?"

하츠가 어깨를 으쓱였다.

"말 그대로. 어쩌면 그 애가 너를 도와준 것은 사실이 아닐지도 모르잖아. 어쨌거나 진실이 무엇인지 아는 당사자는 그 애와 너, 둘뿐이니까."

하츠는 마치 위로하는 듯한 부드러운 말투로 말했다.

"네가 원한다면, 너는 얼마든지 거짓말할 수 있어. 사실 그 애는 너를 도와주지 않았다고. 이 모든 것이 나의 착각이라고. 그렇다면 너의 친구는 아무런 혐의 없이 풀려나겠지."

시아는 하츠가 갑작스럽게 던져 준 희망의 실마리에 속절없이 빠져들었다. 그리고 하츠가 이야기한 대로 상황이 흘러갈 수 있기를 절실하게 바랐다. 그가 그렇게 순순히 넘어가 줄 리가 없다는 걸 알면서도.

"그런데 말이야. 만약 그 애가 너를 도와준 것이 아니라면, 그 애가 백작에게 만들어 달라고 부탁했던 와인이 너를 위한 것이 아니라면……"

하츠는 아주 잠깐 웃어 보였다. 하지만 그가 문장을 끝내기도 전에 시아는 탄식했다. 그의 갑작스러운 친절에 대한 이유를 깨달은 것이다.

"그 와인이 너의 것이 아니라면, 너는 와인을 가져오는 것에 실패한 것이 되어 버리지. 너는 동료 웨이터에게 와인 재고를 가지고 오겠다고 하고 백작의 돌탑에 간 것이지만, 네가 가져오기로 되어 있는 와인은 네가 아니라 쥬드에게 있잖아."

그가 속삭였다.

"그러면 너는 웨이터 업무를 해내지 못한 것이고, 결국 바보 같은 피아니스트와 같은 처지가 될 거야. 조금 다른 점이라면 너는 심장을 가장 먼저 잃게 될 거라는 것 정도일까."

시아의 표정을 본 하츠가 소리 내어 웃었다.

"놀라기는……. 사실은 너도 이미 예상하고 있었잖아."

하츠는 시아를 훤히 꿰뚫고 있었다. 무서울 정도인 그의 집요함에 시아는 몸서리를 쳤다.

공연을 관람했던 밤, 그가 그녀에게 물었었다.

'자신을 위해 다른 사람을 버리는 거, 그게 잔인한 일이라면 너는 다른 사람 대신 너 스스로를 포기할 수 있겠어?'

그날 시아는 가장 적당한 답변을 골라 말했다. 그녀의 위선을 비웃듯이 그가 내뱉었던 한 마디가 머릿속을 울렸다.

'두고 보면 알겠지.'

하츠는 자신이 예고했던 순간을 드디어 만끽하며 말했다.

"그럼 말해 봐. 네 친구가 너를 도와준 것이 사실인지 아닌지."

시아는 말없이 고개를 떨어뜨렸다. 불안감으로 흔들리던 눈동자에 눈물이 차올랐다. 너무나 비참하게도, 고민할 여지조차 없었다.

하츠의 부상

하츠는 가벼운 발걸음으로 화려하게 장식된 문 안으로 걸어
들어갔다. 밝고 환한 복도에서 암흑이 깔린 방 안으로 들어
가자 마치 다른 세상에 들어선 것처럼 차이가 극명했다. 우
주처럼 넓고 어두운 공간 속에서 하츠는 가만히 서서 움직
이지 않았다. 그의 앞에는 행성처럼 거대한 몸을 늘어뜨린
해돈이 앉아 있었다.

"이번에도…… 실패했다고."

짧은 문장을 말하는 것조차 버거운 듯 해돈의 목소리가
끊겼다. 그간 병세가 더 심해졌는지, 해돈은 어두워서 보이

지 않는 바닥 너머로 곧 가라앉을 것처럼 보였다. 마치 수천 킬로그램의 중력이 그의 몸을 바닥으로 끌어당기고 있는 것 같았다.

하츠는 가볍게 대꾸했다.

"완전한 실패는 아니야. 성과가 있으니까."

그러나 해돈은 도출된 결론 외에는 아무것도 눈에 들어오지 않았다.

"인간 아이가, 식당 일을 실패하도록 하는 것이, 대체 뭐가 어렵다고, 매번……."

힘겨운 듯 해돈이 말끝을 흐렸다. 해돈의 노르스레한 눈은 하츠를 향한 노골적인 적의를 담고 있었다. 하츠는 그 안에서 의심이라는 또 하나의 감정을 읽었다.

"착각하지 마. 절대로 인간을 도와주려는 게 아니니까."

하츠가 날카롭게 잘라 냈다. 그러나 해돈은 하츠를 믿지 않았다. 요괴 섬을 통째로 가지고 놀던 악당이 고작 인간 아이 하나를 방해하는 일에 매번 실패한다는 건 애당초 있을 수 없는 일이었다.

분노를 누그러뜨리지 않는 그의 시선에 하츠는 별수 없다는 듯이 화제를 돌렸다.

"좋아, 이번에는 어떤 뇌물을 가져가면 되지?"

이번에도 그에게 주어진 일을 해내지 못했으니 처벌로 여왕님의 지겨운 용안을 뵈러 가야 했다. 문득 '지난번에 동행했던 하찮은 용은 멀쩡하려나?' 하는 사소한 생각을 하고 있을 즈음, 해돈의 목소리가 울렸다.

"이번에는 따로 가져갈 건 없다."

잠깐 동안 사고가 정지했다. 말의 의미를 깨달은 하츠는 딱딱하게 굳은 표정으로 해돈을 마주 보았다. 지배인의 적대적인 눈빛이 그 말의 의미를 확신시켜 주었다.

이번에 여왕에게 바치는 뇌물은 하츠 그 자체였다. 지독한 정적이 방 안에 흘렀다. 하츠는 지배인에게 천천히 고개를 숙였다. 고개를 들었을 때 그의 얼굴에 표정은 사라져 있었다. 더는 오고 갈 말이 없었다. 하츠는 등을 돌려 암흑에 잠식되어 숨통을 조이는 것만 같은 방을 빠져나갔다. 그리고 지체 없이 성 밖으로 날아올랐다. 가야 할 길이 멀었다.

하츠가 떠나고 난 뒤 시아는 한 발자국도 움직일 수 없었다. 꼼짝 않고 서서 얼마나 끔찍한 일이 벌어졌는지, 자신이 얼마나 끔찍한 사람인지, 세상이 얼마나 끔찍한지를 받아들이는 것만으로도 벅찼다. 쥬드가 어떻게 될 것인지를 알기에 눈물이 쉴 새 없이 떨어졌다. 자신이 얼마나 망설임 없이 선택을 내렸는지 알고 있기에 감히 소리 내어 울 수 없었다. 시아는 견딜 수 없을 정도로 자신이 미웠다. 온갖 모순과 이기심과 위선으로 얼룩진 자신을 감당하기가 버거웠다.

"미안해. 미안해."

시아는 빌기라도 하듯, 얼굴을 감싼 채로 한참을 되뇌었다. 그러나 고통을 나누고 용서를 해 줄 수 있는 존재는 그녀의 곁에 남아 있지 않았다.

시간이 흘러 웅크리고 있던 몸이 통증을 호소할 즈음 시아는 멍하니 허공을 바라보았다. 목표라고는 존재하지 않았다.

시아는 그 어느 때보다도 완벽하게 길을 잃었다. 지하실, 리디아의 방, 도서관. 시아가 다니는 공간은 언제나 쥬드와 함께하는 곳들이었다. 불과 어제까지만 해도 그녀가 느꼈던 충만함과 그가 없는 지금의 간극을 실감하는 것이 무서웠다. 세상 어디에서도, 머물고 싶지 않았다. 복잡하고 지긋지긋한 세상에서 고립되고 싶었다.

시아는 망연하게 자리에서 일어섰다. 나사 풀린 기계처럼 활력 없는 움직임이었다. 그리고 자신에게 주어진 숙명을 따르듯 아무 감정 없이 걷기 시작했다. 생기라고는 찾아 볼 수 없는 움직임이었지만 시아는 방향을 알고 있었다.

'잔혹하고 비참한 추억만이 남아 있는 세상으로부터 완전히 해방되기 위하여. 악몽과 다를 바 없는 세상 따위는 존재하지도 않는 것처럼.'

기억의 조각 속에 묻힌 해묵은 말들이 시아를 마약처럼 이끌었다.

'세상도 멈추고, 시간도 멈춘, 모든 것이 멈추어 있는 곳을 찾아서.'

잔뜩 쉰 속삭임이 시아의 발걸음을 조종했다. 자신도 미처 몰랐던 순간, 가슴속에 무심코 스며들어 있던 기억을 더듬고 더듬어 문 앞에서 멈추었다. 낡고 허름한 회색 문을 바라보며 선 시아는 스스로가 우스웠다.

'많이 지치고 괴로울 때면 이 방으로 또 와도 좋아.'

기억 속의 속삭임이 심어 주는 용기에 홀린 듯이 손잡이를 잡았다.

끼익 하는 소리와 함께 문이 열리자마자 지독하게 알싸

한 냄새가 온몸을 덮쳐 왔다. 술의 방이었다. 째깍대는 시곗바늘과 침묵이 맞물리며 돌아갔다. 주위는 온통 어두웠지만 왜인지 그 편이 더 편안했다. 시아는 문을 닫고 방 안을 걸었다.

잔뜩 쉰 목소리가 들려왔다.

"약은 필요 없대도."

귀에 익은 목소리가 들려온 쪽을 보니, 술꾼이 시아를 쳐다보지도 않은 채 술병을 만지작거리고 있었다.

"약을 배달하러 온 게 아니에요."

시아의 대답에 잠깐 동안 술꾼의 눈동자가 시아를 향했다. 시곗바늘들의 규칙적인 소리가 어색한 침묵을 토막 냈다. 이윽고 술꾼의 웃음소리가 일정한 합창 위로 아무렇게나 엎질러졌다. 실실거리는 웃음소리는 방 안을 깊게 울렸다. 그러나 술꾼의 웃음소리는 오래가지 않았다.

그는 웃음기가 금세 시들어진 목소리로 말을 건넸다.

"안 물어봐도 알 것 같군. 어서 앉아."

시아는 민망한 기분을 감추고 그의 앞에 앉았다.

'절대 그럴 일은 없을걸요.'

술꾼에게 확신하며 대답했던 기억이 선명했다. 그러나 술꾼은 전혀 개의치 않는지 태연하게 입을 열었다.

"역시 거지 같은 세상에 넌더리가 난 거지."

그가 의기양양한 목소리로 중얼거렸다. 자신의 말을 곱씹던 그는 취기에 점차 감정이 고조되는지 단어 하나하나를 고함지르듯 내뱉었다.

"구역질 나는 삶에 환멸이 나다 보면 이곳이 얼마나 천국 같은 곳인지를 실감한다고!"

방 안은 여전히 비좁고 어두웠다. 술꾼의 말이 끝나자마자 날카로운 시계 소리들이 공허한 적막을 채웠다. 째깍, 째깍, 째깍. 영혼 없는 기계음이었으나 시아는 술꾼의 호통에 시계들이 박수를 치는 것 같다는 생각이 들었다.

한정된 공간은 안정감을 주었고, 어둠이 주는 단절감은 시아를 안심시켰다. 심장 박동이 점점 시곗바늘 소리의 속도에 맞추어 움직이는 것이 느껴졌다.

"뭐 하고 계신 건가요?"

술꾼은 저번처럼 술을 마시고 있지 않았다. 그는 거침없이 손을 움직이면서도 기다란 유리병들은 조심스럽게 다루고 있었다.

"늘 하는 것을 하고 있지. 술을 만들고 있는 거야."

술꾼이 유리병에서 눈을 떼지 않은 채 대답했다.

시아는 가만히 유리병 안을 들여다보았다. 유리병 안에는 투명한 액체가 들어 있었고, 그 위에는 레몬 껍질이 차곡차곡 쌓여 있었다. 시아는 술꾼이 유리병 안에 설탕 한 숟가락을 넣는 걸 바라보았다.

"처음에 여기 왔을 때는 어느 정도로 끔찍해야 이 정도 눈물을 흘릴까 궁금했는데, 이제는 조금 가늠할 수 있을 것 같아요."

"글쎄, 꼭 그런 때에만 눈물을 흘리는 건 아니야. 행복해서 우는 경우도 있으니까. 이건 정말 중요한 사실이야."

유리병 안을 고심하며 바라보던 술꾼이 시아에게 씨익 웃어 보였다.

"눈물이 담고 있는 감정에 따라 술의 가격도 달라지거든."

시아는 어깨를 으쓱였다.

"행복할 때의 눈물은 더 고가인가 보군요."

"틀렸어, 아가씨. 좋은 술맛을 내려면 모든 감정이 필요해. 각각 다른 맛을 가지고 있거든. 슬플 때의 눈물은 신맛이 나고, 화가 났을 때 흐르는 눈물은 짠맛이 진해져. 기쁘거나 감동해서 나오는 눈물에는 약간의 단맛이 들어 있지."

술꾼이 유리병의 뚜껑을 돌리며 말했다.

"가장 좋은 술은 모든 감정의 눈물들이 섞인 술이야. 슬프거나 화나지 않으면 행복한 감정도 느낄 수 없거든."

빙글빙글 돌아가는 뚜껑들을 바라보고 있자니 시아는 머리가 멍해지는 기분이었다.

"어느 하나의 감정이라도 부족하면 다른 것으로 맛을 보충해야 해. 슬픈 눈물의 신맛 대신 레몬 껍질을, 화난 눈물의 짠맛 대신 소금을, 기쁜 눈물의 단맛 대신 설탕을 사용하는 거지."

뚜껑이 닫힌 유리병은 완성작이었다. 시아는 레몬 껍질과 설탕으로 가득 차 있는 유리병을 가만히 노려보았다. 술꾼과 시아 사이에서 공허한 적막이 흘렀다.

술꾼은 유리병을 다른 술병들이 놓여 있는 선반 위에 올려놓았다. 그리고 콧노래를 흥얼거리며 술병 하나와 잔을 꺼냈다. 쓸쓸한 리듬이 그들을 둘러싼 벽에 메아리쳤다.

"저는 왜 이렇게 이기적일까요."

시아가 말을 꺼냈다.

"좋은 친구에게서 언제나 도움을 받아 놓고 가장 중요한 순간에 나를 위해 서슴없이 그를 저버리죠."

술꾼은 어느새 흥얼거림을 멈추고 잔에 술병을 기울이고 있었다.

"쥬드가 괜찮을까요? 그가 살아날 수 있을까요? 그가 너무너무 걱정되지만 다시 돌아간다고 해도 나는 여전히 나를 선택할 거예요."

시아가 신음하듯 말했다.

"그게 너무 싫어요."

시아가 솔직하게 고백한 뒤 술꾼을 바라보았다. 그는 술잔을 비우며 요란하게 술맛을 느끼고 있었다. 감질난다는 듯 즐겁게 입맛을 다시던 그는 시아의 시선을 느꼈는지 어깨를 으쓱여 보였다.

"글쎄, 솔직히 공감은 안 되는군."

그가 아무렇게나 떠들었다.

"누구나 자기 인생에서 가장 소중한 건 자기 자신이어야 해. 자기를 지키기 위해 이기적이어야 하는 건 당연한 거야."

"하지만 난 정말 못됐어요. 자신을 위해서라면 기꺼이 거짓말을 하고 방관하죠."

시아는 하츠를 설득하기 위해서 자신이 난발했던 위선과 거짓에 괴로워했다.

'하츠는 처음부터 알고 있었던 거야. 전부 가짜라는 걸.'

시아는 자신이 여태 가면을 쓰고 살아왔다는 생각이 들었다. 나를 위해 다른 사람을 버리지는 않을 거라고 당당하게 말한 것이 이 순간 가장 우습게 느껴졌다.

술꾼은 시아를 짓밟고 있는 무게가 단지 눈물 몇 방울처럼 가벼운 것인 양 손쉽게 이야기했다.

"너무 나쁘게 생각하지는 마. 이렇게 괴로워하고 있다는 사실이 아가씨는 못되지 않았다는 걸 입증해주지. 그러한 감정이 다른 존재들을 위해 더 나은 사람이 되고자 고통스러워하고 고민하고 있다는 증거이니까. 다른 존재들을 소중하게 생각하니까."

얼마 후, 취해서 곯아떨어진 술꾼을 보며 시아는 그의 말을 가만히 곱씹었다. 이상하게도 불안감과 죄책감으로 뒤집혀 있던 마음이 조금은 가라앉은 기분이었다. 그러나 머릿속을 가득 채운 생각은 여전했다.

'쥬드가 괜찮을 수 있을까?'

어두운 방 안에 잠겨 시아는 그를 걱정했다. 머리 위에선 시계들이 째깍댔다. 고개를 드니, 액자처럼 걸려 있는 조그마한 창문으로 가냘픈 빛이 새어 들어오고 있었다. 문득 바

깥의 모습이 궁금해져 시아는 조용히 일어서 방 밖으로 나
왔다.

또 다른 아침이었다. 모두가 잠이 드는 아침의 레스토랑
은 고즈넉하고 평온했다. 시아는 뽀얀 햇빛 아래에서 걸음
을 옮겼다. 쥬드를 찾고 싶었다. 그러나 어디로 가야 할지
알 수 없었다. 하얀 하늘이 청량했다. 밝게 비추는 태양에
시아는 미간을 찌푸렸다.

그때, 맑은 하늘에 검은 형상이 눈에 띄었다. 작게 보이던
검은 점은 점점 더 커지고 있었다.

"아."

익숙한 형상에 시아는 탄식을 뱉었다. 하지만 그의 움직
임이 심상치 않아 보였다. 날개가 심하게 흔들리고 있어 금
방이라도 추락할 것 같았다. 눈동자가 다급하게 그를 좇았
다. 레스토랑의 가장 높은 곳으로 그가 떨어지는 것이 눈에
들어왔다. 별다른 생각은 없었지만 시아는 그곳을 향해 달
렸다.

시아는 에메랄드색 계단을 수없이 올라가, 화려한 궁전
안으로 들어갔다. 그리고 계단이 더 이상 나타나지 않을 때

까지 계속해서 올라갔다. 궁전 꼭대기로 올라가자 샹들리에로 밝게 빛나는 복도가 펼쳐졌다. 길을 찾아 헤맬 필요도 없었다. 복도 왼편에 있는 문의 틈으로 피가 새어 나온 것이 보였다.

시아는 그곳을 향해서 조심스럽게 발을 움직였다. 방 안의 광경을 견딜 용기를 내기까지는 약간의 시간이 필요했다. 시아는 떨리는 호흡을 가까스로 고르며, 살며시 문을 열었다. 소리 없이 열린 문의 틈으로 길이 나 있는 빨간 자국들을 따라가던 눈동자가 일순간 굳었다. 시아는 자신도 모르게 헉, 하고 숨을 들이켰다. 참혹한 광경에 일순간 머릿속이 멍해졌다.

새하얀 커튼 너머 대리석 베란다에는 시꺼먼 털에 온몸이 삼켜진 아이가 피를 흘리며 쓰러져 있었다. 그가 숨 쉴 때마다 우악스럽게 움직이는 날개는 상상 이상으로 거대해서 그의 몸을 깔아뭉갤 것 같았다.

게다가 시꺼먼 털들을 적시는 피의 양은 어마어마했다. 거친 숨소리와 움직임으로 보아 정신을 잃지는 않은 것 같았다. 하지만 온몸을 무자비하게 뒤덮은 털들 때문에 그의 얼굴은 보이지 않았다.

시아는 아주 느리게 그를 향해 다가갔다. 발밑에 고여 있는 피가 시아의 신발을 적셨다. 발끝이 피로 젖어 드는 생경한 감촉에 소름이 돋았다. 인기척을 느낀 하츠가 고개를 작게 움직였다.

"루이."

마치 다친 곳이 없는 것처럼 또렷한 목소리가 들려왔다.

눈이 마주치자 시아의 심장이 철렁 내려앉았다. 하츠의 눈빛 때문이었다. 루이가 아닌 시아라는 사실을 알게 되자마자 그의 눈동자에는 어마어마한 절망이 채워졌다. 하츠가 체념한 듯 다시 고개를 돌리는 것을 바라보며 시아는 묘한 긴장감을 느꼈다.

시아는 하츠의 눈빛을 읽은 순간, 그의 생사가 전적으로 자신에게 달려 있다는 것을 깨달았다. 이 시간, 지금 이 레스토랑에서 깨어 있는 자는 오직 하츠와 시아뿐일 것이었다. 시아는 하츠를 내려다보았다. 그는 이미 일말의 기대감과 희망도 가지지 않는 듯했다. 어쩌면 당연한 일이었다. 하츠는 그 누구보다도 존재의 본성과 내면을 냉철하게 꿰뚫고 있지 않은가. 시아는 자신이 어느새 그를 놀랍도록 차분하게 내려다보고 있다는 것을 깨달았다.

'어쩌면 기회일지도 몰라.'

내면의 목소리가 부드럽게 속삭였다. 그를 이대로 내버려 두면 모든 것이 훨씬 쉬워질 것이다.

'그냥 지나쳐 버리면 그만이지.'

시아는 쉽게 생각했다. 그가 잘못되면 시아를 불안하게 내몰거나 식당 일을 방해하지 못할 것이고, 더 이상 시아의 친구를 위협할 일도 없을 것이다. 생각이 거기까지 미치자 쥬드가 떠올랐다. 그러자 정신이 번쩍 들었다.

'내가 지금 무슨 생각을 하고 있었던 거지?'

시아는 하츠에게 다가갔다. 그리고 검은 털들로 뒤덮인 그를 일으켜 세우기 시작했다. 축 처져 있는 하츠의 몸은 무거웠다. 거대한 날개가 시아마저 깔아뭉갤 것처럼 짓눌러왔다. 시아는 한쪽 무릎을 꿇은 채 하츠의 한쪽 팔을 자신의 어깨에 두르고 안간힘을 써서 일어섰다. 시아의 온몸은 어느새 피에 젖어 들기 시작했다. 그러나 후회할 여유는 없었다. 이대로 두었다간 그가 정말로 죽을지도 몰랐다.

하츠도 시아의 움직임을 알아차렸는지, 스스로의 힘으로 걷기 위하여 다리를 바르작거렸다. 그러나 곧 부질없는 행동이라는 것을 알게 되었다. 그는 너무 많은 피를 흘려 의식을 잃고 있었다. 시아가 움직일 때마다 고통스러운지 하츠의 몸이 움츠러드는 것이 느껴졌다. 문득 시아는 '쥬드도 이렇게 아파하고 있을까?' 하는 생각이 들었다. 쥬드를 걱정하며 시아는 한 걸음, 한 걸음 힘겹게 걸음을 내디뎠다.

지금 시아의 작은 팔에 몸을 기대고 있는 아이가 어떤 존재인지는 중요하지 않았다. 시아의 신념이 그녀의 발을 멈추지 않게 만들었다. 조금 전 술꾼이 들려주었던 말이 술 냄새처럼 잔향을 남겼다.

'다른 존재들을 위해 더 나은 사람이 되고자 하니까.'

시아는 신음을 삼키며 방 밖으로 나왔다. 그리고 기다란 복도를 지나 가까스로 계단 앞에 다다랐다.

'다른 존재들을 소중하게 생각하니까.'

시아는 심호흡을 했다. 이곳은 레스토랑의 가장 꼭대기였다. 야콥의 지하실까지는 갈 길이 멀었다.

하츠를 데리고 가까스로 궁전 밖으로 나왔을 때는 두 시간이 지나 있었다. 오전의 공기는 여전히 맑고 상쾌했으며, 텅 빈 레스토랑은 평온했다. 에메랄드색 계단들은 잔뜩 꼬이고 모양이 틀어진 채로 끝없이 펼쳐져 있었다.

시아는 잠시 동안 거칠어진 숨을 돌렸다. 깃털들이 시아에게 무겁게 엉겨 붙었다. 시아는 금방이라도 팔이 마비될 것 같았지만, 하츠의 몸을 고쳐 안았다. 그리고 주저 없이 계단을 내려갔다. 땀과 피가 시아의 온몸을 적셨다. 답답한 껍질에 갇혀 온몸을 허우적대는 느낌이었다.

지칠 대로 지친 시아는 의식이 흐릿해졌다. 그러나 어떻게든 지하실까지 가고야 말겠다는 집념으로 몸을 움직였다. 시아는 오직 아래를 노려보며 걸었다. 곧 잘려 나갈 것 같은 팔을 바들바들 떨면서 무거운 몸을 지탱했다. 그렇게 평생 같은 몇 시간이 흘렀다.

"야콥! 야콥! 일어나 보세요!"

지하실에 도착하자마자 시아는 야콥에게 비틀거리며 달려갔다. 하츠를 놓고 갑작스럽게 달리니 온몸이 휘청이는 것이 느껴졌다. 그러거나 말거나, 시아는 요란하게 코를 골며 잠들어 있는 야콥을 인정사정없이 흔들었다.

"야콥!"

시아는 야콥은 웬만해서는 잠에서 깨지 않는다는 쥬드의 말을 떠올리고, 급기야 프라이팬으로 야콥의 거대한 머리를 내려치기까지 했다. 드디어 야콥이 고함을 지르며 잠에서 깨어났다. 시아는 곧 쓰러질 것 같은 몸으로 야콥을 마주 보았다.

"으아아! 이런 버르장머리 없는 비둘기 같으니!"

"진정해 보세요. 급하다고요!"

억지로 잠에서 깬 야콥은 성난 맹수와 같았다. 시아는 화가 난 야콥을 향해 몇 번이고 사과를 하였으나 야콥은 시아의 말을 듣지도 않는 모양이었다. 참다못한 시아가 초조하게 하츠를 가리켰다. 시아의 손가락 끝을 무심코 좇은 야콥의 험악한 눈이 일순간 크게 뜨였다. 지하실이 갑작스럽게 고요해졌다.

"지금 당장 치료하지 않으면 죽을지도 몰라요. 야콥, 당신이 여기에서 가장 뛰어난 마녀라면서요."

시아가 속사포로 말을 이었다. 떠들이 부인의 잘린 목과 거미 여인의 잘린 발목을 고칠 정도의 실력이라면 그를 치료할 수 있을 것이라 확신했다.

"어쨌든 죽지 않도록 어떻게든 치료를……."

"호들갑 떨긴! 조잘대는 게 비둘기처럼 시끄럽구나."

야콥이 콧방귀를 뀌며 시아의 말을 잘랐다. 아주 잠깐 놀라 입을 다물었던 야콥은 곧 상황을 파악했는지 태연한 모습으로 돌아와 있었다.

야콥이 다친 하츠를 향해 거대한 눈알을 부라리며 소리 질렀다.

"한심하긴! 그렇게 생각 없이 깝죽대고 다니더니, 기어코 이런 일을 당할 줄 내 예상하고 있었지!"

귀청을 찢을 것 같은 야콥의 고함을 들으며, 시아는 곧 기절할 것 같았다. 온몸에 힘이 하나도 남아 있지 않았다. 야콥은 시아를 보며 혀를 끌끌 찼다.

"멍청한 비둘기 같은 것. 정말 쓸모없는 짓을 했구나."

시아는 야콥에게 반박할 힘도 남아 있지 않았다. 야콥도 그것을 알아차린 것인지, 아니면 단순히 시아가 성가셨던 것인지, 시아를 쳐다보지도 않은 채 그녀에게 손목을 휘이 저었다.

"거슬리니 물러가 있기나 해라!"

이 정도 부상은 거뜬히 고쳐 낼 수 있다며 자신감 있게 선언하는 야콥을 두고, 시아는 걸음을 옮겼다.

너무나 지친 시아는 몸을 대충 씻어 내고 욕실에서 나왔다. 그리고 주저 없이 쥬드의 방으로 들어갔다. 더는 달리 무엇을 할 기력도 남아 있지 않았다. 시아는 바닥에 기절하듯 쓰러져 곧바로 곯아떨어졌다.

그대로 시아는 깊게 잠이 들었다. 어느 순간 잠결에도 사과의 말을 중얼거리는 자신의 목소리가 느껴졌다. 흐릿한 형상이 눈앞에 보이는 듯했다. 자세히 보니 쓰러져 있는 쥬드의 모습이었다. 그는 시아에게 무어라 말을 건네는 것 같았다. 시아는 듣지 않기 위해 안간힘을 썼다. 그의 말을 듣는 것이 두려웠다.

시아는 소리를 듣지 않기 위해 몸을 뒤척였다. 그럴수록 귓가에는 나지막한 목소리가 점점 맴돌았다. 속삭이는 목소리들에 견딜 수가 없었다. 온 신경이 귀에 집중되었다. 순간, 처음부터 일어나 있었던 것처럼 자연스럽게 눈이 떠졌다.

시아는 잠에서 깨자마자 시간이 한참 흘렀다는 느낌을 받았다. 새벽인 듯 빛깔이 푸르렀다. 꿈속에서 시아를 괴롭게 하던 목소리들이 여전히 들려왔다. 시아는 목소리들이 들려오는 문 쪽으로 고개를 돌렸다. 조곤조곤한 목소리들에 저도 모르게 귀가 기울여졌다. 두 사람의 목소리였다. 누구의 것인지를 알아차리는 것은 오래 걸리지 않았다.

시아는 조용히 하츠와 야콥의 대화에 집중했다. 방문이

닫혀 있고 소리가 작아서 완전하게 들을 수는 없었지만 간간이 몇몇 단어들이 귀에 꽂혔다. 처벌, 여왕. 조용조용 말하는 목소리에서도 반복되는 말들이었다. 시아는 무슨 이야기인지 알 수가 없어 계속해서 귀를 기울였다. 하츠가 무어라 말하는 것이 들려왔다. 그다음에는 야콥의 목소리가 조금 더 크게 들려왔다. 쥬드. 그의 이름을 언급하는 것 같았다.

마음이 철렁 내려앉았다. 신경이 날카롭게 곤두섰다. 순간 누군가가 지하실 밖으로 나가는 소리가 들려왔고, 그 뒤로는 아무런 목소리도 들리지 않았다.

'하츠가 나간 걸까? 벌써 완치가 된 걸까?'

시아는 일어서서 방 문을 열어 보았다. 그리고 벌어진 문틈으로 예상하지 못한 얼굴을 발견하고 얼어붙었다.

하츠였다. 하츠가 무표정한 얼굴로 시아를 마주 보았다. 음산한 침묵이 지하실을 헤맸다. 등진 베란다에서 밀려오는 새벽의 빛깔 때문에 문틈으로 푸른 길이 그려졌다. 푸르게 물든 하츠의 얼굴은 어느 때보다도 서늘해 보였다.

"벌써 나왔나 보네."

시아는 그와 거리를 유지하며 말을 건넸다. 하츠는 붕대가 몇 군데 감겨 있는 것을 제외하고는 이전의 모습과 다를 것이 없었다. 둘의 시선은 끊이지 않고 이어졌다.

"왜 그랬어?"

하츠가 물었다.

시아는 하츠의 눈을 쳐다보았다. 경계심이 읽혔다. 그는 이전보다도 더 날이 서 있었다. 시아는 뭐라고 말해야 그에게 가장 솔직할 수 있을지 고민했다. 그러나 하츠는 시아의 대답을 기다리지 않았다.

"도와주면, 내가 너를 도와줄 것 같아서?"

그가 추궁했다.

"아니면 네 친구를 봐줄 것 같아서?"

시아는 대답하지 않았다. 시아가 그를 도운 건 그런 계산된 이유 때문이 아니었다. 잠들기 전 보았던 참혹한 광경이 머릿속에 생생하게 펼쳐졌다. 하츠가 잘못되면 자신의 상황이 나아질까 하는 끔찍한 생각을 잠시 한 것은 사실이었다. 그러나 시아는 그렇게 냉정한 사람은 아니었다.

하츠는 경계심과 분노를 가득 담은 눈동자로 시아를 노려보며 차갑게 말했다.

"소용없어. 달라지는 건 없을⋯⋯."

"그냥 고맙다고 말해."

시아가 그의 말을 잘랐다. 시아는 하츠의 눈동자를 똑바로 들여다보았다. 그가 당황한 기색이 느껴졌다. 둘 사이에 침묵이 맴돌았다.

그때, 누군가가 지하실 문을 여는 소리가 들려왔다. 시아는 야콥일 것이라고 생각하며 고개를 돌렸지만 놀랍게도 루이가 들어오고 있었다. 그리고 루이의 뒤에는…….

"쥬드!"

시아는 저도 모르게 소리쳤다. 그리고 재빠르게 뛰쳐나와, 하츠를 지나쳐 쥬드 앞으로 달려갔다.

시아는 쥬드를 보자마자 심장이 쿵 내려앉았다. 쥬드는 뼈의 윤곽이 뚜렷하게 도드라져 보일 정도로 앙상해져 있었다. 초점 없는 눈동자는 깜빡이지도 않은 채, 고정된 듯 뜨여 있었다. 마치 죽은 것 같아 보였다. 가슴속 깊은 곳에서부터 무언가 바스러지는 느낌이 들었다. 온몸의 감각이 무언가에게 잠식되는 듯했다.

"진정하세요. 죽은 것이 아닙니다."

목소리가 벼락처럼 멍한 머릿속을 깨고 들려왔다. 목소리를 제대로 인식하는 데까지는 시간이 제법 걸렸다.

시아는 여전히 쥬드에게서 눈을 뗄 수 없었다. 온몸을 갉아먹는 응어리가 목구멍을 막아 질식할 것 같았다. 목소리를 내는 데까지 목구멍을 서너 번은 쥐어짠 듯했다.

"무슨 짓을 한 건가요?"

힘을 준 목소리가 잇새로 새어 나왔다. 시아는 자신이 두려워하는 대답을 듣게 될까 봐, 떨면서 대답을 기다렸다.

루이의 딱딱한 목소리가 기계처럼 들려왔다.

"레스토랑 운영과 관련하여 협조하지 않은 것에 대해 몇 가지 조치를 취했을 뿐입니다. 드물게도 야콥이 그에게 생명의 위협이 없도록 상황을 지켜보았으니, 별일은 없을 겁니다. 지금은 남은 처벌에 대해서도 강도 완화를 요청하기 위해 해돈을 찾아간 듯하군요."

그러나 쥬드가 석고상처럼 딱딱하게 굳어 있는 모습에 시아는 더 이상 아무 말도 할 수 없었다. 가슴에서부터 울컥울컥 올라오던 응어리가 몸 안을 통째로 집어삼킨 것 같았다. 모든 감각이 멈춰 버린 듯했다.

루이는 끝까지 고개를 조금도 움직이지 않은 채 말을 이어 갔다. 혀를 찰 시간조차 그에게는 아까운 것이었다.

"여기까지 온 김에 한 가지 전달 사항을 알려 드려야겠군요. 당신이 수행해야 할 새로운 일거리가 주어졌습니다. 이번에 해야 할 업무는 해돈 님께서 직접 결정하셨지요."

루이가 무덤덤하게 말하며 하츠를 힐끗 바라보았다.

사실 루이는 지하실에 들어오자마자 하츠를 발견하고 내심 놀랄 수밖에 없었다. 그의 황금색과 보라색 눈동자가 예리하게 하츠를 관찰했다. 하츠는 심한 부상을 입은 듯했지만, 몸을 움직이는 데에는 무리가 없는 정도였다.

'이상하군. 분명 여왕의 궁전에서 나오지 못하거나 죽을 것이라고 예상했는데.'

짧은 찰나였지만 루이는 의문을 가질 수밖에 없었다. 그러나 오래지 않아, 그는 시아에게로 시선을 돌렸다. 지금은 사사로운 의혹에 시간을 끌 상황이 아니었다. 루이는 다시 입을 열었다.

"이번에 주어진 일은 음식을 조리하는 것입니다. 조리해야 할 메뉴와 음식을 제공받을 손님은 따로 정해져 있죠. 며칠 내로 손님이 레스토랑을 방문하면 알려 드리겠습니다. 그 전까지는 기다리기만 하시면 됩니다."

시아는 아무 말도 들리지 않는 것처럼 고개를 떨어뜨린 채 여전히 굳어 있었다.

한껏 놀라 움츠리지도 못하는 작은 아이를 바라보며 루이는 혀를 찼다. 시아가 여태 주어진 업무들을 완수해 낸 것은 루이에게도 놀라운 일이었다. 그러나 하얗게 질려 버린 아이의 가냘픈 모습을 보니, 여태까지의 일들은 우연의 일치로 벌어진 요행일 뿐이라는 생각이 들었다.

'심장을 바치게 될 날도 멀지 않았군.'

루이는 하츠에게 고개를 돌렸다. 그는 시아를 바라보고 있었다. 루이가 그에게 이야기했다.

"따라오십시오. 해돈 님께 가셔야겠습니다."

어쩐 일인지 하츠는 루이의 지시에 따라 순순히 발걸음을 옮겼다. 루이는 더 이상 지하실에 머물 필요가 없었다. 그는 망설임 없이 뒤돌아 고상하게 지하실 문을 열고 걸어 나갔다. 하츠 역시 그를 뒤따랐다.

어두컴컴한 지하실 안에서 시아는 처음으로 쥬드와 함께임에도 불구하고 두려움과 절망감에 빠졌다.

무게를 가늠할 수 없는 침묵이 공간을 배회했다. 방 안은 레스토랑에서 가장 화려한 곳이었지만 지금은 어둠이 벽과 천장을 빼곡히 채운 보석들을 가렸다. 우주처럼 광활하고 어두운 장소에서 하츠와 해돈은 행성처럼 고요히 자리를 유지했다.

"돌아올 줄 몰랐는데."

굳어 있는 하츠를 쳐다보지도 않으며 해돈이 말했다.

"솔직히 왜 매번 여왕이 너를 죽이지 않는지 궁금했지."

하츠는 자신의 지배인을 생기 없는 눈동자로 올려다보았다.

"당신이 나를 직접 죽이지 않고 여왕에게 보내는 이유와 같겠지."

하츠가 나직하게 말했다.

"그냥 유희 같은 거야. 벌레가 등불에 타 죽는지 빠져나가는지 구경하는 것과 같은……."

활력과 생기가 다 사라진 얼굴에는 표정이 없었다. 작게 속삭이는 목소리에는 비애가 가득했다. 해돈을 바라보는 눈동자가 아득했다.

"유희, 적절한 비유네."

하츠의 온몸에 감겨 있는 원혼의 흔적들을 훑으며 해돈이 기껍게 이야기했다.

"딱히 멈춰야겠다는 생각이 들지 않는군."

병세가 악화됐다는 것을 증명하듯 힘겹게 말을 이어가는 와중에도 해돈의 얼굴엔 조소가 머금어져 있었다.

해돈이 선언했다.

"앞으로 인간에게 식당 일을 내주는 것은 내가 직접 할 예정이다. 하지만 만약 인간이 맡은 일을 문제없이 해낸다면 너는 전과 마찬가지로 여왕의 궁전을 방문해야 할 거야."

"그 아이는 실패할 거야."

해돈의 말이 끝나자마자 하츠는 의심할 여지가 없다는 듯이 단호하게 이야기했다.

"그렇게 될 거야. 도움을 주고 있던 대상을 제거했으니까."

하츠는 속으로 되뇌었다. 그저 그 아이를 도와주려고 하는 요괴가 존재한다는 걸 예측하지 못했을 뿐이다. 순수한 선의는 예측 불가능한 것이었다. 하츠는 해돈이 눈을 감는 것을 확인하고 문을 향해 걸어 나갔다. 더 이상의 변수는 없을 것이다. 그래야만 했다.

방에서 나온 하츠는 어디로 가야 할지 망설였다. 마땅히 만나야 할 이도, 방문해야 할 장소도 없었다. 온몸이 저리고 피곤했지만 무기력하게 쉬기에는 머릿속이 어지러웠다. 하츠는 벗어나고 싶었다. 위로부터. 그는 온몸을 옥죄는 날개의 움직임을 느껴야 하는 하늘이 싫었다. 그리고 자신이 서 있는 화려한 궁전이 싫었다. 하츠는 내려갔다. 궁전에서 나와 아래로 아래로 펼쳐져 있는 에메랄드색 계단을 끝없이 내려갔다.

불과 하루 전에 같은 계단을 내려갔던 기억이 데자뷔처럼 펼쳐졌다. 바쁘게 오가는 요괴들로 꽉 차 있는 지금과 달리 기억 속의 장면은 텅 비어 있었다. 의식이 흐려지면서도 그를 이끄는 작은 몸이 버거워하는 것이 느껴졌었다. 희미한 의식 속에서는 '왜?'라는 의문이 안개처럼 피어났었다.

하츠는 생생하면서도 흐릿한 기억의 발자취를 밟으며 계단을 내려갔다. 가는 길마다 그를 살리고자 발버둥 치던 존재의 생동감이 유유히 머물러 있었다. 그가 벗어나려고 하는 곳과는 너무도 상반된 느낌이었다. 그가 어떻게 돌아온 것인지 의아하게 바라보던 지배인의 무심한 눈길이 머릿속을 차갑게 만들었다.

계속해서 내려가다 보니 어느새 눈앞에 보이는 건 식재료 저장실이었다. 더 내려가면 야콥의 지하실이다. 하츠는 반듯하고 매끄러운 나무판자들로 이루어진 벽 중 하나를 밀고 들어갔다. 식재료 저장실은 한적하고 고요했다. 나무판자 냄새가 차분한 공기에 배어 나왔다. 하츠는 양쪽에 여러 개의 문들이 기차처럼 나열된 복도를 걸었다. 걸을 때마다 나무 바닥에서는 딱딱거리는 소리가 들려왔다. 온실, 냉장실, 건조실을 지나쳐 나아가다 요란한 소리가 들려오는 사육실까지 지났다. 별생각 없이 계속해서 걸어가던 중, 고요하던 복도에서 거슬리는 소음이 들려왔다. 누군가가 문을 열었다 닫는 소리였다.

하츠가 반사적으로 고개를 돌렸다. 익숙한 뒤태가 눈에 밟혔다. 누군가 자신을 보고 있다는 것을 눈치채지 못한 채 소리 죽여 걸어가는 모습이 하찮게 보여, 하츠는 입을 열지 않을 수 없었다.

"쯧쯧쯧. 업무 중 자리 이탈이라니, 역시 스테이크 형벌을 내렸어야 했나 보군."

목소리가 들리자마자 소음의 주인공이 얼어붙었다. 하츠는 자신을 돌아보는 그를 보며 무표정을 유지했다.

"아니, 나의 친구 하츠군! 언제부터 거기 계셨던 겁니까?"

히로가 머쓱한 표정을 감추며 하츠에게 웃음을 지어 보였다. 그러나 하츠는 그가 무슨 생각을 하고 있는지 알 수 있었다.

"다친 친구를 보러 가나 보지?"

레스토랑에서는 비밀이 존재하지 않았다. 쥬드에 대한 소식은 이미 거의 모든 직원들에게 전해졌을 것이 뻔했다. 날카로운 지적에 히로는 당혹스러운 기색을 감추지 못하고 눈알을 데굴데굴 굴렸다.

그가 아무렇게나 떠들었다.

"무슨 소리를 하는 겁니까? 제가 아무리 쥬드 군과 친한 사이라고 해도, 그렇다고 해서 제가 업무 중에 이탈을 하는 그런 무책임한 일을 저지른다는 겁니까? 서운합니다. 저는 그저 레시피 문서를 지키던 도중, 밖에 침입자는 없는지 혹시나 해서 확인차 잠시 방을 나와 본 것뿐입니다."

목청을 높여 소리치는 아담한 용을 바라보던 하츠는 갑작스러운 충동을 느꼈다. 하츠 스스로도 왜 그러한 생각이 들었는지는 알 수 없었다. 그러나 그가 무슨 결정을 내렸는지 제대로 깨닫기도 전에, 그는 이미 히로에게 말하고 있었다.

"그렇다면 레시피 문서를 가져가. 친구를 보러 가는 길에 말이야."

히로의 눈동자가 커졌다. 잠깐 동안 할 말을 잃고 하츠를 바라보던 히로는 그가 진지하다는 것을 알아차리고는 펄쩍 뛰었다.

"제정신입니까? 당연히 안 됩니다. 레시피 문서를 밖에 들고 나가다니요. 그러다 문서가……."

"가지고 가."

하츠가 히로의 말을 자르며 말했다.

"아니면 업무 중 자리 이탈로 스테이크 형에 처할 테니까."

잔뜩 당황한 히로를 두고 하츠는 유유히 자리를 떠났다. 하츠는 방금 전에 자신이 저지른 일 때문에 내심 당황하고 있었다. 이성적으로 저지른 일이 아니었다. 그러나 더 길게 개입할 마음은 없었다. 어떠한 선택을 하든 책임은 히로의 몫이었다.

문서의 행방과 톰의 주문

"한심한 비둘기 같으니. 그런다고 달라지는 건 없어, 이 멍청아."

암흑 속에서 무릎 위로 얼굴을 파묻고 있는데 거친 목소리가 들려왔다. 시아는 재빨리 고개를 들었다. 야콥이 요란하게 지하실의 문을 닫으며 들어왔다.

"야콥, 돌아왔군요!"

시아가 소리 질렀다. 이번만큼은 야콥의 등장이 반가울 수밖에 없었다. 시아는 야콥이 여전히 굳어 있는 쥬드를 훑어보는 것을 바라보았다. 시아가 야콥을 간절한 눈길로 쳐다보며 말했다.

"치료될 수 있겠죠?"

물음의 형태를 띠고 있는 말이었지만 갈구하는 답은 정해져 있었다. 온몸이 다 젖도록 피를 흘리던 하츠도 하루 만에 멀쩡히 움직일 수 있을 정도로 회복시킨 능력이었다. 시아는 야콥이라면 쥬드를 원래대로 돌려놓을 수 있을 것이라고 철석같이 믿었다. 잠깐 동안 침묵이 흘렀다. 시아에게는 가장 무서운 시간이었다. 끈질기게 달라붙는 시아의 시선에 야콥이 마침내 대답했다.

"쥬드는 너무 무모한 짓을 벌였어. 죽이려고 하는 걸 겨우 막았지."

"그리고 당신은 치료할 수 있어요."

시아가 고집스럽게 주장했다.

야콥은 성가시다는 듯 시아를 험상궂게 노려보며 두꺼운 입술을 열었다. 짧은 순간 동안 시아는 야콥의 표정 변화를 관찰하며 그의 생각을 읽으려고 했다. 단순히 귀찮은 것일까, 아니면 정말로……. 그러나 야콥의 다음 말이 들리기도 전에 지하실 문이 시끄럽게 열렸다. 시아와 야콥의 시선이 지하실을 다급하게 들어오는 리디아와 히로에게 향했다.

헐레벌떡 달려온 둘은 쥬드의 모습을 보자마자 사색이 되어 소리 질렀다.

"오빠!"

"쥬드 군!"

리디아와 히로가 얼빠진 표정으로 쥬드를 바라보았다. 야콥은 그녀의 지하실에 불청객들이 들어와 몹시 화가 난 것처럼 보였지만, 웬일인지 그들을 내쫓지는 않았다. 평소와는 조금 다른 야콥의 행동에 불안해진 시아가 끈질기게 달라붙었다.

"치료해 주실 거죠? 그렇죠?"

"성가신 비둘기 같으니, 내가 저 꼭대기 궁전까지 올라가서 뭘 하고 왔는지 알아? 아무것도 모르면 그 멍청한 입 좀 다물고 있어."

야콥이 버럭 고함을 질렀다. 어마어마한 크기의 목소리가 지하실을 쩌렁쩌렁 울렸다.

야콥은 시아의 얼굴에 자신의 얼굴을 들이대고 두 눈을 험상궂게 부라리며 빠르고 거칠게 욕지거리들을 내뱉었다. 두꺼운 입술에서 침이 분수처럼 튀어 올랐다. 야콥은 당장 시아의 말을 들어줄 생각이 조금도 없는 것 같았다. 시아는 쥬드의 곁에서 창백하게 질려 있는 리디아의 앞에 마주 앉았다.

"리디아, 네가, 네가 치료해 줄 수 있을 것 같아? 쥬드 말이야."

시아의 목소리는 떨리고 있었다. 시아는 감정이 쏟아져 나올 듯한 것을 참는 듯, 입술을 굳게 다문 채 리디아를 지켜보았다.

'리디아 역시 능력 있는 마녀이니까……'

시아는 리디아에게 가능성을 걸어 보았다. 리디아는 쥬드에게서 눈을 떼지 못했다. 좋아하는 사람을 바라보는 눈동자에 담긴 진심 어린 감정에 시아의 마음이 미어졌다.

"……한번 해 볼게."

리디아가 여전히 쥬드를 바라보며 대답했다.

시아는 완전히 사라지지 않은 희망에 안도하며 리디아를 바라보았다. 리디아는 여전히 창백했지만 눈빛에는 어느 정도 확신이 엿보였다.

"할 수 있을 것 같아. 야생 꽃들을 조금 캐고, 약물을 조금 만들다 보면……."

어느새 쥬드를 끌어안은 채 통곡하고 있던 히로가 리디아의 말에 감격에 찬 인사를 쏟아부었다. 시아는 조금이나마 숨통이 트이는 기분이었다.

"고마워."

시아가 리디아의 손을 잡고 속삭이며 안도의 숨을 터뜨렸다. 그러나 여전히 쥬드에게서 눈을 떼지 못하는 리디아의 시선이, 시아의 마음에 끊임없이 생채기를 남겼다. 그 시선은 흡사 말을 건네는 것 같았다. '너 때문이야. 너 때문이야.' 죄책감이 칼날처럼 시아의 마음을 사정없이 파고들었다. 시아는 속으로 끊임없이 비명을 질렀다. 시아는 차마 쥬드를 바라볼 수 없었다. 죄의 무게를 아는 죄수처럼 고개 숙인 시아의 시선이 바닥과 허공 사이를 헤맸다.

시아는 한 발짝도 안 떨어진 곳 구석에 놓여 있는 종이 묶음을 발견했다. 뜬금없어 보이는 물건에 시아는 저도 모르게 그것을 향해 손을 뻗었다. 그러나 종이에 손이 닿기도 전에 누군가가 시아의 손을 재빨리 다른 방향으로 밀어 버렸다. 시아는 갑작스러운 훼방에 고개를 돌렸다.

"히로, 이게 뭔가요?"

"아, 시아 양. 아무것도 아닙니다."

히로는 시아가 발견한 종이 뭉치를 등 뒤로 숨기기 급급

해하며 얼버무렸다. 그러나 히로의 작은 체구 너머로 시아
는 그것들이 무엇인지 볼 수 있었다. 그리고 놀라지 않을 수
없었다.

"어, 그거 레시피 문서 아니에요?"

정곡을 찌르는 시아의 물음에 히로는 곤란한 듯 눈알을
이리저리 굴렸다. 그러나 확신에 찬 시아를 속이는 것이 불
가능하다고 판단했는지, 그는 푹 한숨을 쉬며 사정하듯 말
했다.

"좀 못 본 척해 주십시오. 하츠가 가져가라고 해서 어쩔
수 없이 가져왔지만……."

"하츠가 가져가라고 했다고요?"

시아가 놀란 목소리로 물었다.

이런 중요한 문서를 어째서 외부로 가지고 나가라고 한
것일까. 시아의 아리송한 표정에 히로는 백번 공감한다는
듯 투덜거렸다.

"글쎄, 제가 쥬드를 보러 지하실에 가려고 하는 걸 보고는
난데없이 레시피를 가져가라고 하지 않습니까. 이 무슨 황
당한 일인지! 순간 그가 미친 것은 아닌가 싶었지만 제정신
으로 하는 소리더군요. 치사하게 스테이크 형을 빌미로 협

박을 하길래 가지고 나올 수밖에…….”

히로의 말을 들으며, 시아는 확신이 들었다. 히로가 지하실에 간다는 것을 알게 되자 레시피 문서를 가져가라고 했다니…….

시아는 히로가 들고 있는 문서를 향해 손을 뻗으며 말했다.

“그거 저 주세요.”

시아의 요구에 히로가 펄쩍 뛰며 반항했다.

“왜 그러십니까? 당연히 안 됩니다.”

“저를 믿어 주세요. 하츠는 그걸 저에게 전달하려고 가지고 가라고 한 거예요.”

“하츠가 어떤 목적으로 그런 말을 했든, 레시피 문서를 외부인에게 노출하지 않는 것이 저의 사명입니다. 이것은 안전하게 사육실로 가지고 갈 것입니다.”

“하지만 저는 외부인이 아닌걸요. 해돈에게 지시받은 식당 일을 수행하기 위해서는 그 문서가 꼭 필요해요.”

“다른 방법을 알아보십시오.”

“소용없다는 거 알잖아요.”

히로는 그의 기나긴 인생에서 가장 난감한 순간에 봉착했다. 평소였다면 당연히 매몰차게 거절했겠지만, 히로는 이미 한 명의 친구를 잃을지도 모르는 상황에 놓여 있었다. 쥬드를 제외하면 유일한 친구가 그에게 도움을 요청하고 있었고, 거절할 시 그 친구는 심각한 위험에 처할지도 모른다.

그는 레시피 문서를 든 채 갈등하며 눈동자를 이리저리 움직였다. 시아가 간절한 눈빛으로 그를 바라보고 있었고, 리디아와 야콥은 흥미진진하게 그를 쳐다보고 있었다. 쏟아지는 시선들 가운데 히로는 갈팡질팡했다.

"이해가 되지 않는군요."

히로가 시아를 바라보며 혼란스럽다는 듯이 말했다.

"하츠는 분명 당신과 한패가 아닐 텐데요. 그가 왜 레시피 문서를 당신에게 전달하려고 한 것이죠?"

히로의 물음에 시아가 잠시 침묵했다. 아무 말도 하지 않고 있던 시아가 곧 천천히 입을 열었다.

"……제가 그를 한 번 도왔으니까, 아마 그도 거기에 응하려는 거겠죠."

시아의 대답에 히로는 잠깐 동안 고민에 잠겼다.

하츠는 이전에 히로가 시아에게 레시피 문서를 빼앗겼던 실수를 눈감아 주고 스테이크 형을 취소해 주었던 전적이 있었다. 히로는 그런 하츠의 바람 하나 정도는 들어줄 요량

이었다. 설령 레시피 문서를 내준 것이 발각된다 한들, 하츠가 그가 원하는 대로 움직여 준 히로를 벌하겠는가?

'시아 양이든, 하츠든. 누이 좋고 매부 좋지.'

생각이 거기까지 미친 히로가 레시피 문서를 건넸다.

"이 상태 그대로 얼른 돌려주십시오."

히로는 다시 사육실로 돌아갔고, 리디아는 쥬드를 치료하는 데 필요한 약물들을 가져온다며 지하실을 떠났다. 지하실에 남은 시아는 쥬드의 곁에 앉아 레시피 문서를 살펴 읽었다. 문서의 내용을 알기 위해 글자를 읽어 나갈 필요는 없었다. 그저 문서를 뒤적이는 것만으로도 그 비밀스럽고 놀랍도록 정교한 레시피가 시아의 머릿속에 차분히 쌓여 갔다. 시아는 처음 겪어 보는 어마어마한 지성과 정보의 힘에 흥분하여, 은밀하고 놀라운 문서들을 빨려들 듯 보았다.

시간 가는 줄도 모르고 집중하고 있을 때, 누군가가 지하실 문을 두드렸다. 문을 열고 들어온 이는 루이였다. 시아는 그를 보고 재빨리 문서를 숨겼다. 심장이 빠르게 뛰었다. 보라색과 황금색 눈동자가 시아를 날카롭게 바라보며 천천히 입을 열었다.

"요리할 시간입니다."

시아는 루이를 따라, 계단 위를 바쁘게 오가는 요괴들 틈을 비집고 레스토랑을 향해 올라갔다. 얼마 가지 않아, 레스토랑의 화려한 문 앞에서 루이가 멈춰 섰다. 그리고 소매를 걷어 손목시계를 쳐다보며 입을 열었다.

"이만 가 봐야겠군요."

"이대로요?"

시아가 믿기지 않는다는 듯이 물었다.

"곧 있으면 저의 공연단이 공연을 시작할 예정입니다. 미리 가서 사전 상황들을 관리해야 하지요."

루이가 차분하게 대답했다.

"하지만 당신은 직접 공연을 하지도 않잖아요."

시아가 어이가 없다는 듯 말했다. 루이는 언짢은 듯한 눈길로 시아를 쳐다보았다. 그가 차가운 목소리로 대답했다.

"달리 더 알려 드릴 사항이 없습니다. 들어가시면 누구에게 요리를 대접해야 할지 알게 되실 겁니다. 그럼 손님의 주문을 받고 식재료와 도구들을 구해 요리를 대접하시면 됩니다."

계단을 향해 걸음을 떼는 루이는 정말로 떠날 것처럼 보여서, 시아는 무엇이라도 건지기 위해 다급하게 질문을 던졌다.

"다른 건요? 저번처럼 사전 교육이 있다든가……."

시아는 웨이터 일을 했을 때처럼 이번에도 사전 교육 등의 시간을 가질 거라고 생각했었다. 그러나 루이는 시아의 기대를 무너뜨리듯 단호하게 대답했다.

"상황이 다릅니다. 당시에는 레스토랑의 경제적 손실 방지를 위해 사전 교육을 실행했지만, 지금은 해돈 님께서 많이 급해지신 상황입니다. 손익 같은 걸 신경 쓸 여유가 없다는 말입니다."

루이의 눈빛이 서늘했다. 무섭도록 무자비한 말들을 듣고 있자니, 시아는 그의 뒤로 배경처럼 펼쳐진 계단들과 요리실들이 자신이 서 있는 곳과는 완전히 분리된 세상처럼 멀게만 느껴졌다.

"아무런 준비도 되지 않은 상태에서 시작하십시오. 그게 우리가 바라는 바입니다. 공연이 끝나면 돌아와서 손님에게 결과를 물어보겠습니다."

이번에야말로 심장을 가져가고 말겠다는 의도가 너무나 뻔히 보여서, 시아는 떠나는 루이를 망연자실하게 바라볼 수밖에 없었다. 아무런 정보도 주어지지 않은 상태에서 알아서 손님을 찾아내고, 주문을 받고, 식재료와 도구들을 구해 요리한 다음 대접하라는 말도 안 되는 지시였다. 기존에 했었던 일들은 최소한 무엇을 어떻게 해야 한다는 기본적인 상황은 알고 있었다. 레시피 문서를 받게 되어 느꼈던 안도감은 한순간에 사라졌다.

고개를 드는 불안감을 모르는 척하며, 시아는 레스토랑 문을 느리게 열고 들어갔다.

샹들리에의 고급스러운 조명에 물든 공간은 다양한 소음들로 여유롭게 굴러가고 있었다. 잭 선장이 남긴 피아노와 바이올린의 음악 소리, 이야기를 나누는 소리, 고기를 썰고 잔끼리 부딪히는 소리, 웨이터들의 발걸음 소리 등을 감상하며 시아는 익숙한 공간 안을 헤맸다. 부지런히 움직이는 웨이터들은 레스토랑 안을 마음대로 누비는 시아를 신경 쓰지 않았다.

시아는 자신이 대접해야 할 손님을 찾기 위해 계속해서 돌아다녔다. 고개를 돌리며 주변을 살피던 중, 가장 구석진 테이블에 시선이 멈췄다.

심장이 낮게 가라앉는 듯했다. 익숙한 뒷모습에 손바닥에 땀이 차올랐다. 시아는 테이블 앞에 반듯하게 앉아 있는 손님을 향해 느리게 다가갔다. 테이블 위로 그림자가 드리우자 손님이 천천히 고개를 들었다.

시아가 가까스로 목소리를 냈다.

"안녕하세요."

위즈워스가 시아와 시선을 맞춰 왔다. 시아는 찰나의 순간 동안 위즈워스를 빠르게 살폈다. 그의 몸은 여전히 코트처럼 기다란 망토로 덮여 있어 볼 수 없었지만, 지난 사고 이후로 상태는 거의 다 호전된 듯싶었다.

"안녕하세요."

위즈워스가 고요히 인사했다. 마스크 아래 눈동자가 자신의 얼굴을 뜯어보는 것이 느껴졌다. 둥둥둥둥. 심장 소리가 머릿속에서 북처럼 울려 퍼졌다.

"주문……하시겠어요?"

시아는 주문을 받는 종이도 없이 땀으로 흥건한 손을 쥐며 물었다. 같은 질문에 그가 했었던 지난 대답이 데자뷔처럼 또렷하게 펼쳐졌다. 시아는 자신도 모르게 빠르게 주변을 둘러보았다. 이번에는 어디로 도망쳐야 할까. 도망치듯 숨소리가 거칠어졌다.

"차를 부탁드립니다."

정중한 목소리가 꿈결처럼 들려왔다. 시아는 위즈워스를 돌아보았다. 정중하고 섬세한 말투가 어딘지 꺼림칙했다. 왜인지 하얀 마스크 아래, 미소가 감추어져 있을 것 같다는 느낌을 떨칠 수가 없었다.

시아는 홀린 듯이 물었다.

"……알겠습니다. 음식은 무엇으로 드릴까요?"

"나중에요. 우선 차부터 받겠습니다. 아무 차로나요."

지나치게 간단한 주문이었다. 시아는 뜻밖에 찾아온 행운을 어떻게 받아들여야 할지 혼란스러웠다. 떠나기를 주저하다 몸을 돌리는데, 목소리가 넌지시 들려왔다.

"차는 주전자째로 가져다주세요."

몸이 감전된 것처럼 그 자리에서 굳어 버렸다. 시아는 고개를 돌려 소름 끼치도록 두려운 그의 얼굴을 들여다보았다. 이번에는 하얀 마스크 속의 미소를 보았다고 확신할 수 있었다. 숨소리가 순식간에 불규칙하게 엉켜 버렸다. 날뛰는 심장이 비명을 지르기 시작했다. 이성이 머릿속을 지휘하기도 전에 본능이 앞섰다.

시아는 저도 모르게 그의 이름을 나직하게 부르고 말았다.

"톰."

그에 화답하듯 아주 잠깐 동안 벌어진 망토 사이로 드러난 팔에는 수많은 이름들이 새겨져 있었다. 이름들은 곧 옅어졌고, 톰의 팔은 다시 망토 속으로 자취를 감추었다. 아무 말도 나오지 않았다. 순식간에 귀가 먹먹해졌다. 마치 그와 자신만 따로 분리되어 블랙홀과 같은 공간에 먹혀들어 가고 있는 기분이었다. 자신을 바라보는 시선이 그림자처럼 다가와 피부에 스며들었다. 시아는 온몸이 오싹해졌다. 울렁거리는 머릿속으로 심장 박동 소리가 묵직하게 울려 퍼졌다.

"차를…… 내오겠습니다."

가까스로 목소리가 나왔다. 마취에서 막 깨어난 것처럼 시아는 느리게 뒤를 돌았다. 그대로 주방으로 향한 시아는 가장 화려한 주전자를 골라서 들었다. 다행스럽게도 찻잎과 설탕도 찾았다. 주변에서는 웨이터들이 거미줄을 통해 주방으로 전달되는 요리들을 받으며 바쁘게 움직였다.

시아는 주전자에 물을 끓이며 멍하니 굳어 있었다. 소리가 차단된 것처럼 주변의 모든 소음들이 들리지 않았다.

'그가 왔어! 그들이 알고 있는 걸까? 그들이 '그'라는 것을

알고 이 일을 시킨 걸까? 그가 나를 어떻게 하려는 거지?'

온몸이 메트로놈 위에 놓여 있는 것처럼 후들거렸다.

주전자에서 연기가 기차의 증기처럼 뿜어져 나왔다. 시아는 끓는 물에 찻잎과 설탕을 넣고 컵과 주전자를 쟁반 위에 놓았다. 그리고 주방에 준비된 재료들로 간단히 데코레이션을 했다. 시아는 재료로 놓여 있는 수많은 꽃들 중 봉숭아 몇 송이를 골라 플레이팅을 완성했다.

완성된 차를 들고 주방에서 나오자 그가 여유롭게 앉아 있는 것이 눈에 들어왔다. 시아는 애써 침착하게 그에게 다가갔다.

"주문하신 차…… 준비되었습니다."

톰은 시아가 테이블 위에 주전자와 컵을 내려놓는 것을 말없이 지켜보았다. 곧 컵을 깨뜨려도 이상하지 않을 정도로 시아의 손이 심하게 흔들렸다. 거미줄 같은 시선이 손가락 움직임 하나하나에 촘촘하게 엮이는 것이 느껴졌다.

시아는 가져온 것들을 모두 테이블 위에 놓았다. 시아는 더 이상 할 일이 없어 멍하니 서서 홀린 듯이 그를 바라보았다. 긴장감으로 가득한 침묵이 흘렀다.

잠시 주전자를 감상하는 듯하던 톰이 천천히 말을 꺼냈다.

"컵이 하나 부족하군요."

분명 위즈워스의 목소리였지만 말투가 섬세하고 부드러웠다. 시아는 그의 손끝에서 화려한 문양이 새겨진 컵이 순식간에 만들어지는 것을 숨죽이고 지켜보았다. '왜?' 눈빛으로 의문을 품는데, 그가 맞은편 의자를 향해 손을 뻗었다.

'앉으세요.'

부드러운 동작이 그렇게 말하는 것 같이 느껴졌다. 그가 정중하게 이야기했다.

"우리 둘 다 차의 맛 따위는 중요하지 않다는 걸 알잖아요."

시아는 자석에 이끌리듯 순순히 자리에 앉았다. 테이블 밑에 숨은 다리가 후들거렸다. 그렇지만 시아는 차분한 표정으로 톰을 마주했다.

그는 말없이 시아의 컵에 차를 따른 후 친절하게도 설탕까지 더 넣어 주었다. 그리고 시아에게 컵을 내밀며 말을 꺼냈다.

"봉숭아군요."

꽃에 대한 감상에 시아는 요괴 섬에 오기 전 있었던 일을 회상하며 대답했다.

"엄마가 좋아하는 꽃이에요."

위태롭고 긴장되는 와중에도 줄곧 그리던 기억에 대한 표식을 보자 무의식적으로 손이 갔었다. 톰이 미소를 지으며 꽃 한 송이를 들어 시아에게 내밀었다.

"저는 언제나 아름다운 것에는 꽃을 아끼지 않죠."

시아는 그가 아카시아 양에게 비슷한 말을 하며 꽃을 주었던 것을 떠올렸다. 그리고 자신도 모르게 꽃을 건네받아 주머니에 넣었다.

톰은 더 이상 아무 말 하지 않고 차의 맛을 음미하고 있었다. 시아는 그가 자신이 먼저 말을 꺼내기를 기다리는 것 같다는 느낌을 받았다. 시아는 목소리가 떨리지 않도록 목을 소리 없이 가다듬었다. 차에는 눈길조차 가지 않았다.

"그들이 알고 있나요?"

시아가 나지막이 물었다.

"그들?"

톰이 여유롭게 되물었다. 시아의 말뜻을 알아들었지만 모르는 척 장난치는 말투였다.

"그들은 몰라요."

톰이 목소리를 낮추며 속삭였다.

"그러면 당신을 위즈워스로 알고 나에게 보낸 것이군요."

시아가 확신했다.

루이는 공연이 끝나면 돌아와서 손님에게 결과를 물어볼 것이라고 말했다. 위즈워스라면 분명 좋지 않은 이야기를 들려줄 것이라고 확신했을 것이다. 악마가 위즈워스로 가장한 것은 누구도 예상하지 못한 변수였다.

시아는 이 변수가 자신에게 행운으로 작용할 수 있을지 생각해 보았다. 그가 어떠한 존재인지는 플라밍고 여인을 통해 들어 잘 알고 있었다. 불현듯 떠올린 인물에 시아는 무심코 고개를 들었다. 천장을 가린 허연 거미줄들은 까마득하게 멀었다.

"아카시아 양은……."

시아가 느리게 입을 열었다.

"당신이 자신의 눈앞에 나타나지 않기를 바라지 않았나요?"

시아는 질문을 뱉자마자 후회했다.

하얀 마스크의 남자는 조금도 움직이지 않고 시아를 뚫어져라 바라보았다. 시아는 태연한 표정을 무너뜨리지 않으려고 노력했다. 건드리지 말아야 할 부분을 들추어 버린 걸까.

다리가 심하게 떨려 왔다.

"그녀는 공연을 하러 가고 이곳에 없습니다."

시아가 긴장한 것이 애석할 만큼 톰이 유쾌하게 대답했다.

"그 말은 즉, 우리의 시간은 그녀가 이곳으로 돌아올 때까지라는 것이죠."

나긋한 말씨가 팽팽한 분위기에 깊은 자국을 남겼다. 시아는 조용히 숨을 들이켰다. 양쪽 모두 차는 입에 대지도 않고 있었다.

"저와 무슨 대화를 나누려고 오신 건가요?"

시아가 나지막이 물었다.

"글쎄요, 뭐든 좋아요."

마스크 너머로 목소리가 유유히 흘러나왔다.

"그냥 당신과 한번 이야기를 나누어 보고 싶어 찾아왔습니다."

그의 목소리는 어디선가 들려오는 바이올린 선율처럼 평온했다. 하지만 시아는 그의 저의를 알아차릴 수 없었다. 시아가 관심 있는 것은 오로지 하나였다.

"저를 도와줄 생각이신가요?"

시아가 간절히 바랐다. 답을 기다리는 몇 초 동안 절박한 심정으로 몸이 떨렸다.

"그건 당신이 하는 이야기에 달렸습니다."

그가 순순히 대답했다. 동시에 시아 주변의 공기가 순식간에 긴장감으로 얼어붙었다. 차가운 감각이 시아의 발끝에서부터 머리카락까지 훑고 지나갔다.

"어떤 이야기를 해야 저를 도와주실 건가요?"

시아의 물음에 작게 웃음소리가 들려왔다.

"벨라가 전부 알려 주지 않던가요?"

그는 자신에 관해서는 가능한 말을 아끼고 있었다. 시아가 그에게 질문을 하고 대답을 구하도록 내버려 두면서도 대화의 주도권은 그에게서 벗어나지 않았다. 모든 물음에 유연하게 대답하면서도 결국은 시아가 혼자 생각하고 판단한 다음 대화를 이어 가도록 만들었다. 이해관계에서 우위를 점한 자가 누릴 수 있는 여유였다.

그는 시아가 그에게 원하는 것을 명확하게 알고 있었다. 그는 시아가 충분히 생각하도록 기다려 주었다. 이제 시아도 그가 원하는 것이 무엇인지 알 수 있었다.

"사랑받기를 원하는군요."

시아가 속삭였다.

"그렇다면 그냥 호의를 베풀어 주면 될 텐데요. 당신이 저를 도와준다면 저는 자연스럽게 당신에게 좋은 마음을 가지겠죠."

시아가 설득했다. 그러나 그는 시아의 말을 정중하게 비웃었다.

"그런 방법은 초록 여관에서 질리도록 실패했었죠."

그가 단어를 짓이기듯 뱉어냈다.

시아는 그가 사랑받기 위해서 어떤 방법을 쓰는지 떠올려 보았다. 거미 여인과 플라밍고 여인의 형상이 머릿속에서 삐걱삐걱 춤을 추었다. 그는 상대를 치밀하게 몰아세우고 그를 숭배하지 않으면 견딜 수 없도록 조작했다. 시아는 어떻게 하면 이 정교한 거미줄에 걸려들지 않을지 숙고했다. 그러나 그의 앞에 있는 지금, 오래 고민할 수는 없었다.

시아는 그를 설득하기로 마음먹었다.

"그래서 이런 방법으로는 효과가 있었나요?"

그는 아무 말도 하지 않았다. 테이블 위를 교차하는 침묵 속에서 둘은 서로가 같은 생각을 하고 있다는 것을 잘 알았다. 시아는 그들 주변을 치렁치렁 감싸고 있는 거미줄을 둘러보았다. 하얀 자락의 주인은 아직 돌아오지 않았다.

"아니, 오히려 멀어졌죠."

시아가 단호하게 이야기했다. 그리고 마스크를 똑바로 직시하며, 그가 어떤 표정으로 자신을 바라보고 있을지 생각했다.

"왜 사람들이 당신을 신이 아니라 악마라고 부르는지 궁금해한 적 없나요?"

시아가 악마에게 물었다. 그리고 대답을 기다렸다. 정확히는 그가 대답하기 위해 생각하기를 기다렸다. 그러나 악마는 이미 나름의 정의를 가지고 있었다.

"제게는 신이나 악마나 다를 바가 없어 보입니다."

그가 대답했다.

"그리고 아카시아와 나는 어느 때보다 더 가깝게 연결되어 있습니다."

그가 아카시아를 발음할 때의 목소리를 듣는 순간 시아는 자신이 실수했다는 것을 직감했다. 그가 정중하게 권유했다.

"그러니 나의 도움을 받고 싶은 것이라면, 날 설득하려는 시도는 집어치우고 지금부터라도 성의를 다해서 빌어 보십시오."

고상하지만 차가운 목소리가 시아의 귓가에서 군림했다. 그가 강력하게 내비치는 감정에 시아는 한발 물러날 수밖에 없었다. 그와 동등한 선상에서 협의를 맺기란 불가능한 듯했다. 시아는 결국 진솔한 감정으로 호소하기로 마음먹었다.

세 번째 성공

굳게 마음을 먹은 시아가 입을 뗐다.

"열흘 남았어요."

이곳에 도착했을 때부터 하루도 빠짐없이 날을 계산해 왔다. 숫자가 줄어드는 만큼 매 순간 숨통을 움켜쥐는 불안감 때문에 힘들었다. 남은 기간이 반절로 접어들었을 때부터는, 대부분의 날에는 도저히 잠들기가 힘들었고 시도 때도 없이 온몸이 떨렸다.

"고작 열흘이요."

단어를 발음하는 순간 그녀에게 주어진 시간이 정말로 얼마 없다는 사실이 세상에 선언되었다. 사실을 공고하고 직시하는 순간의 두려움이 온몸으로 번져 나갔다.

"열흘 뒤에 내 심장을 도려낼지도 모른다는 생각에 일분 일초 시달리며 살아요. 정원사에게 받은 약초들에서는 치료약이 나올 기미조차 보이지 않고 저를 도와주던 친구는 목숨을 잃을지도 모를 정도로 다쳤어요."

시아는 틈틈이 리디아의 방에 가서 약초들을 둘러보았지만 일말의 가망도 보이지 않았다. 이제는 기대조차 하지 않았다. 굳이 그 안에 들어가서 절망적인 모습을 확인하고 싶지 않았다. 희망으로 가득 찼던 그곳이 이제는 무서웠다.

"그러다 지하실에 가면, 쥬드와 같은 공간에서, 숨을 쉰다는 것만으로, 나는 그에게……."

지하실에서는 또 다른 악몽이 시아를 집어삼켰다. 매 순간 어마어마한 죄의식이 살결을 짓눌러 왔다.

"그가 일어나지 못할까 불안하면서도 일어나면 나를 미워할까 무서워요."

자신의 양면성이 끔찍하게 다가왔다.

"그가 일어나서 나를 보면 뭐라고 말할까요? 정작 그를 그렇게 만들어 버린 하츠를 선뜻 도와주었다는 사실을 알면

나를 원망할까요?"

며칠간 쓰러져 있는 쥬드를 바라보며, 시아의 머릿속에서
오만 생각이 교차했다. 시아는 진실로 순간순간을 버티는
것이 힘들었다. 부서질 것 같았다. 차라리 그랬으면 좋겠다
는 생각도 들고는 했다. 시아가 톰을 바라보았다.

"나를 좀 도와주면 안 되나요?"

시아가 호소했다. 테이블 아래로 끈적하게 엉킨 양손이 달
달 떨렸다. 그에게 닿았을까. 마주 보는 새하얀 마스크는 담
대한 벽처럼 느껴졌다. 신을 앞에 둔 듯 손을 모아 간절하게
빌었다. 바이올린과 피아노 선율이 성가처럼 울려 퍼졌다.

그 사이로 담담한 목소리가 느릿하게 스며들었다.

"다른 세상의 존재는 어떤지 궁금해서 찾아왔는데……."

그는 잠깐의 침묵 뒤에 솔직한 감상을 말했다.

"확실히 독특하군요."

시아는 어딘가 마비된 것처럼 그를 하염없이 바라보았다.
머릿속이 온통 뒤죽박죽인 길들을 정처 없이 방황했다.

'대체 어떤 점이 독특하다는 것일까. 그러고 보니 얼마 전
에도 비슷한 이야기를 들었지.'

마치 시아가 괴상하다는 듯, 그녀에게 공감할 수 없다고

이야기하던 술꾼의 말이 떠올랐다.

'대체 왜?'

시아는 어지러웠다.

"좋습니다. 도와드리죠. 호기심이 생겼어요."

미로처럼 헤매던 길들이 네온 불빛처럼 밝게 반짝거렸다. 시아는 안도하며 그를 바라보았다. 하얀 마스크는 이제 성자의 표식 같았다.

"정말 감사해요."

시아가 진심으로 인사했다.

그는 말없이 손을 내밀었다. 기다란 장막 사이를 가르고 나온 팔에는 더 이상 어떠한 이름도 드러나 있지 않았다. 정말 위즈워스의 팔도 이렇게 생겼을까, 아니면 그가 상상하여 만들어 낸 것일 뿐일까. 시아는 의문을 가지며 그가 내민 손을 맞잡았다. 묘한 기분이 들었다.

잠깐의 순간이 지나고 그가 잡은 손을 천천히 펴기 시작했다. 시아는 손이 느리게 스치면서 느껴지는 감촉에 손을 바르작거렸다. 손바닥에 무언가가 닿아 왔다. 시아의 손가락이 그의 손 위를 배회하다 떨어졌다. 시아는 허공에서 손바닥을 펴 보았다. 작은 점토가 놓여 있었다.

"말했잖아요, 도와준다고."

그가 속삭였다.

시아는 손가락을 천천히 오므려 보았다. 말랑말랑한 감촉이 생경하게 느껴졌다. 가슴이 나직하게 두근거렸다. 그것이 무엇을 의미하는지 알고 있기 때문이었다.

"오직 당신이 원하는 형태로만 바뀔 겁니다."

자비로운 목소리를 감상하며 시아는 점토를 만지작거렸다. 그러다 그의 뜻밖의 선물을 주머니 안에 넣는데 웃음 섞인 목소리가 들려왔다.

"마침 시간이 되었군요."

고개를 들자 저 멀리에서 문을 열고 들어오는 루이가 눈에 들어왔다. 시아는 동상처럼 의자 위에서 그대로 얼어붙었다. 루이가 가까이 다가왔다. 손님과 함께 테이블에 앉아 있는 그녀를 의아하게 살피는 눈빛이 느껴졌다.

"공연 중간 쉬는 시간에 웨이터의 이야기를 전해 듣고 왔습니다. 손님과 함께 차를 마시다니……."

차분하고 단호한 어조였지만 그 안에 담겨 있는 당혹감이 느껴졌다. 그러나 루이의 말이 다 끝나기도 전에 손님이 그를 저지했다.

"아아, 괜찮습니다."

그가 담백하게 말했다.

"차의 맛이 너무 훌륭한 나머지, 요리사와 대화를 나눠 보고 싶어 제가 무리한 부탁을 했습니다."

당혹감으로 굳어지는 루이를 여유롭게 구경하며 그가 확실하게 못을 박았다.

"요리는 성공입니다."

❧

"솔직히 말해서 많이 놀랐습니다. 위즈워스를 당신의 편으로 끌어들일 줄은 몰랐습니다."

손님이 떠난 뒤 식당에서 나오며 루이가 시아에게 말했다. 시아는 아무 대답도 하지 않았다. 그에게 굳이 톰에 대한 이야기를 할 생각은 없었다.

그저 웃어 보이고 마는 시아를 바라보며, 루이가 딱딱하게 말을 이었다.

"왜 하츠가 매번 실패했는지 알 만도 합니다만, 뭐 상관없습니다."

보라색과 황금색 눈동자가 시아를 무심하게 내려다보았다.

"어차피 열흘만 지나면 해돈 님은 낮게 되어 있으니까요. 굳이 더 식당 일을 시킬 필요도 없겠죠."

말을 마친 루이는 그대로 떠나 버렸다.

시아는 총알에 가슴을 뚫린 듯 굳은 채로 그의 뒷모습을 바라보았다. 그들도 남은 날을 세고 있다는 사실에 새삼스럽게 가슴이 불길하게 뛰었다. 시아는 참을 수 없는 기분에 지하실로 뛰어 내려갔다.

삐걱거리는 계단들을 지나 낡은 문을 열고 들어가니 쥬드를 간호하고 있는 리디아와 히로가 눈에 들어왔다. 야콥은 보이지 않았다. 쥐 죽은 듯 고요한 지하실에서 굳어 있는 쥬드와 리디아와 히로를 바라보고 있으니, 마음에 구멍이 뚫린 듯 공허했다. 지하실은 어두컴컴한 동굴 안처럼 느껴졌다.

시아를 발견한 히로가 한걸음에 달려왔다.

"시아 양! 무사히 다녀왔군요."

히로의 목소리가 고요한 지하실 안을 울렸다. 그가 내민 손을 마주 잡아 악수하며 시아가 작게 미소를 지었다.

"네, 일단은요."

"다행이네요."

시아의 손을 열심히 흔들던 히로가 움직임을 멈추었다. 그가 악수하던 손을 빼내어 펼치며 단호하게 말했다.

"그럼 이제 돌려주십시오."

시아는 그제야 그가 레시피 문서를 돌려받기 위해 그녀를 기다리고 있었다는 사실을 깨달았다. 주저할 필요는 없었다. 시아는 곧바로 문서를 그에게 돌려주었다.

히로는 문서를 얼른 움켜쥐고 나서야 안도하는 표정을 지었다. 시아는 다시 한번 그에게 감사 인사를 한 뒤, 리디아에게 다가갔다. 리디아는 시아가 다가오든 말든 상관하지 않고 쥬드를 간호하는 데에 열중하고 있었다.

"상태는 좀 어때?"

시아가 조심스럽게 물었다. 리디아는 예상 밖의 밝은 표정으로 대답했다.

"나아질 수 있을 것 같아! 오빠 몸에 무엇이 문제인지 알아냈어."

밝게 상기된 표정으로 리디아가 계속해서 종알거렸다.

"그의 몸 안에 네이라가 들어 있었어. 그걸 녹이는 해독제만 발라 준다면……."

"네이라?"

"독극물의 한 종류야. 고문할 때 그걸 사용한 게 분명해."

시아가 여전히 굳어 있는 쥬드를 바라보았다.

"제거할 수 있는 게 확실한 거지?"

"응, 해독제만 잘 활용하면 독성분이 분해될 수 있을 거야."

리디아의 확신에 찬 목소리에 시아는 안도했다. 그러나 곧 리디아가 치료할 수 있을 정도의 상태인데 어째서 야콥이 쥬드의 치료를 거부했는지 의문이 생겼다.

"야콥은 어디 간 거지?"

야콥은 지하실을 떠나는 법이 없었다. 그렇기 때문에 심부름꾼으로 쥬드를 고용한 것이었다. 야콥이 유일하게 지하실을 떠났던 것은 쥬드의 고문을 말리러 해돈을 방문했을 때뿐이었다.

시아는 묘하게 이상한 기분을 느끼며 히로를 바라보았다. 레시피 문서의 상태를 확인하던 히로는 시아의 시선을 느끼고 어깨를 으쓱이며 대답했다.

"해돈 님께 갔습니다. 야콥이 하츠를 치료했단 걸 눈치채고 부른 거겠죠. 해돈 님은 이번에 하츠를 완전히 죽일 작정으로 여왕님의 성에 보냈거든요. 아마 야콥에게 다시는 그를 치료하지 말라고 경고할 작정일 겁니다."

설명을 마친 히로는 그들의 사연은 자신이 상관할 바 아니라는 듯, 다시 레시피 문서를 살피는 데에 집중했다. 시아는 히로의 말을 곱씹어 보았다. 하츠가 여왕의 성에 가는 것이 무엇을 의미하는지는 야콥에게 들어 시아도 알고 있었다. 그러나 여전히 이해가 되지 않는 매듭들이 엉켜 있었다.

"해돈은 왜 하츠를 죽이려고 한 것이죠?"

"그야 시아 양이 일을 해내지 못하도록 해서 심장을 가져오는 데에 실패했으니까요. 시아 양은 그가 시킨 모든 일을 해냈죠. 해돈 님은 그럴 때마다 하츠에게 여왕님께 뇌물을 전달하라는 처벌을 내렸어요. 그리고 시아 양이 웨이터 일까지도 성공적으로 해냈을 때에는, 하츠를 죽일 작정으로 여왕님의 성에 보냈죠. 아무런 뇌물도 없이요."

히로의 설명을 들은 시아는 적잖이 놀랐다. 자신이 식당 일들을 해낼 때마다 그에게 그러한 일들이 벌어지는 줄은 전혀 모르고 있었다. 넓은 방 안을 피로 물들이며 쓰러져 있던 그의 모습이 머릿속에 떠올랐다. 그를 지하실까지 데려온 후, 일어나자마자 마주했던 날카로운 눈빛이 생각났다. 그리고 경계심 가득했던 목소리를 기억했다. 시아는 기억들을 가볍게 떨쳐 냈다. 동정할 수는 있어도 죄책감을 가질 필요는 없었다. 그가 그러한 일들을 겪은 것이 시아의 탓은 아니었다.

"시아 양, 괜찮습니까?"

말이 없어진 시아가 걱정되었는지, 히로가 시아를 향해 손을 휘휘 저어 보였다. 반대쪽 손에는 레시피 문서가 소중하게 들려 있었다. 문득 그 문서가 시아의 시선을 잡아 끌었다. 시아는 하츠가 레시피 문서를 지하실로 가져가라고 말하는 모습을 상상해 보았다. 그러나 그림을 완성하기엔, 대답을 알 수 없는 의문들이 머릿속에 점철되어 있었다.

"이번에도 그는 여왕의 성에 가야겠군요."

시아가 중얼거리듯 말했다. 히로가 작은 고개를 주억거렸다.

"그렇죠. 하츠는 이미 그곳에 갔을 거예요. 아마 이번에는 정말로 살아남기 힘들 겁니다. 이제는 야콥도 그를 치료하지 않을 테니까요."

히로가 안됐다며 혀를 끌끌 찼다.

시아는 뒤를 돌아 쥬드의 방 안으로 걸어갔다. 상관없었다. 어쨌거나 그는 그녀에게 방해되는 인물이었다.

시아는 머릿속을 비우고 평소처럼 시간을 보냈다. 몸을 씻고 옷을 갈아입은 뒤, 차의 방에서 가지고 와 냉장고에 넣어 두었던 인간을 위한 요리들을 먹었다. 그리고 히로와 함께 리디아를 거들어 쥬드를 간호했다. 도중에 해돈에게 경고를 받아 잔뜩 심술이 난 야콥이 돌아왔다. 야콥은 리디아와 히로가 지하실에 남아 있는 것을 보고 소란을 피웠지만 오래가지는 않았다. 끔찍한 시간들이었다.

해돈의 치료 약을 찾기 위해 달리 무엇을 해야 할지 몰랐다. 모든 순간순간을 비참하게 흘려보내야만 했다. 그러다 새 수건이 필요하다는 리디아의 말에 시아는 수건을 가지고 오기 위해 쥬드의 방에 들어갔다.

처음 레스토랑에 들어왔던 날, 마담 모리블에게 받았던 물건들 중에 손수건도 몇 장 끼어 있었던 것이 생각났다. 옷가지를 들추던 시아의 손가락이 얼마 전에 벗어서 개어 놓았던 바지 위에서 멈추었다. 볼록하게 솟은 주머니의 표면을 따라 손가락이 배회했다. 주머니 안에 손을 집어넣으니 말랑말랑한 감촉이 손끝에 닿았다.

시아는 주머니 안에서 점토를 꺼냈다. 잠시 깜빡하고 있었던 톰의 선물을 바라보며 시아는 생각에 잠겼다. 이것을 어떻게 활용할 수 있을까. 그러나 아무리 생각하고 생각해도, 지금 상황에서는 점토를 쓸 만한 일이 도저히 없었다.

시아는 자신이 잘못된 길을 가고 있음을 어렴풋이 느꼈다. 그가 점토를 준 데에는 분명히 이유가 있을 것이었다. 그런데 왜 자신은 아무런 필요도 느끼지 못하고 있는 것일까. 순간 무기력하게 시간을 흘려보내고 있다는 사실이 새삼 믿기지 않았다. 머리를 한 대 맞은 듯 정신이 또렷해졌다.

'지금 나는 뭘 하고 있는 거지?'

고작 열흘이 남았다. 왜 아무런 방법도 생각조차 하지 못하고 있는 걸까. 이대로 시간을 보낸다면 어떤 끝을 보게 될지 뻔했다.

시아는 방에서 나가 리디아에게 손수건을 건넸다. 그리고 리디아가 손수건에 약물을 묻히는 것을 멍하니 바라보았다. 쥬드가 다쳤고, 그녀의 곁에 조력자는 더 이상 없었다.

'하츠가 여왕의 궁전에 갔다고.'

시아는 이전에 자신이 도와달라고 안간힘을 쓰며 설득하려 했던 이를 떠올리며 그에 관한 정보를 회상했다.

"생각이 복잡한 표정이로군. 끄윽끄윽."

기분 나쁜 웃음소리가 귓가를 찔러 왔다. 시아는 고개를 들어 야콥을 바라보았다. 야콥은 거대한 이빨을 드러낸 채 웃으며, 분홍색 소매가 늘어진 팔을 들어 시아를 가리키고 있었다. 시아는 야콥이 그녀의 생각을 훤히 들여다보고 있는 것 같은 불쾌한 느낌이 들었다.

시아가 야콥의 시선을 피하려고 고개를 돌리는데, 짓궂은 목소리가 들려왔다.

"너는 두려워할 이유가 없어. 그 여자는 널 죽이지 못해."

시아는 깜짝 놀라서 야콥을 쳐다보았다. 키의 절반을 차지하는 거대한 얼굴이 시아를 향해 쏠려 있었다. 야콥이 키득키득 웃으며 시아에게 속삭였다.

"인간을 죽일 수가 없거든."

무엇이 그토록 행복한지 요란한 웃음을 터뜨리는 야콥을 바라보며, 시아는 눈앞의 마녀가 자신의 생각을 소름 끼치도록 정확히 꿰뚫어 보았다는 것을 알아차렸다.

시아는 자신과 야콥을 바라보고 있는 히로와 리디아를 돌아보았다. 그리고 스스로에게 다짐하듯 소리 내어 말했다.

"여왕의 궁전에 갈 거야."

히로와 리디아가 눈을 휘둥그레 뜨며 시아를 바라보았다. 말도 안 되는 소리를 들었다는 듯 둘의 눈이 잔뜩 커졌다.

시아가 설명했다.

"이곳에선 더 이상 내가 할 수 있는 게 없어요. 이대로는 아무것도 할 수가 없어."

정원사의 약초들로는 아무런 성과가 없었고, 루이도 더는 식당 일을 시키지 않을 것이라고 말했다. 남은 기간이 열흘이라면 그동안 어떻게든 몸부림을 쳐 봐야 했다. 더는 남아 있는 것이 없는 레스토랑을 벗어나야 했다.

"미쳤습니까? 대체 그곳에는 뭐 하러 간단 말입니까? 그를 구해 줄 시도라도 하면 뭐가 변한단 말입니까?"

히로가 소리쳤다.

그러나 시아는 이미 생각을 완전히 정리한 뒤였다. 뒤에서 상황을 흥미롭게 구경하는 야콥의 시선을 느끼며, 시아가 설명했다.

"야콥이 나한테 말한 적이 있어요. 하츠를 반드시 내 편으로 만들어야 내가 치료 약을 구할 수 있을 거라고요. 나는 어떻게든 하츠를 구할 거예요. 여태껏 나 혼자서 치료 약을 구하려고 애썼지만 이제는 그가 마지막 희망이에요."

시아는 야콥이 전에 들려주었던 이야기들을 빠짐없이 기억하고 있었다. 야콥의 말대로 그를 자신의 편으로 만들려고 했지만, 매번 좌절되는 결과들에 체념했었다. 그러나 이제는 정말 별수 없었다.

시아는 자신의 손안에 든 점토를 힘주어 쥐었다. 그가 준 선물이 의미가 있는 것이라면, 이러한 무모한 시도를 위한 것일 거다.

"마지막 희망 따라가다가 정말 마지막이 되면 어쩌려고요? 그곳이 어떤 곳인지는 알고 간다는 겁니까? 당신은 절대 살아남을 수 없을 거예요."

히로가 말렸다. 그러나 시아는 이대로 레스토랑에 남아 있는다고 해서 결과가 달라질 것이라고는 생각하지 않았다. 시아는 흥분한 히로를 진정시키며 리디아를 바라보았다. 리디아는 시아의 말을 들은 뒤부터 계속해서 침묵을 유지하고 있었다.

"리디아, 너는 어떻게 생각해?"

시아가 물었다.

조용한 리디아를 바라보며 시아는 그녀의 마음을 짐작해 보았다. 그녀의 엄마를 생각하는 것일까. 두고 온 언니들을 그리워하는 것일까. 어느덧 히로도 얌전해진 채 리디아를 호기심 어린 눈길로 바라보고 있었다.

"나도 함께 가고 싶어."

마침내 리디아가 입을 열었다.

"그렇지만 언니는 내가 가지 않기를 바라겠지? 내가 떠나면 쥬드 오빠를 치료할 수가 없을 테니까."

시아는 그 말을 부정할 수 없었다.

"나는 남아서 쥬드 오빠를 치료할게. 대신 내 부탁을 들어줘."

리디아가 시아의 눈을 마주하며 말했다.

"엄마의 성에 가면 언니들을 도와줘. 언니들이 도망칠 수 있게. 반드시 성공해 달라는 건 아니야. 그게 얼마나 어려운 일인지는 내가 제일 잘 알고 있어. 하지만 적어도 시도는 해 줘."

리디아의 말을 들은 시아는 자신도 모르게 아이의 손목을 바라보았다. 화려한 팔찌가 죄고 있는 손목 주변은 발갛게 물들어 있었다. 시아는 그 족쇄가 주는 고통과 공포에 대한 일기가 기억났다. 시아는 자신이 리디아의 부탁을 들어줄 수 있기를 바랐다.

"정말 가슴 아픈 부탁이로군요."

갑작스러운 히로의 목소리에 고개를 들어 보니 그가 눈물을 훔치며 훌쩍이고 있었다. 눈물이 가득 고인 눈동자로 리디아를 바라보던 히로는 무언가 다짐한 듯 결연한 표정으로 작은 주먹을 쥐어 보였다.

"좋습니다. 저, 결심했어요."

그가 단단히 결심한 듯 두 주먹을 쥔 채, 시아를 바라보았다.

"시아 양, 제가 함께 가서 그들을 돕도록 하겠습니다."

히로가 결연한 말투로 엄숙하게 말했다. 황금색 눈동자는 벌써부터 특유의 정의감이 차올라 번뜩이고 있었다.

리디아가 히로를 바라보며 환하게 웃었다. 용이 나선다면 못 할 것도 없겠다고 좋아하는 아이를 바라보며, 시아는 이 아이에게 괜한 희망을 심어 주는 것이 아니기를 바랐다.

"리디아, 노력해 볼게. 쥬드를 잘 부탁해."

시아가 약속했다. 그리고 안도감이 어린 눈동자로 히로를 바라보았다.

사실 처음부터 히로에게 함께 가자고 부탁해 볼 작정이었으나, 그가 먼저 선뜻 따라나설 줄은 몰랐다. 시아 자신의 힘으로는 여왕의 성까지 갈 수 있는 방법이 없으므로 히로의 도움이 필요했다.

"히로, 전에 하츠와 함께 여왕의 성에 간 적이 있다고 했었죠?"

"물론입니다, 시아 양. 저만 믿으세요!"

자신감 넘치는 모습으로 당당하게 소리치는 히로를 바라보며, 시아는 주머니 안에 깊숙이 점토를 찔러 넣었다. 길지 않기만을 바라는 새로운 여정이 곧 시작될 예정이었다.

여왕의 성으로 갈 채비를 하는 것은 오래 걸리지 않았다. 시아는 차의 방에서 가져온 몇 가지 음식들과 톰의 선물을 가방에 챙겼다. 그사이 히로가 준비를 끝내고 왔다. 그는 쥬드의 방 베란다로 시아를 이끌었다. 베란다에서 마주한 바깥은 어느덧 환하게 밝아져 있었다. 아침 공기가 상쾌했고 햇살을 받은 정원은 화려한 색깔로 가득 찼다. 레스토랑 정원은 아무도 없어 고즈넉했다.

시아는 정원을 감상하며 떨리는 호흡을 가다듬었다. 그리고 손에 잡고 있던 가방을 어깨에 둘러멨다. 여정을 떠나기 전 준비를 마무리하고 있는데, 히로가 갑작스럽게 베란다 밖 허공으로 뛰어들었다. 시아는 다음 순간 눈앞에 펼쳐진 광경을 믿을 수 없었다.

밝은 하늘에 잠시 사라진 듯했던 작은 체구는 어느 순간 거대한 깃발처럼 하늘 위를 펄럭거리고 있었다. 레스토랑의 정원 위에 그림자를 다 드리우고도 남을 정도의 크기였다. 휘황찬란하게 번쩍거리는 은빛 갈기가 바람에 따라 흔들렸고, 부리부리한 눈매의 황금색 눈동자는 믿기지 않을 정도의 오라를 내뿜고 있었다. 그러나 아무리 정신을 가다듬고 눈을 깜빡여도, 눈앞의 거대한 용은 히로가 분명했다. 충격을 받은 시아는 아무 말도 할 수가 없었다. 이 모든 일은 불과 몇 초 만에 벌어진 것이었다.

시아가 입을 다물지 못하는 모습을 보고 히로가 신이 나서 말했다.

"원래 저는 이렇게 키가 크답니다."

한동안 아무 생각도 하지 못하고 있던 시아는, 어째서 히로가 레스토랑의 기밀문서를 수호하는 임무를 맡은 것인지 이제야 이해할 수 있었다.

"이러다 늦겠습니다."

재촉하는 히로의 천둥과 같은 목소리에, 시아의 발이 자신도 모르게 베란다 난간 위로 저절로 움직였다. 히로는 시아가 기어오르기 쉽도록 난간을 향해 고개를 숙여 주었다.

시아는 달달 떨리는 다리로 그의 산만 한 몸 위로 올라갔다.
발에 닿는 비늘의 촉감이 매끄러웠다. 시아는 갈대들처럼
부대끼는 갈기들을 움켜잡고 안간힘을 쓰며 기어올라, 적당
한 위치에 자리를 잡았다. 그리고 자신의 얼굴보다 더 커다
란 귀에 대고 이상한 기분을 느끼며 말했다.

"레시피 문서는 어떻게 했나요?"

"문서는 사육실에 갖다 놓고 왔습니다. 어차피 제가 자리
를 비웠다고 문서를 가져가려고 하는 자가 나타날 확률은
낮아요. 레스토랑 안에는 계약을 통해 해돈에게 충성을 약
속한 일꾼들만 있고, 레시피 문서를 훔치려고 레스토랑에
접근하려는 외부인들은 벽돌 다리에서 다 걸러지니까요."

히로가 대답하며 몸을 움직이기 시작했다.

시아는 온몸을 훑고 지나가는 바람에 가슴이 뻥 뚫리는
것 같았다. 순간 위로 부드럽게 솟구치는 움직임에 짜릿함
을 느꼈다. 어느덧 시야에는 온통 새파란 하늘이 펼쳐져 있
었다. 구름이 살결을 스쳐 지나가는 감촉이 간질간질했다.
시아는 부풀어 오른 마음을 다잡듯 히로의 갈기를 부여잡은
손에 힘을 더했다.

"문서를 두고 나온 것이 알려질 텐데요."

시아가 걱정스럽게 말했다.

그러나 히로의 대답은 곧바로 들려오지 않았다. 그 부분에 대해서는 생각을 미처 하지 못한 모양이었다. 바람이 온몸을 훑고 지나가는 것을 느끼며 시아는 히로를 내려다보았다. 그의 표정을 볼 수는 없었지만 당황하여 황금색 눈동자를 데굴데굴 굴리고 있을 것이 분명했다. 그게 아니라면, 그가 이렇게까지 위험을 감수할 이유가 있을까? 시아는 잠시 생각에 잠겼다.

"리디아가 언니들을 도와달라고 했을 때요."

시아가 말을 꺼냈다.

"그때 왜 곧바로 도와주겠다고 결심한 건가요?"

시아는 히로의 대답을 기다리며 파란 하늘을 감상했다. 바람과 구름을 이렇게까지 생생하게 피부로 느끼는 것은 처음이었다. 솜털 하나까지도 살아 있는 기분이었다. 다행스럽게도 이번 질문에는 히로의 대답이 들려왔다. 히로가 말을 할 때마다 시아가 앉은 자리에서 근육이 움직이는 것이 느껴졌다.

"시아 양, 여왕이 공주들을 어떻게 속박하고 있는지 아십니까?"

히로의 물음에 시아는 전에 리디아의 일기에서 보았던 내용들을 되짚으며 대답했다.

"공주들에게 팔찌를 차게 하죠. 그 팔찌는 한번 차면 벗을 수 없고요. 여왕은 그 팔찌를 이용해서 공주들을 조종하는 것 같아요. 막, 다른 모습으로 변하고, 그런 것들이요."

시아는 리디아가 괴기스러운 모습으로 변했던 것을 어떻게 묘사해야 할지 몰라 얼버무렸다.

"잘 알고 계시는군요. 그렇다면 여왕이 어떻게 그 팔찌들을 다룰 수 있는 건지도 아시나요?"

이번 물음에는 대답할 수가 없었다. 아무 말도 하지 않자 히로의 목소리가 구름을 헤치고 닿아 왔다.

"바로 여왕의 왕관입니다. 그 왕관을 머리에 쓰면 팔찌를 찬 자들을 조종할 수 있는 힘이 주어지지요. 괴물로 변하게 할 수도 있고, 심하게 상처를 입힐 수도 있고 심지어는 죽게 할 수도 있습니다. 모두 그 왕관의 힘인 겁니다."

히로는 여왕이 잠을 잘 때마저 왕관을 벗지 않는다고 덧붙였다.

"여왕이 왕관을 벗는 유일한 때는 결혼식을 올리는 동안

입니다. 여왕은 자신의 병사가 될 많은 벌들을 낳기 위해, 하루에도 결혼식을 여러 번 올리는데, 결혼식을 올리는 동안은 면사포를 써야 해서 왕관을 벗습니다. 그리고 신랑과 신부가 서약하면, 주례자가 여왕의 머리 위에 왕관을 씌워주지요."

"왕관이 그렇게 힘이 강하다고요?"

"그건 여왕을 보면 알 겁니다."

히로의 설명을 들은 시아는 그 왕관을 어떻게 빼앗아야 할지 잠시 고민했다. 그때 히로의 우쭐거리는 목소리가 아래에서 들려왔다.

"이건 굉장한 일급 기밀입니다. 왕관의 비밀을 아는 요괴는 손가락 안에 꼽힐 거예요"

"그럼 히로는 어떻게……."

시아의 물음이 끝나기도 전에 히로의 대답이 들려왔다. 그러나 이번에는 뿌듯함 따위의 감정은 묻어나지 않는 목소리였다.

"왕가의 왕관과 팔찌들을 만든 것은 드래건 가문이니까요."

그가 설명했다.

"드래건은 워낙 희귀한 종이라 딱 한 가문밖에 존재하지 않습니다. 드래건들은 각각 저마다의 깊숙한 동굴을 독점하고 그 안에서 살아가지요. 동굴 안에는 오직 두 가지밖에 존재하지 않아요. 동굴 바닥에 넘실거리는 보물들 그리고 보물을 훔치려고 기어들어 온 좀도둑들의 뼈."

시아는 신화 같은 이야기를 감상하며 하늘과 구름 속을 유영했다. 끝없이 펼쳐진 구름 속을 거대한 드래건 위에 앉아서 지나가고 있으니 자신이 한없이 작아진 듯한 느낌이었다. 모든 것이 꿈같았다. 물론, 지금까지의 모든 상황도 꿈같았지만.

히로의 우쭐거리는 목소리가 계속해서 들려왔다.

"용들은 보석과 황금에 대한 애착이 강하거든요. 놀라운 힘과 마법 능력을 가진 종족이지만 보물을 수집하는 일 외에는 심드렁하죠. 과거에 막 여왕의 자리를 차지했던 지금의 여왕은, 즉위식을 앞두고 왕관을 제작하는 일에 대해 고민하고 있었습니다. 그러다 용들에게 제안을 한 것이죠. 그 많은 보석들과 놀라운 힘으로 세상에서 가장 아름답고 강력한 왕관과 팔찌들을 만들어 달라고요. 그러면 궁전에 있는 온갖 진귀한 보석들을 주고 왕관을 사겠다고요. 그렇게 해서 오래전에 왕가와 용 사이의 계약이 체결된 것입니다."

이야기를 들으며 시아는 리디아의 팔찌를 떠올렸다. 각양
각색의 보석들이 감각적인 모양과 형식으로 수놓아져 있던
팔찌는 확실히 인상에 깊이 남을 정도로 아름다웠다. 그러
고 보니 팔찌를 드래건이 만들었다는 내용을 리디아의 일기
에서 읽었던 것 같기도 했다.

시아는 히로와 똑같이 생긴 드래건이 화려한 팔찌를 만드
는 상상을 해 보았지만, 도저히 모습이 그려지지 않았다. 시
아는 고개를 내려 히로를 바라보았다. 히로는 그가 묘사한
드래건들과는 너무나 다르게 느껴졌다.

"왜 히로는 동굴에서 보물들을 모으며 살아가고 있지 않
은 거죠?"

"저는 처음부터 그들과 어울리지 못했습니다. 제가 너무
아담했거든요."

"지금은 그다지 아담해 보이지 않는데요."

"제가 처음부터 이렇게 몸을 키울 수 있었던 것은 아닙니
다. 약 백 년 동안은 지나치게 작은 체구로 인해 가문에서
소외당해야 했지요. 멸시와 무시를 견딜 수 없어 레스토랑
으로 들어가게 되었습니다. 뭐, 사실 보물이나 동굴 따위엔
별 관심이 가지도 않았고요."

시아는 히로의 목소리에서 그가 그의 가문에 대하여 좋지 않은 감정을 가지고 있다는 것을 느낄 수 있었다.

"가문에서 그런 일을 당했다니, 힘들었겠군요."

히로의 이야기에 대한 감상을 중얼거리던 시아는 문득 연결 고리를 상기하며 히로에게 물었다.

"그래서 리디아가 언니들을 도와달라고 했을 때 선뜻 나선 것인가요?"

"정확히 맞추었습니다, 시아 양. 저는 제 가문이 만든 왕관과 팔찌를 망가뜨릴 기회를 놓치고 싶지 않습니다. 그렇게 해서 자신들이 조롱하고 무시했던 저의 존재감과 위상을 그들이 잠깐이라도 다시 확인할 수 있게 된다면, 그것으로 저는 만족합니다."

히로의 단호한 목소리에서 그의 의지를 읽을 수 있었다.

시아는 리디아의 부탁에 열렬하게 반응했던 그의 모습을 떠올렸다. 끓어오르는 감성에 젖어 충동적으로 결정을 내린 줄만 알았는데 이렇게 다른 배경을 가지고 있을 줄은 몰랐다.

시아는 레스토랑에 들어오기 이전의 히로의 삶에 대해 처음으로 상상해 보았다. 시아는 여러 요괴들이 레스토랑에 들어오기 전 어떠한 삶을 살았는지 알게 되었다. 히로의 삶, 리디아의 삶, 야콥의 삶, 아카시아의 삶, 벨라의 삶. 문득 쥬드의 삶은 어땠을지 상상해 보았다. 가장 가까운 관계임에도 불구하고 그가 레스토랑에 들어오기 이전에는 어떻게 지냈었는지 아는 것이 없었다.

시아는 지하실에 두고 온 쥬드를 떠올렸고, 자신이 돌아갈 즈음에는 그가 회복되어 있기를 바랐다. 그리고 남아서 쥬드를 간호하고 있을 리디아를 생각했고, 야콥이 한 말을 떠올렸고, 다친 하츠에 대해 생각했다.

시아는 새로운 여정에 달려 있는 무게들을 기억했다.

"우리 꼭 성공하고 돌아가기로 해요."

시아가 히로에게 속삭였다.

"쉽지는 않을 겁니다. 여왕의 성에는 끝없이 많은 병사들이 있으니까요."

히로의 목소리가 진지했다. 그러나 시아는 흔들리지 않았다. 시아 역시 무턱대고 여왕의 성에 갈 결심을 한 건 아니었다.

"그래도 가능성이 있어요. 여왕은 나를 죽이지 못할 테니까요."

"그게 무슨 소리입니까?"

여간 놀란 것이 아닌지 히로의 몸이 굳어지는 것이 느껴졌다. 시아는 히로의 목에 몸을 기댄 채 나직하게 설명했다.

"야콥이 그랬어요. 여왕은 인간을 죽일 수 없다고요. 이유는 저도 모르지만 야콥이 거짓말을 하지는 않았을 거예요."

그것은 시아가 확신을 갖지 못한 채 갈팡질팡하던 순간, 결정적인 근거로 다가와 주었던 실마리였다.

시아는 가방 안에 있는 점토를 손가락으로 문질렀다. 말랑말랑한 감촉을 느낄수록, 왜인지 올바른 방향으로 나아가고 있는 것 같다는 확신이 강해졌다. 히로의 대답이 들려오지는 않았지만, 그도 시아와 같은 확신을 공유하고 있다는 것이 느껴졌다.

"히로, 여왕의 성까지 가는 데 얼마나 걸리나요?"

"풍향이 잘 맞으면 다섯 시간, 기상 상태가 좋지 않으면 반나절까지도 걸립니다."

"주변을 둘러보니 날씨와 바람은 우리 편인 것 같군요."

피부를 훑고 지나가는 바람이 산뜻했다. 살결을 스치는 구름이 파도처럼 넘실거렸다. 히로가 맞장구를 치며 앞으로 힘차게 나아갔다.

시아는 끝없이 펼쳐져 있는 파란 길을 마주하며 말했다.

"다섯 시간이면 전략을 짜기에 충분해요."

바람이 시원하게 불어왔다.

여왕과의 거래

다이아몬드 모양의 성이 햇빛을 받아 반짝거렸다. 반투명한 벽 안쪽으로 투과된 광채에 넓은 방 안이 온통 빛으로 가득했다. 손등에 햇빛이 내리쬐자 단단한 손 하나가 잠시 움직임을 멈추었다. 손에 들려 있는 찻잔은 차가웠다. 방 안 한가운데 거대한 식탁 위에 차려진 음식들을 두고, 식사가 얼마나 오랫동안 진행되었는지를 가늠할 수 있는 온도였다.

"정오가 되었는데……."

차가운 찻잔에서 손을 뗀 하츠가 입을 열었다.

"잠이 오는 기색조차 없으시네요."

기차처럼 기다란 식탁을 두고 하츠의 맞은편에 앉은 동석자가 식은 차를 삼켰다.

"돌보아야 할 국정이 있는데 잠을 잘 수야 있나."

여왕이 한숨을 쉬며 이야기했다.

찻잔이 소리 없이 식탁 위의 대열에 합류했다. 각양각색의 빛깔로 성대하게 차려진 음식들은 모두 손도 대지 않은 것들이었다. 약간의 간격을 두고 식탁 주변을 수십 명의 병사들이 둘러싸고 있었다. 하츠는 다시금 찻잔을 들었다. 손을 뻗는 행위에 주변의 병사들이 날을 세우는 것이 느껴졌다.

"바쁘신 것치고는 저와 너무 오랫동안 시간을 보내시는군요."

여왕이 웃었다.

"이것도 업무 중에 하나야. 너를 어떻게 처리할지 고심하고 있단다."

"저와 결혼하려고 하시는 줄 알았는데요."

"그거야 네가 달아날 거라는 전제하에 놀이 삼아 시늉을 한 것이었고."

시종 하나가 가까이 다가오는 것을 보고 고개를 까딱이며 여왕이 덧붙였다.

"이제 너는 도망칠 수도 없잖아."

시종이 여왕의 귀에 대고 무어라 속닥거렸다. 여왕의 입꼬리가 올라갔다.

하츠는 여왕이 손거울을 꺼내 입술에 립스틱을 바르는 것을 보고 식사가 거의 끝나 간다는 것을 알아차렸다.

"솔직히 좀 의외더구나. 그 욕심 많은 해돈이 너를 버릴 줄은 몰랐지."

여왕이 온화한 미소를 지으며 말했다.

"너도 내 딸들처럼 훈육할 수 있다면 좋을 텐데."

하츠는 그 다정한 말투에서 무언가 이상한 느낌을 감지했다. 자신을 어떻게 할 작정인지 물어보려는데, 여왕이 먼저 말을 꺼냈다.

"이만 손님을 맞이할 준비를 해야겠구나. 하츠, 그 앞에 있는 눈알 수프 접시 좀 비우렴. 새 손님에게 낼 차를 마련할 공간이 부족하니."

의자에 편안히 앉아 있던 하츠의 몸이 굳어 버렸다. 하츠는 여왕의 눈동자를 바라보았다. 여왕이 웃음기 없이 그를 응시하는 찰나를 하츠는 놓치지 않았다. 머릿속이 차갑게 식었다.

하츠는 자신의 앞에 놓인 수프를 내려다보았다. 수프 위에 동동 떠다니는 눈알들이 귀에 대고 비명을 지르는 것 같았다. 까마득한 옛날이야기를 외치면서. 눈알 수프를 끓이다가 가스레인지 불 앞에서 죽어 있던 가족의 얼굴과 잠에서 깨어난 노파가 수프를 끓여 주며 지었던 표정에 대해 속삭이며. 묻어 두었던 옛날이야기를 기억하라고, 기억하라고.

"먹지 않는다면 하는 수 없지. 손님을 쫓아내는 수밖에."

머릿속을 헤집던 음성들이 여왕의 목소리에 접시가 깨지듯 흩어졌다. 하츠는 아무 말도 할 수 없었다. 그는 그날 이후로 눈알 수프를 입에 대지 않았다. 측은하다는 여왕의 웃음을 바라보며 하츠는 속으로 물었다.

'당신이 어떻게 아는 거지?'

그때 마비된 의식을 뒤흔드는 트럼펫 소리가 경쾌하게 울려 퍼졌다. 하츠는 트럼펫 소리를 따라 고개를 돌렸다. 문 앞의 광경을 본 순간 모든 생각이 멈추었다.

거대한 문의 양쪽에서, 체스판처럼 빨간색과 하얀색 네모 칸 문양이 그려진 의복을 입은 벌들이 트럼펫을 불고 있었다. 활기찬 소리가 멈추자 동시에 문이 양쪽으로 열리고 빨간 가발을 쓴 광대가 춤을 추며 등장했다. 광대의 뒤로는 파란색과 분홍색의 튜튜 스커트를 입은 시종들이 발레리나를 흉내 내듯 춤을 추며 들어왔고, 요란한 행렬의 맨 끝에는 자그마한 여자아이가 양쪽에 병사들을 둔 채 걸어 들어왔다. 여자아이는 방 안에 들어오자마자 여왕에게 시선을 고정한 채 다가갔다.

"여왕님께 인사드립니다. 시아라고 합니다."

시아는 여왕의 눈을 마주 보며 밝게 인사했다. 여왕이 관대하게 웃으며 시아를 맞이했다.

"어서 오거라, 애야. 네가 찾아올 거라고 예상하고 있었단다."

"제가 올 것을 예상하고 계셨다고요?"

시아가 차분하게 물었다. 여왕이 말하지 않아도 성에 도착했을 때부터 짐작할 수 있었던 사실이었다. 자신의 신분을 밝히자마자 호들갑을 떠는 벌들의 행동은 마치 오랜 시간 그녀를 기다리기라도 한 것 같은 반응이었다. 이러한 과도한 환영에 시아는 겉으로는 아무렇지 않은 표정을 유지하면서도, 내심 당황하고 있었다.

여왕이 차를 마시며 상냥하게 물었다.

"하츠를 도와주러 온 것 아니니?"

시아는 그제야 애써 못 본 척 눈길을 주지 않았던 하츠에게 고개를 돌렸다. 시아는 여태까지 그가 그렇게 충격받은 모습을 본 적이 없었다. 그녀를 바라보는 하츠의 눈빛이 경직되어 있었다.

시아가 다시 여왕에게 고개를 돌리며 웃어 보였다.

"맞습니다, 여왕님. 하지만 어떻게……."

"이전부터 둘의 친분을 눈치채지 않을 수가 없더구나."

여왕이 차를 마시며 나긋나긋 콧노래를 부르듯 이야기했다.

"요즘 그가 나를 자주 방문하길래 영문을 알아보니, 네가 레스토랑 일을 해낼 수 있도록 그가 도와주어서라더군."

"오해하신 부분이 있는 것 같습니다, 여왕님. 제가 식당 일을 성공할 때마다 그가 성을 방문한 것은 맞지만, 그는 결코 제가 일을 해낼 수 있도록 도와주지 않았습니다."

시아가 정중하고 단호하게 정정했다. 그러나 여왕은 코웃음을 쳤다.

"거짓말! 그의 도움 없이 가능했을 리가 없지. 설령 네 말이 맞다고 해도……."

여왕의 차분함은 어느새 씻은 듯 사라지고, 그녀의 눈동자에는 이유를 알 수 없는 광기가 번뜩였다. 여왕의 앙칼진 목소리가 방 안을 카랑카랑 울렸다.

"내가 지난번에 그를 돌려보냈을 때 그가 회복하도록 도와준 것은 너였잖아?"

여왕의 목소리가 낭떠러지처럼 위태롭게 꺾였다.

"내가 일부러 그를 다치게 한 뒤 레스토랑으로 돌려보냈지. 그렇게 하다 보면 네가 죄의식을 느껴 이곳에 찾아올지도 모른다고 생각했어."

여왕의 말을 들은 시아는 섬뜩함을 느꼈다. 한 번도 자신과 만난 적이 없었던 여왕이 자신을 만나기 위해 계획을 했었다니. 시아는 요괴 섬의 여왕이 자신을 기다린 이유를 종잡을 수 없었다. 문득, 여왕은 시아를 죽이지 못할 거라고 했던 야콥의 속삭임이 떠올랐다.

시아는 방 안을 꿰찬 침묵을 차분하게 무너뜨렸다.

"저에 대해 어떻게 알고 계신 건지 궁금합니다, 여왕님. 왜 제가 이곳에 오기를 바라셨던 거죠?"

여왕이 미소를 지었다. 마치 그녀가 오랫동안 그 질문을 기다려 왔던 것처럼 느껴졌다.

"글쎄, 이야기를 좀 나누고 싶은데."

여왕이 나직하게 중얼거리며 다른 쪽으로 시선을 돌렸다. 시아는 그 시선이 하츠를 향했다고 생각했다. 그러나 넓은 방 안에서 단 한 명만, 여왕이 바라본 것이 식탁 위에 놓여 있는 그릇이라는 사실을 깨달았다.

하츠는 보기만 해도 구역질이 올라오는 수프를 바라보았다. 방 안에 있는 모든 요괴들의 시선이 모두 자신에게 쏠려 있다는 것을 하츠는 알 수 있었다. 그는 자신의 행동에 따라 상황이 어떻게 바뀔지 가늠할 수 있었다. 그가 수프를 마시지 않으면 여왕은 그녀를 감옥에 가둘 것이다.

하는 수 없었다. 하츠는 그릇을 움켜쥐고 주저 없이 들이켰다. 올록볼록한 눈알들이 깔깔거리며 목구멍으로 넘어가는 것이 느껴졌다. 그러자 온몸을 통해 징글징글한 과거의 장면들이 봇물처럼 쏟아져 들어왔다.

그릇이 바닥에서 깨지는 소리와 함께, 여왕의 높고 앙칼진 웃음소리가 어렴풋이 들려왔다.

"모두 나가거라. 이 아이와 둘이 대화를 나누어야겠어."

하츠는 벌 떼에 휩쓸려 방 밖으로 향했다. '기억하지. 기억하지.' 눈알들이 동공을 수축했다 확장하기를 반복하며, 수프의 물살을 타고 몸 안을 휩쓸면서 노래했다. 아직도 기억하는 표정들이 되살아나 꿈틀거렸다. 구역질이 나올 것 같았다. 하츠는 급하게 입을 틀어막고 밖으로 나왔다. 마지막으로 고개를 돌렸을 때는 여왕과 시아가 테이블에 마주 앉아 서로를 바라보고 있었다.

둘만 남은 방 안에서 시아는 여왕을 자세히 관찰할 수 있었다. 여왕은 키가 매우 컸다. 여왕과 가까이 앉으니 어림잡아 시아 키의 두 배는 되어 보였다. 바닥을 채울 만큼 길고 화려한 웨딩드레스와 커다란 왕관이 길쭉한 여왕을 더 거대하게 느껴지도록 만들었다. 날갯죽지 뒤편에 접혀 있는 날개와 드레스 자락 사이로 나와 있는 거대한 침이 여왕벌의 외관을 더욱 이질적으로 보이게 했다.

시아는 여왕이 화려한 드레스와 왕관을 벗는다면 지금과 같은 분위기를 풍기지 않을 거라고 생각했다. 시아가 올려다본 여왕의 얼굴은 해골처럼 여위고 창백했다. 도드라진 두 눈알이 광채를 번뜩이며 시아를 내려다보지만 않았어도, 시아는 그녀가 죽은 사람은 아닌지 의심했을 것이었다.

여왕이 상냥하게 말을 건넸다.

"그래, 내 춤꾼들의 환영 공연은 어땠니? 예전에 성에 초청했던 발레 공연단의 무대를 보고, 인상을 깊게 받아 흉내 내도록 연습시켰지."

시아는 성에서 초청 공연을 했었다는 아카시아 양의 춤을 떠올렸다.

"그 공연단의 실력에는 조금도 미치지 못하는 것 같은데요."

찻잔을 입가에 대던 여왕의 손짓이 멈추었다. 시아는 찻잔 너머로 가려진 여왕의 얼굴을 올려다보며 그녀가 어떤 표정을 짓고 있을지 상상했다. 여왕이 천천히 잔을 내려놓았다. 상냥하게 보였던 웃음이 뒤바뀌어 있었다.

"너……."

여왕의 눈동자가 시아를 날카롭게 겨냥했다.

"내가 너를 죽일 수 없다는 걸 아는구나."

시아는 그제야 자신이 너무 솔직했던 것을 후회했다.

여왕이 조용히 물었다.

"그럼 그 이유도 알고 있니?"

"거기까지는 모릅니다."

시선을 견디지 못하고, 시아는 테이블 위에 널브러진 아무 접시에나 손을 뻗었다. 여왕이 시아의 손을 붙잡았다. 그제야 시아는 하마터면 심장이 부패할 뻔했다는 것을 깨닫고 요괴의 음식에서 손을 떼었다. 시아는 자신을 바라보는 여왕의 눈을 마주 보았다.

"저를 어떻게 알고 기다리셨으며, 왜 죽이지 못하시는 것인지 듣고 싶습니다."

"그 이야기는 차차 하도록 하고."

여왕이 시아의 말을 가볍게 넘겼다.

"이 성까지는 어떻게 왔니?"

"불도그가 판 굴을 통해 왔습니다."

"혼자?"

"네."

시아는 거짓말을 했다. 여왕은 얼음처럼 꼼짝도 하지 않은 채 시아를 유심히 바라보았다. 시아는 아무렇지도 않은 표정으로 마주 보려고 노력했다.

'잡히지는 않았겠지?'

시아는 스스로를 달랬다. 걸리지는 않았을 것이다.

여왕이 시아를 죽일 수 없다는 사실을 알고, 시아는 성에 혼자 들어가기로 결정했다. 히로는 여왕의 성이 얼마 남지 않았을 때 멀지 않은 곳에 몸을 숨겼고, 시아는 성까지 남은 거리를 홀로 걸어왔다. 따라오겠다고 징징거리는 히로를 설득하는 데 제법 힘이 들었다.

"혼자란 말이지."

여왕이 중얼거리는 목소리가 들려왔다. 방 안을 한 바퀴 예리하게 훑은 시선이 시아에게 도달했다. 여왕이 미소를 지었다.

"그럼 이제 용건을 알려 주어야겠구나."

시아는 여왕이 자신에게 무엇을 기대하기에 자신을 죽일 수 없는 것인지 이야기를 듣기 위해 귀를 기울였다. 여왕이 차를 홀짝이며 질문을 던졌다.

"브리초라는 것을 들어 보았니?"

익숙한 이름에 신경이 곤두섰다.

"네, 하츠가 그걸 가져오려다 악마 까마귀에게 먹혀 버렸잖아요."

여왕이 웃으면서 턱을 괴었다. 몽롱하게 풀린 눈동자는 과거의 일들을 꿈꾸는 듯했다.

"까마귀가 지키는 그 약초를 먹으려면, 까마귀와 거래를 해야 해. 내가 가장 사랑하는 것을 대가로 주는 거지. 그러면 까마귀는 약초의 아주 일부를 뜯을 수 있게 해 줘."

여왕이 귓속말처럼 사근사근 속삭였다.

"정권을 키우고 유지할 수 있었던 데에는 주기적으로 그 약초를 먹은 덕이 컸지."

허공을 바라보던 시선이 시아에게 내려앉았다.

"그런데 매번 산에 찾아가서 까마귀와 거래를 하는 것이 좀, 번거로워서 말이야."

시아는 얼음처럼 굳은 채로 앉아 있었다. 여왕이 턱을 괴지 않은 손을 내려 시아의 볼을 쓰다듬었다. 화려한 매니큐어를 색칠한 기다란 손톱이 딱딱했다. 뼈마디가 느껴지는 앙상한 손가락이 시아의 볼을 천천히 문질렀다. 시아의 얼굴 전체를 가릴 수 있을 만큼 기다란 손이었다.

여왕이 들릴락 말락 한 목소리로 희미하게 속삭였다.

"그 약초와 관련해서는 사실 또 하나의 전설이 있는데, 이건 나만 알고 있는 거야. 그런데 너에게 귀띔해 준 것을 보니 야콥도 수정 구슬을 통해 보았나 보구나."

시아는 여왕의 손가락이 자신의 얼굴을 휘어잡는 것을 느끼며 가만히 앉아 있었다. 여왕이 목소리를 약간 높이며 재잘거렸다.

"내가 처음 약초를 찾으러 갔을 때에 나는 까마귀가 약초의 일부만 뜯어 주는 것이 불만이었어. 그렇잖아, 나는 내가 가장 사랑하는 것을 주었는데, 까마귀가 주는 것은 고작 약초의 끝자락이라니. 그런데 까마귀가 나에게 이야기해 주었어. 온전한 약초를 가져갈 수 있는 건 '인간'뿐이라고."

여왕이 싱긋 웃으며 덧붙였다.

"이유는 나도 몰라."

'용건'에 대한 설명을 마친 여왕은 시아에게서 손을 떼고 우아하게 찻잔을 기울였다. 여왕이 차를 목구멍으로 삼키기도 전에 시아는 침묵을 무너뜨렸다.

"제가 그 약초를 구해 오기를 바라시는군요."

여왕의 입꼬리가 순식간에 올라가 피에로의 웃는 입처럼 보였다. 빨갛게 번뜩이는 입술 위, 여왕의 눈은 허공을 응시하고 있었다. 시아는 섬뜩함을 느꼈다.

여왕이 차분한 목소리로 조곤조곤 이야기했다.

"그래. 그리고 너는 그렇게 해 줄 거야. 해가 저물면 병사들이 너를 그 약초가 있는 산으로 데리고 갈 거다. 그럼 그 약초를 통째로 뽑아서 나에게 가지고 오면 돼."

시아는 여왕의 왕관을 바라보았다. 망설이던 끝에 용기 내어 입을 열었다.

"만약 제가 싫다면요?"

여왕이 소리 내어 웃었다.

"번거롭게 행동하는 건 너에게도 좋지 않을 텐데."

눈도 깜박이지 않고 시선이 교차되었다. 시아는 아무 말도 하지 않았다. 잠시 생각하는 듯했던 여왕이 한숨을 쉬며 말했다.

"하츠를 풀어 줄게."

"부족해요. 다른 조건을 들어주세요."

여왕이 눈살을 찌푸리며 시아를 흘겨보았다. 시아는 여왕이 자신을 감옥에 가둔다고 하는 것은 아닐지 겁이 났지만, 방법이 없었다. 시아에게는 지켜야 할 약속이 있었다.

시아는 할 수 있는 한 가장 무표정한 얼굴로 입을 열었다.

"여왕님의 결혼식에 참석하게 해 주세요."

여왕은 그게 무슨 소리냐는 듯 시아를 바라보았다. 시아가 나직하게 부탁했다.

"딱 한 번만요. 인간은 호기심을 참지 못한답니다. 그래서 제가 절대 볼 수 없었을 광경을 너무나 보고 싶어서 그래요."

식탁보 아래로 땀으로 흥건한 두 손을 맞잡으며, 시아는 의심의 눈초리로 자신을 살피는 여왕의 눈을 아무렇지 않은 척 마주 보았다. 여왕은 시아를 빤히 바라보며 움직이지 않았다.

시아는 호기심 때문이라는 자신의 구실을 여왕이 믿지 않는다는 걸 알 수 있었다. 맞잡은 두 손에 힘이 더해졌다. 다른 변명을 덧붙여야 하는 것일까.

시아의 머릿속이 복잡해지는 찰나 여왕이 입을 열었다.

"좋아, 마침 한 시간 뒤에 결혼식이 있어."

여왕의 허락에 시아는 안도했다. 한 시간 뒤라면 생각보다 빠르게 일을 진행할 수 있을 것 같았다.

그런데 여왕이 기묘한 미소를 지었다.

"잘됐어. 얼마 전에 주례자가 죽었거든."

여왕이 자리에서 일어서며 고개를 갸웃거렸다.

"어머, 몰랐니? 너의 친구, 하츠가 죽였단다."

여왕은 곧 방 밖의 시종을 호출했다. 문이 열리고 시종이 들어오는 동안, 여왕이 시아에게 웃으며 덧붙였다.

"아, 그럼 네가 대신 주례를 봐 주면 되겠구나."

그리고 콧노래를 흥얼거리며 시아를 지나쳐 걸어갔다.

시아는 여왕이 시종에게 무어라 속닥거리고 방에서 나가

는 것을 지켜보았다. 여왕이 무슨 속셈으로 자신에게 주례를 맡긴 것인지는 굳이 고민해서 알아낼 필요도 없었다. 주례를 하고 있으면 여왕과 하객들이 지켜보는 결혼식 도중에 다른 일을 저지르기가 어려울 것이 분명했다.

시아는 시종이 자신에게 다가오는 것을 바라보며 남몰래 쾌거를 불렀다. 주례자라면 왕관을 빼돌리기에 더없이 안성맞춤이었다.

시아는 한 시간 뒤에 열릴 결혼식의 주례를 진행하기 위하여 급히 준비 과정에 들어가야 했다. 에그 타임을 연상시키는 한 무리의 시종들이 시아를 넓은 방으로 우르르 이끌고 가 분주하게 움직였다. 샹들리에들로 가득 찬 천장 아래에서 거울과 옷들이 쉴 새 없이 날아다녔다. 결혼식 주례자를 위한 의상과 장식 등이 시아에게 정신없이 쏟아졌다.

시아는 자신에게 의상을 입히고 머리카락을 손질하고 액세서리를 고르는 시종들 틈에 끼어 간신히 소리 질렀다.

"주례를 위한 대본 같은 건 없나요?"

몇 걸음 떨어진 곳에서 대답이 들려왔다.

"그런 건 필요 없습니다, 아가씨. 알아서 아무 말이나 둘러대세요."

목소리가 들려오는 사이 시아의 허리 밑으로 벌써 세 번째 옷이 불쑥 내밀어졌다.

'아무 말이라……'

시아는 주례사를 떠올려 보며 점프 슈트에 다리를 집어넣었다.

'신랑, 신부를 축복하고, 결혼 생활을 격려하고. 잠깐, 결혼 생활이 있기는 한가?'

시아가 신랑들은 모두 어디 있는지 의문을 가지는 동안, 시종들은 점프 슈트의 어깨끈과 바지폭을 가다듬었다. 시아는 자신이 입은 옷을 무심결에 내려다보았다.

'주례자가 점프 슈트라니. 요괴들의 격식은 다른 건가?'

그때, 주머니가 눈에 들어왔다. 시아는 대수롭지 않은 듯 말했다.

"이 옷으로 할게요."

의상이 정해지자 나머지 준비 과정은 속전속결로 진행되었다. 점프 슈트의 빨간 체크 무늬에 맞추어 모든 것이 준비되었다.

"결혼식장에 갔다가 이 방에 다시 돌아오나요?"

시아는 자신을 방 밖으로 데리고 나가려는 시종들에게 물었다.

"아닙니다, 아가씨. 식이 끝나면 손님 방으로 이동하여 휴식을 취할 수 있을 겁니다."

"그럼 제 가방을 챙겨서 가야겠군요."

시아는 자신이 레스토랑에서부터 가져온 가방을 들었다. 그러자 시종들이 의심 가득한 눈초리로 가방 안을 샅샅이 뒤져 보았다. 그러나 들어 있는 것은 인간의 음식뿐이라는 것을 확인하고 내버려 두었다. 모든 준비를 마친 시아는 분주한 시종들을 따라 결혼식장으로 이동했다. 결혼식장 안에는 이미 신부를 제외한 모두가 와 있는 듯했다.

식장 안은 새하얀 대리석과 유리로 이루어져 있었고, 그 위로 목화 꽃들이 놓여 신랑, 신부가 걸을 길을 이루고 있었다. 길 양옆에는 검은색 식탁보가 깔린 둥근 테이블들이 검은색 의자들에 둘러싸인 채 가지런히 배치되어 있었다. 하얀색과 검은색, 무채색의 조화로 이루어진 식장 안에는 빨간색, 파란색, 보라색, 분홍색, 주황색, 초록색 등 형형색색의 과장된 복장을 한 하객들과 진한 분홍색으로 의상을 맞춰 입은 악단 그리고 빨간색, 검은색의 체스판 무늬 제복을 입은 병사들이 요란하게 모여 있었다.

시아는 자신의 빨간 체크 무늬 슈트가 갑자기 평범하게 느껴졌다. 식장에 모인 벌들의 모습은 당장 퍼레이드를 나가도 이상하지 않을 것 같았다. 모두가 요란하고 알록달록한 복장을 뽐내고 있었지만, 딱 한 명만 예외였다.

시아는 주례 테이블 앞쪽에 서 있는 남자를 바라보았다. 검은색 정장을 갖추어 입고 꼿꼿하게 굳어 있는 그가 신랑이라는 것을 한눈에 알아차릴 수 있었다.

시아는 자신을 끌고 온 시종들이 안내하는 대로 주례 테이블 뒤에 서서 가방을 주례 테이블 아래에 내려놓았다. 주례자의 자리에서 신랑을 마주하고 있으니 그가 바짝 긴장하고 있다는 것을 알 수 있었다. 하객들과 악단들과 병사들은 신랑이 보이지 않는 것처럼 왁자지껄했다. 그러나 시아는 벌들과 대비되는 그의 검은 의상 때문에 그에게 시선이 향했다.

"좋은 날이네요. 축하드려요."

시아가 말을 건넸다.

그 순간, 바닥에 고정되어 있던 신랑의 눈동자가 천천히 위를 향했다. 그와 눈을 마주친 시아의 입가에서 미소가 빠르게 사라졌다. 신랑의 눈동자에는 초점이 없었고 창백한 입술은 바들바들 떨렸다. 그는 긴장한 것이 아니었다. 겁에 질린 것에 가까웠다. 그가 파르르 떨리는 입술을 열었다. 다음 순간 시아는 그의 입에서 나온 말들에 차마 뭐라고 반응할 수가 없었다. 그가 시아에게 퍼부은 말들은 온통 욕지거리뿐이었다.

시아가 당혹감에 굳어 버린 사이, 그는 시아의 존재를 잊어버린 양 다시 시선을 바닥에 고정하고 바들바들 떨었다.

"네가 이해해."

등 뒤에서 목소리가 들려왔다. 고개를 돌리기도 전에 하츠가 시아의 옆을 뱀처럼 스쳐 지나가 주례 테이블 옆에 섰다. 그가 테이블 위에 양팔을 기대며 말했다

"곧 죽을 자를 앞에 두고 축하한다니, 욕먹을만했네."

시아는 놀라서 하츠를 바라보았다. 그도 결혼식에 참석할 줄은 몰랐다.

"죽을 자라니?"

시아가 되묻자 하츠가 신랑을 턱짓으로 가리키며 대답했다.

"결혼식이 끝나면 신랑은 죽게 돼. 여왕벌은 더 많은 벌들

을 출산하기 위해 주례자가 부부가 됐음을 선언하자마자 배우자의 혼을 흡수하거든."

시아는 히로가 여왕의 결혼에 대해 해 주었던 설명을 떠올렸다. 그리고 가여운 신랑을 바라보는데, 하츠가 시아에게 고개를 숙여 눈을 맞췄다.

"그나저나, 여긴 왜 온 거야?"

그가 서늘한 말투로 물었다. 시아는 그의 진지한 눈동자를 들여다보았다. 시아가 여왕의 성에 온 이유는 많았다. 여러 이유를 정의할 수 있는 한 마디를 찾는데, 옆에 있던 시종이 시아에게 넌지시 알려 주었다.

"신부 입장 오 분 전입니다."

'벌써?'

시아는 신부가 입장할 문을 쳐다보았다. 가슴이 긴장감으로 두근거렸다. 주례사를 진행해야 하는 시간이 얼마 남지 않았다. 하츠는 미련 없이 뒤돌아 하객의 자리로 걸음을 옮겼다.

그의 뒷모습을 본 시아가 다급하게 그의 등에 대고 물었다.

"무슨 말을 해야 하지?"

왜 하필 그에게 질문했는지는 시아도 몰랐다. 이 안에서 유일하게 조금이라도 알고 있는 사이라서 그런 것일 수도 있었다. 어쨌든 시아는 하츠를 바라보며 대답을 기다렸다. 그는 걸어가면서 고개만 돌려 시아를 보았다.

"긴장 풀어."

하츠가 우습다는 듯이 말했다.

"어차피 다 연극에 불과한걸."

그렇게 말하고 그는 자리로 돌아갔다. 그 말을 듣자 시아는 이상하게도 긴장이 풀렸다.

그때 악기 소리가 들려왔다. 곧 입장할 신부를 위하여 악단이 리허설을 시작한 것이다. 시아는 분홍색 옷차림을 한 악단이 제각기 악기들을 움직이는 것을 쳐다보았다. 연주는 믿을 수 없을 정도로 엉터리였다. 그들은 곡을 연습해 본 적이 있긴 한지 의심될 정도로 형편없고 기괴한 소리를 냈다. 엄중한 표정으로 기괴한 소리를 내는 악단을 시아가 바라보고 있자 옆에 서 있던 시종이 변명하듯 떠들었다.

"원래 항상 이렇지는 않습니다. 지난번 하츠의 결혼식 때 그와 드래건이 실력 좋은 단원들과 위엄 있는 병사들을 다 죽여 버려서……. 지금은 남아 있는 벌들로 급하게 꾸린 나머지 아직 부족한 감이⋯⋯."

뒤에서 또 다른 시종이 어리숙한 시종의 뒤통수를 치는 바람에 그의 설명은 중단되었다. 시아는 저도 모르게 웃음을 터뜨렸다. 결혼식에 어울리지 않는 복장의 왁자지껄한 하객들, 엉터리인 악단 그리고 시시덕거리는 병사들⋯⋯. 이제 보니 그저 한 편의 코미디 연극이 따로 없었다.

시아는 여유롭게 신부가 입장할 문을 주시했다. 준비는 끝났다. 시종이 시계를 쳐다보았다. 시계의 초침이 눈금의 위치에 정확하게 도달했다. 모든 이들의 시선이 일제히 같은 곳으로 향했다. 시아는 호흡을 가다듬었다.

"신부, 입장."

거대한 문이 열렸다. 어둠 속에서 순백의 드레스를 입은 신부가 유령처럼 홀연히 서 있었다. 푸른 부케를 들고 서 있는 신부는 분명 아름다웠지만, 어딘가 오싹했다. 해골 같은 얼굴에서 도드라진 눈알의 눈빛이 소름 끼치게 음산했다. 시아는 주례 테이블 뒤에서 조용히 신부를 바라보았다. 홀을 사이에 두고 멀리 떨어져 있었지만, 그녀의 눈이 자신을 똑바로 바라보고 있다는 것을 알 수 있었다. 찰나의 순간 동안 둘의 시선이 침묵 속에서 파도처럼 부딪쳤다.

악단의 기괴한 연주가 식장 안에서 울렸다. 신부가 미끄러지듯 홀 위를 천천히 움직였다. 신부의 무시무시한 분위기가 하객들을 섬뜩하게 만들었다.

시아의 심장이 거칠게 뛰었다. 신부는 시아에게서 시선을 한시도 떼지 않은 채, 거리를 느리게 좁혀 왔다. 시아는 신부의 눈을 피하지 않으며 주례 테이블 아래로 주머니를 만지작거렸다. 말랑말랑한 점토의 감촉에 손가락의 진동이 조금씩 느려졌다.

신부가 주례 테이블 앞까지 다가왔다. 그리고 창백하게 질려 휘청거리는 신랑에게 팔짱을 꼈다. 신랑은 곧 비명을 지를 것처럼 보였다.

새하얀 식장 안에서 검은 테이블들에 둘러싸인 하얀 드레스의 신부와 검은 정장의 신랑은 마치 흑백 사진을 감상하는 듯한 착시를 일으켰다. 무채색의 결혼식에 물감이 튀긴 듯 알록달록한 하객들은 꼭 불청객 같았다.

시아는 빨간색 체크 무늬 점프 슈트를 입고 그들 앞에서 주례를 서는 자신이 꼭 광대처럼 느껴졌다. 악단의 연주가 멈추자, 모두가 신랑, 신부 그리고 시아에게 집중했다.

시아는 천천히 입을 열었다.

"좋은 날입니다."

시아가 생각나는 대로 이야기했다. 청중들은 엄숙하게 시아의 말을 경청했다.

"두 분이 드디어 유의미한 결실을 맺고 행복할 것이라 믿어 의심치 않습니다."

시아는 결혼식에서 주례자가 무슨 말을 하는지 유심히 들어 본 적이 단 한 번도 없었다. 시아는 허공을 바라보며 아무 말이나 둘러댔다.

"오늘 이 결혼식에 참석한, 저를 비롯한 수많은 하객들이 축복하겠습니다. 그럼, 지금 이 순간부터⋯⋯."

시아는 신랑과 신부를 힐끗 쳐다보았다. 여전히 바닥만 보며 떨고 있는 신랑은 시아가 하는 말에 조금도 신경 쓰지 않는 듯했고, 신부는 하품을 하며 시아를 바라보고 있었다. 별문제는 없어 보였다.

시아는 조금 더 용기를 내 큰 소리로 말했다.

"두 분을 부부로 선언합니다."

시아가 말을 끝내자마자 시종이 왕관을 가지고 주례 테이블로 다가왔다. 보석들이 영롱하게 박혀 있는 화려하고 커다란 왕관은 젖소 무늬 쿠션 위에 놓여 있었다.

시아는 왕관을 받기 위해 주례 테이블 뒤에서 나와 시종에게 걸어갔다. 한 걸음 한 걸음 나아갈수록 심장 박동이 거세어졌다. 가슴이 쿵쾅거리며 머릿속에서 북이 울리는 듯했다. 시아는 아주 느린 속도로 왕관을 향해 손을 내밀었다. 손가락에 땀이 차올라 하마터면 떨어뜨릴 뻔했다. 이제 신부가 고개를 숙이면 면사포를 벗기고, 왕관을 씌우면 끝이었다.

시아는 왕관을 들고 다시 주례 테이블 뒤로 돌아왔다. 신부가 시아에게 고개를 숙였다. 모두가 숨죽이고 지켜보는 순간이었다. 시아는 천천히 왕관을 앞으로 내밀기 시작했다. 심장 박동이 더욱더 빨라졌다. 왕관을 움켜쥔 손이 후들거렸다. 왕관이 시아의 손에서 바닥에 떨어졌다. 적막 속에서 왕관이 바닥을 구르는 소리는 천둥소리와 같았다.

"아, 죄송합니다."

시아는 태연하게 주례 테이블 아래로 허리를 숙였다. 아주 잠깐이었지만 주례 테이블 뒤에서 호흡을 골랐다. 시아는 떨어져 있는 왕관을 주워 허리를 세우고 아무렇지 않은 척 허공 위로 들어 보였다. 하객들의 안도의 한숨 소리가 여기저기서 폭죽처럼 터져 나왔다.

시아는 왕관을 신부의 머리 위로 가져갔다. 신부는 바로 전에 벌어졌던 작은 사고에는 무관심해 보였다. 바람이 분 것처럼 신부 머리 위의 면사포가 부드럽게 벗겨졌다. 시아는 신부의 머리 위에 조심스럽게 왕관을 씌워 주었다.

시아는 왕관을 쓴 여왕을 바라보며 마지막 주례사를 기계처럼 읊었다.

"이제 신랑에게 키스해도 좋습니다."

누군가에게는 결혼식을 매듭짓는 그 선언이 사형 선고와 같았다.

동시에 신부의 빨간 입꼬리가 올라갔다. 결혼식 내내 새하얗게 질려 후들거리던 신랑은 시아의 말을 듣자마자 다리에 힘이 탁 풀린 듯 무너졌다. 그러나 신랑의 무릎이 바닥에 닿기도 전에 여왕의 고개가 순식간에 신랑의 얼굴 위로 숙여졌다. 결혼식에서 하는 키스치고는 지나치게 빠르고 공격적인 움직임이었다.

시아는 신랑이 비명을 지르기 전에 눈을 감았다. 시야를 차단하자 소리가 더 가까이에서 들리는 듯했다. 입을 맞추는 소리가 정적 속에서 도드라졌다.

시아가 잠깐 실눈을 떠서 바라보았을 때에는 흐릿한 시야로 신랑의 머리가 여왕의 입 안에 들어가 있는 듯한 모습이 얼핏 보였다. 시아는 눈을 감고 기다렸다. 죄책감과 동정심에 주례 테이블 아래에서 손을 움켜쥐었다.

드디어 입을 맞추는 소리가 끊겼다. 더는 아무 소리도 들려오지 않았다. 시아가 눈을 뜨자 피곤해 보이는 여왕의 얼굴이 보였다. 여왕이 앙상한 손을 들어 입가를 스윽 닦았다. 여왕에게서 조금만 시선을 돌리면 그녀의 발치에 널브러진 검은 형태를 볼 수 있었지만, 시아는 일부러 여왕에게서 시선을 돌리지 않았다.

여왕이 힐끗 눈짓하자 악단이 다시 연주를 시작했다. 여왕은 우아하게 뒤를 돌아 자신이 입장했던 문을 마주했다. 기괴한 선율이 울려 퍼졌다. 여왕은 연주 소리에 맞추어 푸른 부케를 들고 우아하게 홀 위를 걸었다. 시아는 기다란 드레스 자락이 유령처럼 너울거리는 여왕의 뒷모습을 홀린 듯이 바라보았다.

기묘한 연주가 공기를 타고 흘러와 시아의 기분을 이상하게 만들었다. 여왕이 문 앞에 다다르자 시종 두 명이 양쪽으로 문을 열었다. 뒤돌아보지 않고 식장 밖을 나가는 여왕의 뒤를 병사들과 시종들이 허겁지겁 따라 나갔다.

신부가 퇴장하고 나자 식장 안은 빠르게 비워져 갔다. 시아는 벌들이 허겁지겁 식장 밖으로 나가는 광경을 멍하니 바라보았다. 하객 자리에 앉아 있던 하츠에게 병사들이 다가가 뭐라고 말하고, 그를 식장 밖으로 데리고 나가는 것 역시 지켜보았다.

그렇게 조금을 기다리고 있으니 시아에게도 시종들이 다가왔다. 시아는 가방을 챙겨 그들을 따라 서둘러 식장에서 나갔다. 성안은 여전히 분주히 날아다니는 벌들로 정신없었다. 시아는 시종들을 따라 걸으면서, 성안을 부산스럽게 날아다니는 벌들을 유심히 바라보았다. 공주들은 보이지 않는 것 같았다.

'공주들은 결혼식에 참석하지 않는 건가?'

몇 층을 내려가자 시종들이 한 방문 앞에서 멈추었다. 문을 열고는 시아에게 들어오라는 듯 눈짓을 했다. 시종들을 따라 들어간 방은 파란색 벽지로 도배되어 있었고 침대, 서랍, 옷장 등의 하얀색 가구들이 단정하게 배치되어 있었다.

"낮 동안 이곳에서 주무세요. 해 질 녘에 병사들이 와서 아가씨를 모시고 산에 갈 것입니다."

시종이 다음 일정에 관련하여 설명했다.

결혼식에 참석하게 해 달라는 부탁을 여왕이 들어주었으니, 약속대로 산에 가서 브리초를 가져오겠다고 할 수밖에는 없었다.

시아는 침대 위에 걸터앉았다. 단지 결혼식에 참석한 것뿐인데, 벌써 체력이 바닥난 듯했다. 시아는 마지막으로 시종들의 얼굴을 바라보았다. 한 명은 결혼식장 안에서 어리숙하게 설명을 늘어놓던 시종이었다.

시아가 그를 바라보며 물었다.

"하츠는 어디에 있나요?"

그는 난처한 듯 눈을 피하며 대답했다.

"거기에 대해서는 달리 말씀드릴 수가 없습니다, 아가씨."

시종들은 임무를 마쳤다고 판단했는지 방에서 나가기 시작했다. 시아는 한 번 더 질문했다.

"성에 공주들이 있다고 들었는데, 보이지 않는군요."

어리숙한 시종이 입을 달싹거렸지만, 다른 시종들이 그를 이끌고 방에서 모두 나갔다.

"편안히 주무세요."

형식적인 인사말을 끝으로 더 이상의 질문은 허용하지 않는다는 듯 방문은 닫혀 버렸다. 닫힌 문을 바라보며 시아는 한숨을 쉬었다. 시종들에게서 별 수확을 거두지 못했다.

고개를 돌려 벽에 걸려 있는 시계를 바라보았다. 결혼식을 하는 바람에 잘 수 있는 시간이 얼마 남지 않았다. 몇 시간 뒤에 벌어질 일을 위해서는 체력을 보충해야 했다. 시아는 가방에 챙겨온 음식들을 조금 먹은 뒤, 깨끗이 씻고 방 안에 준비되어 있는 편한 옷으로 갈아입었다. 그리고 침대에 누워 앞으로의 계획들을 생각하다가 곯아떨어졌다.

꿈속에서 시아는 결혼식 주례를 하고 있었다. 시아는 주례 테이블 뒤에 서서 계속해서 떠들어 댔다. 그러다 신랑이 쓰러졌다. 시아가 다급하게 그를 불렀지만, 시아를 제외한 결혼식장의 모두가 그를 신경 쓰지 않는 듯했다. 주례를 하다 말고 신랑을 부르는 시아에게 하객들이 손가락질했다. 시아는 어쩔 줄을 몰라 주변을 두리번거렸다. 하객들은 모두 익숙한 얼굴들이었다. 쥬드, 리디아, 히로, 하츠. 시아는 반가운 마음에 그들의 이름을 부르려고 했다.

그러나 곧 시아의 표정이 굳어졌다. 그들은 모두 시아를 보며 저들끼리 수군거리고 있었다. 쥬드가 그녀를 바라보며

고개를 저었다. 리디아가 히로에게 시아를 가리키며 속닥거
렸다. 하츠는 맨 뒤에서 팔짱을 끼고 그녀를 무표정하게 바
라보고 있었다.

시아는 이유도 모르는 채 그들에게 해명하기 위해서 열심
히 떠들었다. 그러나 시아의 목소리는 그들에게 닿지 않았
다. 끔찍한 기분이었다. 시아는 그들에게 다가가기 위해서
몸부림쳤다. 그때 시아를 감시하던 시종의 목소리가 그녀를
옭아맸다.

"아가씨."

"아가씨."

"아가씨."

히로의 비밀 계획

누군가가 시아의 어깨를 두드렸다. 몸부림치던 시아가 신음과 함께 눈을 떴다. 침대 앞에 서 있는 여러 명의 실루엣이 눈에 들어왔다. 그 순간 언제 잠들었었냐는 듯이 정신이 번쩍 들었다. 갑옷을 입은 병사들 열댓 명과 시종 두 명이 시아를 바라보고 있었다.

시아는 빠르게 상황을 파악했다. 고개를 돌려 창밖을 확인하니 해가 지고 있었다.

"브리초를 가지러 가야 합니다."

시아는 지체하지 않고 침대에서 내려왔다. 화장실에 가서 대충 세수를 하고 옷을 갈아입은 뒤 나와서 가방을 챙겼다. 시아가 산에 갈 채비를 하는 동안 시종들과 병사들은 동상처럼 서서 시아의 모든 움직임을 주시했다. 시아는 준비를 마치고 그들을 마주 보았다.

어리숙한 시종이 눈치를 보며 시아에게 물었다.

"저어…… 날 수는 없죠?"

시아는 그제야 방 안의 창문을 힐끗거리는 그들의 시선을 알아차렸다.

"문으로 나가야 해요."

시아가 단호하게 대답하자 시종들은 실망한 기색을 감추지 못하고 시아를 방 밖으로 이끌었다. 그 뒤를 병사들이 엄중하게 따라 나왔다.

해가 지기 전의 궁전은 텅 비어 있었다. 얼음처럼 반짝거리는 궁전 안이 오늘따라 더 차가워 보였다. 시아는 시종들을 따라 궁전 맨 아래층으로 내려가면서, 이 수많은 방 중 어디에 공주들이 있을까 생각했다. 그러나 생각할 여유도 잠시, 걸음을 보채는 병사들의 삼엄한 경비 속에서 시아는 궁전 안을 빠르게 나와야 했다.

낮에 걸었던 풀밭을 걸으면서 시아는 티 나지 않게 주위를 두리번거렸다. 바람에 살랑거리는 기다란 풀들 위로 어떤 것도 보이지 않았다.

"산이 그리 많이 떨어져 있지는 않습니다. 하지만 너무 게으름 피워서 좋을 건 없지요. 산은 안개로 온통 뒤덮여 한 치 앞도 볼 수 없는데, 오직 밤 동안에만 안개가 걷히거든요. 워낙에 가파른 산이라 안개가 걷혀야만 오를 수 있어요. 참, 사실은 안개가 아니라 바람의 시체라는 설이 있는데……."

시종이 시아의 옆에서 종알거렸지만, 시아는 시종의 말을 하나도 귀담아듣지 않고 있었다.

시아는 계속해서 은밀하게 주변을 살피고 있었다. 스산한 바람이 불어오면서 풀들을 머리카락처럼 넘겼다. 시야에는 온통 푸른 하늘과 초록 물결밖에 보이지 않았다. 손에서 땀이 나기 시작했다. 기다란 풀들이 살랑살랑 흔들리며 몸은 간지럽혔지만, 온몸의 신경이 삐죽삐죽 곤두서 아무런 감흥도 느낄 수 없었다. 계속되는 시종의 말소리가 배경 음악처럼 귓가를 스쳐 지나갔다.

그때, 바람이 불어오는 방향에서 순식간에 불길이 달려

들었다. 시아는 눈을 질끈 감았다. 그리고 저도 모르게 숨을
참았다.

"다 됐습니다."

익숙한 목소리에 반사적으로 시아의 눈이 뜨였다. 흔들리
는 풀 속에서 자신에게 걸어오는 히로가 보였다. 익숙한 그
의 모습을 보자마자 울컥 감정이 차올랐다.

"히로!"

시아는 그의 이름을 부르며 그를 향해 걸음을 뗐다. 그러
나 자신의 주변을 인지하고 걸음을 멈추었다. 다리에 힘이
탁 풀리며, 시아는 풀밭 위에 그대로 주저앉았다.

자신만만하게 웃고 있던 히로가 당황하여 시아에게 달려
왔다.

"시아 양, 괜찮습니까?"

시아는 대답할 수 없었다. 시아의 정신 상태를 알아차린
히로는 잠시 아무 말도 하지 않았다. 그러다 한숨을 쉬고는
시아의 어깨를 잡고 달래듯이 말했다.

"시아 양, 그들은 전부 여왕에 대한 충성심이 대단한 자들
입니다. 만약 여기서 재가 되지 않았다면 궁전에 가서 우리
에 대해 일렀을 거라고요."

히로가 시아를 바라보며 단호하게 말했다.

"벌써부터 그들의 죽음 하나하나에 대해 민감하게 반응하면, 우리는 계획을 진행할 수 없습니다. 약속을 지킬 수도 없고요."

시아는 아무 말도 하지 않았다. 히로의 말이 전부 맞다는 것을 알고 있었다. 시아는 고개를 들어 히로의 눈을 마주 보았다. 친숙하고 따뜻한 황금색 눈동자는 여전히 다정한 빛을 띠었다.

"……왕관은, 가지고 오셨습니까?"

히로가 물었다.

시아는 천천히 고개를 끄덕이고 가방 안을 열어 보였다. 그 안을 확인한 히로가 환하게 웃었다. 그러나 시아는 아직 마음을 놓을 수 없었다.

"그런데 히로…… 공주들과 하츠가 어디 있는지는 못 찾았어요."

히로가 걱정 말라는 듯이 웃어 보였다.

"상관없습니다. 제가 여기 잠복해 있으면서 병사들이 그들을 해변 쪽으로 데리고 가는 것을 보았거든요. 이 근방이었으니 찾아가는 데 오래 걸리지는 않을 겁니다."

시아와 히로는 히로가 알고 있는 방향대로 걸음을 서둘렀다. 히로의 등에 타고 날아가면 더 빨리 도착할 수는 있겠지만, 거대해진 히로의 몸을 여왕의 성에서 목격할 가능성이 높았다.

시아는 히로에게 벌들이 전부 자고 있어 궁전 안이 텅 비어 있었다고 말했지만, 히로는 벌들이 궁전 곳곳에 숨어 항상 외부를 예의 주시하고 있다고 말했다. 하는 수 없이 시아는 풀밭 위를 계속해서 달렸다. 한 손에는 왕관을 쥔 채.

어스름한 하늘 어딘가에서부터 자신에게 달려드는 형상을 흐릿한 시야로 밀어내며 하츠는 숨을 몰아쉬었다. 피곤했다. 감기려는 눈에 힘을 주며 자신에게 달려든 무언가를 깊이 찔렀다. 깊숙이 들어간 손에 따뜻하고 말랑한 감촉이 느껴졌다.

'잠을 좀 자고 싶어.'

힘을 잃고 늘어진 형체를 던져 버리며 속으로 중얼거렸다. 그러나 알 수 없는 형체들은 폭탄이 발사되듯 끊임없이 달려들었다. 그들을 막기 위해 손을 뻗었다. 손가락이 칼처럼 날카롭게 휘어 있었다. 손이 온통 빨갛게 물들었을 즈음에는 까만 깃털들이 온몸에 번진 뒤였다.

정신없이 찌르고 할퀴며 그들에게 눈으로 말을 건넸다.

'나한테 왜 이러는 거야?'

혼란스러웠다. 여긴 어디이고 언제인지, 자신은 누구인지 모든 것이 뒤죽박죽이었다. 희미한 시야로 자신을 향해 달려드는 형상들이 스쳐 지나갔다. 짧은 찰나에 반짝거리는 팔찌를 보았다. 그 누군가를 깊숙이 찌르며 팔찌를 유심히 바라보았다. 안개처럼 뿌연 기억 속에서 팔찌의 주인이 누구인지를 찾았다.

'너도 내 딸들처럼 훈육할 수 있다면 좋을 텐데.'

목소리가 기억 속에서 메아리쳤다.

그제야 자신과 싸우고 있는 이들이 누구인지 알 수 있었다. 괴물이 된 공주들은 이성을 잃고 계속해서 달려들었다. 하츠는 길을 잃은 듯 휘청였다. 악의 색깔이 그를 잠식해 갔다. 까만 깃털들로 뒤덮인 손이 괴물들의 목구멍을 헤집었다. 눈동자가 어두워지고 머릿속이 얼음장처럼 차가워졌다.

그들은 죽지 않고 달려들었다. 하츠는 이것이 끝나지 않을 싸움임을 알았다. 종말의 부재를 실감하자 절망감이 목을 조였다. 몸부림칠수록 이질적인 감정과 충동들이 가슴을 좀먹었다. 모든 가치와 신념들은 안개처럼 옅어진 지 오래였다. 오랜 구속에서 벗어난 죄인은 자유의 빗속에서 맨발로 게걸스럽게 춤추었다. 잊으려고 애쓰던 감촉과 기억들은 잔인할 정도로 선명했다. 악마를 묶어 둘 수 있는 종속 계약을 해돈이 파기해 버렸으니까.

새까만 깃털로 이루어진 수렁 속에서 하츠는 조용히 숨을 참았다. 배를 가르고 목구멍을 찌르는 감촉이 생생했다. 레스토랑에 오기 이전에 자신의 손에 죽었던 이들이 그의 주변을 맴돌았다. 기억 속의 입술들이 속삭이며 애원했다.

'숨이 안 쉬어져. 조르지 마. 차라리 총을 써.'

끔찍한 순간이었다. 얼굴들이 더 가까워지기에 하츠는 필사적으로 손을 휘둘렀다. 그러나 얼굴들은 아무리 찌르고 찔러도 눈앞에 떠다니며 쫓아왔다. 감을 수 없는 눈에서 대답하듯 눈물이 새어 나왔다.

'노파는 어딜 간 거야?'

하츠는 어쩔 수 없이 노파를 찾아 헤맸다. 전날 먹었던 눈알 수프가 목구멍에서 올라올 것 같았다. 펄펄 끓는 수프를 두고 불에 그을려 있던 얼굴이 플래시가 터진 듯 눈앞에 나타났다. 그는 소리 없이 악을 쓰며 몸부림쳤다. 버거웠다.

하츠는 까만 깃털 안에서 체념해 버렸다. 머릿속을 굳히고 온몸에 힘을 뺐다.

'모든 기억과 관념이 사라질 때까지 기다려야지. 오래 걸리지는 않을 거야.'

그는 그렇게 최면을 걸었다. 누군가는 모든 것은 자신이 선택하기 나름이라고 말한다. 거기에 대고 그는 답한다. 모든 것은 운명에 굴복할 수밖에 없다고. 그 운명이 그의 영혼 곳곳을 옥죄고 있었다.

그는 숨을 참고 기다렸다. 주변이 점점 더 붉어졌다. 모든 희망과 기다림은 좌절되고, 무덤 속에 있던 사형수들이 뛰쳐나와 그의 죄명을 소리 질렀다. 새로운 결말을 고대하던 카드들은 아무런 반전 없이 뒤집혀 버렸다. 어쩔 수 없이 이것이 그의 세계였다. 그는 뒤죽박죽인 세계 한가운데에서 허우적거렸다. 하츠는 정신을 잃은 채, 찌르고 할퀴고 물어뜯겼다. 아무것도 눈에 들어오지 않았다.

'너는 괜찮아.'

머릿속을 할퀴는 수많은 목소리 중 가장 희미한 속삭임이

미미한 흔적을 남겼다. 그는 목소리가 들린 쪽에서 왕관을 쓴 아이를 발견했다. 말을 건네고 싶었다. 목소리가 나오지 않아 절규하듯 몸부림쳤다. 손 닿는 대로 사정없이 무너뜨렸다.

'나를 보고 있다는 것이 느껴져.'

그는 날카로운 이빨로 마구잡이로 물어뜯고 손을 휘둘렀다.

'나를 지나치지 마.'

온몸이 추악하게 날뛰었다.

'구해 줘.'

히로를 따라가 해변을 내려다본 시아는 가슴이 철렁 내려앉았다. 화산처럼 넓게 파여 있는 구덩이 한가운데에는 까만 깃털들 속에 잠식된 어두운 형상이 거세게 휘몰아치며 소용돌이치고 있었다.

시아는 그가 하츠라는 것을 직감적으로 알아차렸다. 리디아가 변했을 때와 같은 모습을 한 공주들이 그에게 이빨과 손톱을 드러내며 쉴 새 없이 달려들고 있었다. 끊임없는 공격에 맞서 휘두르는 하츠의 팔 끝에는 날카로운 칼 같은 손톱들이 피로 번들거리고 있었고, 그의 눈은 시체의 것처럼 죽어 있었다.

시아는 그 자리에서 그대로 얼어붙었다. 그의 저주에 대해 듣기만 했지, 그것이 실제로 일어나는 것을 본 것은 처음이었다.

"이런. 최악의 상황이 일어났군요."

히로가 신음했다.

"이건 그가 아닙니다, 시아 양. 해돈이 하츠 안의 악마를 통제하지 않는 상황에서 여왕에게 조종당하는 공주들로부터 무차별한 공격을 당하다 보니 저주가 발동된 거예요."

광기와 비이성이 휩쓰는 참혹한 광경이었다. 어떻게든 멈추어야 했다.

시아는 손에 쥐고 있던 왕관을 머리 위에 썼다. 결혼식에서 왕관을 떨어뜨린 후, 가방 안에 있던 톰의 점토로 만든 가짜 왕관과 바꿔치기해 온 것이었다.

시아는 리디아의 일기장에서 왕관을 쓴 여왕이 공주들을 어떻게 조종했는지 읽은 것을 기억했다. 그리고 뛰느라 거칠어진 숨을 달래며, 구덩이 안을 내려다보았다. 그곳은 온통 붉게 물들어 있었다.

"멈춰."

시아는 자신의 목소리가 불안정해 보이는 그들에게 닿기를 바라는 마음으로 힘주어 말했다. 공주들이 하츠에게 폭탄처럼 달려들었고 서로를 무자비하게 난도질하는 그들 사이에서 피가 분수처럼 솟구쳤다. 붉은 구덩이는 범위를 점점 넓혀 갔다.

시아는 소리를 지르지 않으려고 애쓰며 계속해서 말했다.

"돌아와."

단어 하나하나를 그들의 머릿속에 새겨 넣듯 천천히 또박또박 발음했다. 왕관을 쓴 그녀의 말이 들리기 시작한 듯, 하츠에게 무차별적으로 달려들던 공주들의 공격이 점차 느려졌다.

시아는 간절한 목소리로 담담하게 말했다.

"자신이 누구인지 기억하세요."

앞장서서 하츠를 공격하던 한 명이 가장 먼저 움직임을 멈추었다. 머리를 움켜쥔 두 손 사이로 그녀의 포악했던 눈빛이 겁에 질린 눈으로 바뀌어 가는 것이 보였다. 이전의 모습으로 돌아온 그녀는 나머지 공주들을 바라보며 그들을 불렀다.

"올리비아!"

다른 한 명이 그녀를 부르며 그녀에게 다가갔다. 언니를 찾는 그녀의 몸에 털이 사라졌다. 그녀는 혼란스러운 듯 소리를 질렀다.

맏언니의 이름에 다른 공주들도 점차 움직임을 멈추었다. 시아는 원래 모습으로 돌아오기 시작하는 공주들에 안도하며, 하츠에게 눈길을 돌렸다. 하지만 그는 여전히 까마귀 털 속에 잠식된 채 경직되어 있었다.

시아는 위태롭게 흔들리고 있는 그에게 작게 말을 건넸다.

"너는 이제 괜찮아."

어스름한 새벽이 조금씩 밝아졌다. 바닷소리가 평온하게 들려왔다. 달빛이 희미해지고 흉악한 허물이 씻겨 내려갔다. 원래의 모습으로 돌아온 공주들은 지쳐 있었다. 히로는 혼란스러운 공주들에게 다가가 그들의 상태를 살피고 상황을 설명했다. 그러나 시아의 시선은 공주들의 한가운데에 있는 검은 형상에게 고정되어 있었다. 그의 온몸이 불안하게 휘청이고 있었다. 시아가 아무리 말해도 목소리는 그에게 닿지 않았다.

시아는 그에게 다가갔다.

"너무 가까이 가지 마세요! 위험합니다!"

공주들을 부축하던 히로의 목소리가 들려왔다.

시아는 망설였다. 그의 몸이 떨리는 것이 보였다. 몸이 앞서 나갔다. 가까워졌다. 그의 팔다리가 위태롭게 꺾여 있었다. 빨갛게 물든 손가락이 초승달처럼 날카로웠다. 시아는 숨을 참았다. 그의 눈동자는 거칠고 사나웠다. 시아는 바로 앞까지 다가갔다.

시아는 천천히 손을 뻗었다. 그 행동을 공격으로 받아들인 하츠가 눈 깜짝할 사이에 그녀에게 팔을 휘둘렀다. 하지만 시아는 하츠에게 더 가까이 다가갔다. 기다랗고 날카로운 손톱이 그녀가 있던 허공을 스치면서 피비린내를 남겼다.

그녀를 난도질할 것처럼 달려드는 손을 피하다가, 시아의 머리 위에 있던 왕관이 굴러떨어졌다. 심장이 종잇장처럼 날뛰었다. 그럴수록 시아는 바들바들 떨면서 하츠에게 더 가까이 다가갔다. 시아의 불안정한 움직임을 감지한 하츠의 몸이 굳었다. 그는 위태롭게 떨면서 자신에게 다가오는 존재의 의도에 혼란스러웠다. 이것은 공격인가, 계략인가. 아니면, 어쩌면 구원을 바란 그의 외침에 대한 답변인가.

'구해 줘.'

그것은 하츠가 오래전부터 외치던 말이었다. 가족들이 죽어 있는 집으로 돌아왔던 날 구석에 응축되었던 공포는 까마귀에게 잡아먹힌 날부터 서서히 크기를 키워 가며 그의 내면에 역병처럼 창궐했다. 그는 그 속에 휩쓸리며 계속해서 구원을 외쳤지만, 그것은 물 위에 글자를 쓰는 것과 같았다. 손가락으로 물 위에 아무리 글자를 새겨도 글자는 남지 않았다. 그는 절망하며 더 깊은 수렁 속으로 잠겨 들었다.

그때 무언가가 그에게 가까워지는 것이 느껴졌다. 반사적으로 몸부림쳤지만, 더욱 가까워지는 존재의 떨림을 의식하며 하츠는 서서히 움직임을 멈추었다. 시아는 그가 더 이상 그녀를 공격하지 않는 것을 알았다. 시아가 까만 깃털로 만들어진 수렁의 문을 열고 들어갔다.

시아가 문을 열고 들어간 곳에는 소년이 온몸이 마비된 채로 서 있었다. 시아는 조각처럼 굳어 있는 얼굴을 마주 보았다. 소년 역시 그를 만나러 찾아온 소녀를 바라보았다. 그는 그녀가 자신을 죽이거나 도망칠 것이라 예상했다. 그는 이미 수차례의 경험들을 통해 알고 있었다. 아무리 절박하게 글자를 새겨도 물 위의 글자는 읽힐 수 없는 거였다.

그런데 아니었다.

"쉬어."

담담한 목소리가 주변을 부드럽게 감쌌다. 계속된 공격은 어느 순간부터 멈추어 있었고, 낯선 온기가 그에게 스며들고 있었다. 그제야 하츠는 알 수 있었다. 물 위를 그리던 손가락의 파동은 점점 더 커지고 커져, 너에게 닿았다.

시아는 더 이상 아무말 하지 않고 하츠를 안았다. 파동이 울음처럼 밀려왔다.

시아는 그를 안은 채로 얼어붙었다. 온몸이 빳빳하게 굳어 움직일 수 없었다. 긴장감에 심장이 빠르게 두근거렸다. 맞닿은 서로의 심장 박동이 화음처럼 맞물리는 것을 느끼며, 바닷소리를 감상했다. 그렇게 한참을 서서 서로가 진정해 가는 것을 느꼈다. 긴장해서 보채던 숨소리가 차츰 제 속도를 찾아갔다.

귓가에서 그의 목소리가 작게 들려왔다.

"왜 그랬어? 다칠 수도 있었는데."

그의 목소리와 말투에서 이전에 느꼈던 서늘함이 사라졌다는 것이 느껴졌다.

시아는 대답하지 않고 호흡을 골랐다. 머릿속이 아득해서 아무 생각도 떠오르지 않았다. 입을 열어서 아무 말이나 했다. 아주 작은 목소리가 나왔다.

"네가 나에게 레시피를 전해 줬잖아."

그가 코웃음 치는 소리가 들려왔다.

"충동적으로 한 거였어."

"알아."

어느새 시아의 팔 안에서 검은 깃털들이 유리처럼 부서지고 있었다. 시아가 소곤거렸다.

"그래서…… 이젠 내가 다치지 않을 거라는 생각이 들었어."

시아는 그를 안고 있던 팔을 풀고 그의 눈을 바라보았다. 경직되었던 표정을 풀고 희미하게 웃었다. 그리고 뒤를 돌아 공주들을 바라보았다.

공주들은 피곤한 눈으로 시아를 보고 있었다. 시아는 그 시선들의 의미를 알았다. 시아는 공주들 한 명 한 명을 바라보며 누가 누구일지 잠시 가늠해 보았다. 그들의 손목에서 팔찌가 달빛을 받아 반짝거렸다. 보는 것만으로도 아픔

이 느껴졌다. 속이 잔잔하게 끓어올랐다. 족쇄에 넌더리가
났다.

일순간, 히로가 공중에 솟구치며 거대한 몸을 펼쳤다. 시
아는 바닥에 굴러떨어졌던 왕관의 부재를 알아차리고는, 거
대해진 히로가 하늘 높이 날아오르는 것을 바라보았다. 그
는 해변으로부터 더 깊은 바다로 향하고 있었다. 곧이어 공
중에서 달빛을 받아 번쩍이는 것이 순식간에 떨어졌다.

첨벙.

왕관이 바닷속에 가라앉는 소리가 시원했다. 파도 소리만
이 잔잔하게 남았다. 팔찌는 여전히 공주들의 손목에 지워
지지 않는 흉터처럼 남아 있었지만, 그것은 이제 무의미하
다는 것을 모두가 알았다.

왕관을 영원히 삼켜 버린 바다를 하염없이 바라보는 공주
들을 향해, 시아가 입을 열었다.

"리디아랑 약속했거든요."

놀란 듯한 공주들의 얼굴을 바라보며 시아가 말했다.

"자유를 찾으세요."

많은 의미를 담은 한 마디였다. 해방을 선언하는 종소리

같은 말에 사방이 일제히 얼어붙었다.

"빌어먹을, 드디어 끝났어."

잠깐의 정적을 깬 것은 그레이스였다.

그녀는 욕지거리를 중얼거리며 주저앉아 두 손에 얼굴을 묻었다.

"그레이스."

올리비아가 그녀의 이름을 불렀으나 그레이스는 여전히 두 손에 고개를 파묻고 얼빠진 듯이 말했다.

"올리비아 언니, 믿겨져? 드디어 끝났다고."

오랜 피로의 끝을 선언하는 그 목소리에 다른 공주들도 믿기지 않는다는 듯이 탄식을 내뱉기 시작했다.

"어떻게 감사해야 할지 모르겠네요."

올리비아가 시아에게 다가와 인사했다. 시아는 올리비아를 마주 보며 그녀의 눈매가 리디아와 닮았다고 생각했다.

"리디아는…… 그 아이는 잘 지내고 있나요?"

안부를 묻는 올리비아의 표정을 보며 시아는 리디아가 왜 그렇게 언니들을 그리워했는지 알 수 있었다. 그녀의 물음에 다른 동생들도 모두 상기된 얼굴로 시아에게 몰려와 리디아의 안부를 물었다. 리디아가 어디에서 무엇을 하고 지내는지, 언니들 생각은 하는지, 혼자서 잘 극복하고 있는지……

시아는 쏟아지는 질문들에 모두 대답한 뒤 물었다.

"이제 어떻게 할 건가요?"

질문을 들은 그들의 표정이 한순간에 굳어졌다. 쉽게 대답을 할 수 있는 물음이 아니었다. 짧은 침묵이 흘렀다.

"모르겠어요."

올리비아가 말했다

"그쪽은요?"

시아는 히로를 바라보았다.

그는 다시 시아가 있는 해변으로 돌아왔지만, 여전히 거대한 크기를 유지하고 있었다.

"어서 떠나야겠죠. 그들이 알아차리고 쫓아오기 전에."

시아가 중얼거리듯 대답했다.

"근방에 있는 병사들은 제가 처리했고, 시아 양은 해가 뜰 때 즈음에야 돌아올 것이라고 예상할 테니 바로 눈치채지는 못할 겁니다."

히로가 시아를 바라보며 말했다.

"유일한 문제는 저분에게 있습니다."

시아는 히로의 눈동자가 향하는 방향을 따라 고개를 돌렸다. 그곳엔 하츠가 질린 표정으로 서 있었다. 히로가 혀를 끌끌 찼다.

"다쳐도 하필이면 날개를 다치다니."

"여럿이 한꺼번에 달려들었다고."

하츠가 투덜거리듯 말했다. 히로가 고개를 절레절레 저었다.

"제 등에 탈 일이 다시는 없을 줄 알았는데, 유감이군요."

"죄송합니다."

그레이스가 슬금슬금 눈치 보며 사죄했다.

"하하하, 아닙니다."

히로가 너털웃음을 터뜨리며 수줍은 목소리로 대답했다.

시아는 성이 있는 방향으로 고개를 들었다. 그리고 어두운 하늘을 올려다보며 안도했다. 여왕의 성에서 해내고자 다짐했던 일들을 모두 해냈다. 초승달이 날카롭게 반짝거렸다. 이제 정말 가야 했다. 모두가 같은 생각을 하고 있었다.

시아는 공주들을 바라보며 마지막 인사를 했다. 그들의 얼굴은 환희와 기쁨으로 물들어 있었지만 분명 혼란스럽고 불안한 마음도 엿보였다. 리디아가 여왕을 원망하면서도 그리워했던 것처럼 그들도 복잡한 마음일 것이었다.

"여왕이 찾을 수 없는 곳으로 멀리 떠나세요. 어서요."

시아가 그들에게 강조하고 하츠와 함께 히로의 몸에 탔다.

"높이 날 겁니다. 궁전 쪽에서 우리를 발견하면 안 되니까요."

히로의 말과 함께 몸이 공중으로 솟구쳤다. 시아는 히로의 갈기를 힘주어 움켜잡았다. 밤의 서늘한 바람이 온몸을 에워쌌다. 부드럽고 짜릿한 감정이 휘몰아치는 것을 느끼며 시아는 솜사탕 같은 구름을 지나 위로 올라갔다. 온몸에 힘을 뺐을 때는 사방이 온통 별이었다. 별들이 눈부시게 반짝거렸다. 밀물처럼 밀려오는 바람과 시야를 꽉 채우는 별들 속에서 시아는 생동감을 온몸으로 느꼈다. 머릿속이 뻥 뚫리고 감정이 벅차올랐다. 남은 고비가 여전함에도, 홀가분했다.

시아는 한참 동안 별들 속을 유영하는 데에 정신이 푹 빠져 있었다. 환상적인 풍경에 적응해 나갈 즈음, 옆에서 자신을 바라보는 시선을 의식했다. 시아는 고개를 돌려 하츠를 바라보았다.

그가 입을 열었다.

"이번에는 정말로 못 할 줄 알았어."

"뭐를?"

시아가 물으며 그의 표정을 살폈다. 스쳐 지나가는 별빛
들 속 그의 얼굴에 의구심이 드러났다.

"식당 일 말이야. 왕관을 가지고 빠져나온 것도 그렇고."

"모두가 도와준 덕분이지."

시아가 정면으로 고개를 돌리며 사실대로 답했다. 그리고
바람이 머리카락을 부드럽게 넘기는 것을 느끼며 저도 모르
게 웃어 보였다.

"말했잖아. 도와주기만 하면 할 수 있다고."

환한 표정으로 꺼낸 이야기지만 전하고 있는 메시지는 따
로 있다는 것을 둘 다 알고 있었다. 시아가 하츠를 처음 보
았을 때 했던 이야기와 같았다. 도와준다면 할 수 있다는 시
아의 확신을 들었을 때 그는 비웃었었다.

둘은 한동안 아무 말도 하지 않았다. 시아가 그의 까만 눈
동자를 천천히 들여다보며 입을 열었다. 그리고 이전부터
궁금했던 것을 물었다.

"잭 선장에게 손을 자르라고 한 것 말이야."

시아는 되도록 덤덤하게 물으려고 애썼다.

"왜 그런 거야?"

뱀파이어 탑에서 보았던 집게와 가위의 모습이 아직도 생생하게 시아를 쫓아다녔다.

시아는 그때 하츠의 무덤덤한 표정에 소름이 끼쳤었다. 그가 그 곡의 작곡가였다니! 그의 정체에 놀라고 그의 잔혹함에 온몸을 떨었었다. 손을 자르는 조건으로 하츠의 곡을 샀던 피아니스트는 누구의 기억에서 살아갈까.

시아는 목구멍에 걸린 감정을 억누르며 그의 대답을 기다렸다.

하츠는 정면을 주시한 채 입을 열었다.

"얼음 같은 산에 혼자 있는 나를 찾아온 그는 정말로 자신감 넘치고 행복해 보였어."

당시를 회고하는 그의 목소리는 마치 일기장을 읽는 것처럼 담담했다.

"그래서 나는 피아니스트에게 그 정도 상실은 경험해야 곡을 이해할 수 있다고 말했어."

서늘한 바람이 휘 불어왔다. 애달픈 힘에 별들이 초연하

게 휩쓸렸다. 어디선가 구슬픈 음악이 희미하게 들리는 듯
했다.

"그 곡은 그런 의미였으니까."

그가 낮은 목소리로 덧붙였다. 그리고 고개를 돌려 시아
를 마주 보았다.

"그냥 제안한 거였어. 정말로 손을 자르고 그 곡을 연주할
지, 그렇게 하지 않을지는 그의 선택이었지."

검은 눈동자가 시아를 담백하게 바라보았다.

시아는 선장의 모습을 생생하게 떠올렸다. 그가 바로 옆
에서 별들이 휘몰아치는 바다를 지휘하고 있을 것만 같았
다. 갑자기 휙 하고 바람이 불어 오싹했다.

시아는 고개를 저으며 나직하게 물었다.

"고작 그 말 한 번에 손을 잘랐다고?"

대답을 바라고 한 말이 아니라 스스로에게 물은 것이었
다. 이해하기 어려웠다. 그러나 곧 자신의 연주를 지키기 위
해 거미줄을 자르고 목숨을 던졌던 선장의 모습이 떠올랐
다. 그의 눈빛에 후회는 없었다. 피아노의 상태를 확인하던
그의 애정 어린 시선을 상기하며, 시아는 하츠의 이야기를
이해했다.

시아는 긴장이 풀리는 듯했다. 시아는 녹초가 된 몸을 히로에게 기대며 하품했다. 고개를 들어 바라보니 별들이 가득한 하늘은 우주 같기도 하고, 심해 같기도 했다. 신비로운 세계 속을 유영하며, 몽롱한 정신으로 이 꿈의 끝은 어떨지 생각했다. 오랜만에 시간이 잔잔하게 흘렀다.

한참을 날아, 하늘이 새벽빛을 띠며 밝아질 즈음 히로가 부드럽게 아래로 내려갔다. 시아는 눈을 감고 히로의 갈기를 꼭 붙잡았다. 어느덧 움직임이 멈추고 눈을 뜨자 레스토랑의 정원이 새벽의 푸르스레한 색깔에 비밀스럽게 젖어 있었다.

시아는 히로의 몸에서 천천히 내려왔다. 시아와 하츠가 내려간 것을 확인한 히로가 다시 아담한 체구로 돌아왔다.

그때 조금 떨어진 곳에서 이쪽을 발견하고 달려오는 대여섯 명의 요괴들이 보였다. 시아는 그들을 멍하니 바라보았다. 가슴이 불안하게 뛰었다.

'누구를 쫓아오는 거지?'

가까이 다가온 요괴들이 시아를 포박했다. 시아는 당혹감에 아무 저항도 하지 못했다.

"이게 무슨 짓입니까?"

씩씩거리는 히로에게도 두 명의 요괴들이 달라붙었다. 시아는 강압적이고 우악스러운 힘에 이끌려 계단 쪽으로 발걸음을 움직여야 했다. 아무런 설명도 따라오지 않았다.

"무슨 일이야?"

하츠의 목소리가 등 뒤에서 들려왔다. 그제야 시아의 왼쪽 팔을 붙들고 있던 요괴 한 명이 대답했다.

"인간이 손님에게 만들어 드린 차에서 뒤늦게 네이라가 발견되었습니다. 인간이 식당 일을 잘 해내지 못한 것이니 이건 당연한 수순이지요."

시아는 자신의 눈앞에서 펼쳐지는 황당한 이야기에 귀를 의심했다. '네이라'가 무엇인지 한참 생각하다가, 쥬드가 고문당할 때 그의 몸 안에 들어간 독극물이라고 했던 리디아의 설명을 기억해 냈다. 기가 찼다. 시아가 손님의 차에 독극물을 넣을 이유는 조금도 없었다.

"말도 안 돼요!"

억울한 시아가 저항하며 소리치는데, 하츠가 차분한 표정으로 요괴를 마주 보며 물었다.

"그 차를 마신 손님에게 이상 증상이 있었나?"

시아는 재빨리 요괴들의 반응을 살폈다. 시아가 기억하는 한, 그날 차를 마신 톰은 멀쩡했다. 요괴는 하츠의 물음에 대답하기가 꺼려지는지 뜸을 들이며 말했다.

"그건 아니지만……."

"그럼 누군가 뒤늦게 그 차에 몰래 독극물을 넣었을 확률이 높겠군."

하츠가 가볍게 말했다. 그리고 표정을 찡그리는 요괴들을 바라보며 웃었다.

"톰을 중개인으로 체결한 계약이잖아? 확실하지도 않은 명분으로 결정을 내렸다간 오히려 벌을 받을 수도 있어."

아무도 반박하지 못했다. 모든 시선이 하츠에게 쏠렸다. 하츠가 하늘을 힐끗 바라보며 말을 이었다.

"곧 해가 뜰 시간인 걸 보아 해돈은 이미 자고 있을 거고, 밤에 모두가 일어났을 때 정황을 제대로 파악해도 늦지 않아."

잠깐의 정적이 흘렀다. 시아의 오른팔을 붙들고 있던 요괴가 마지못해 입을 열었다.

"그럼 낮 동안에는 감옥에 넣어 두도록 하지요. 이번처럼 또 레스토랑 밖으로 도피할 수도 있으니까요."

"뭐라고요? 제가 왜……."

감옥이라는 말에 시아가 반항했으나 요괴들은 이미 시아의 팔을 우악스럽게 잡아끌고 있었다. 시아는 마지막 희망을 담아 하츠를 바라보았지만, 그는 태연한 표정으로 얄밉게 서 있을 뿐이었다.

억울하지만 달리 방법이 없었다. 시아는 큰 소리로 한숨을 쉬며 요괴들을 따라 움직였다. 뒤쪽에서는 히로가 그를 이끌고 가는 요괴들에게 투덜거리는 소리가 들려왔다.

드러난 조커의 정체

하츠는 시아와 히로가 다른 요괴들에게 끌려가며 멀어지는 모습을 미련 없이 바라보았다. 그러다 고개를 돌려 자신의 방이 있는 쪽을 올려다보았다. 날개를 다쳐서 지금은 계단으로 올라가야만 했다. 하츠는 계단을 향해 발걸음을 돌렸다. 공주들과 싸우면서 부상을 입은 날개와 옆구리에서 통증이 느껴졌다. 잠기다 만 수도꼭지처럼 피가 새고 있었다. 들키지 않은 것이 이상할 정도였다. 고통이 온몸을 뱀처럼 기어 다녔다.

하츠는 하늘을 바라보았다. 곧 아침이 될 것처럼 밝은 새벽이었다. 계단을 오르려던 발걸음이 멈췄다. 시선이 아래로 늘어진 계단을 향했다. 별로 내키지는 않았다. 그러나 무시하고 지나치기엔 온몸을 휘어잡은 통증이 컸다.

더 망설이기도 전에 발걸음이 지하실로 향했다. 하츠는 이제 상처에 어떤 약을 써야 하는지 잘 알고 있었다. 늙은 마녀가 자는 동안 조용히 약만 바르고 오면 될 일이기에 조심스레 지하실 문을 열었다. 그러나 뒤이은 웃음 소리에 하츠는 실망하고 말았다. 눈앞에서 야콥이 꺽꺽 웃으며 그를 반겼다.

"도대체가, 왜 다들 잠을 자지 않는 건지 모를 일이군."

하츠가 투덜거리며, 질렸다는 표정으로 야콥에게 다가갔다. 야콥 앞에는 수정 구슬이 놓여 있었다.

"안 자고 뭘 하고 있었는지는 안 물어도 알겠군."

야콥이 킬킬거리며 속삭였다.

"그 아이가 여왕의 성에서 잘 풀어 나가고 있는지는 봐야지."

"그 애는 잡혀갔어."

하츠가 야콥 앞에 앉아 뒤를 돈 채 윗옷을 벗으며 말했다.

날갯죽지부터 시작해서 상처들이 가득했다. 야콥은 하츠

의 말을 듣지 못한 것처럼 기분 나쁜 웃음소리를 내면서 약품들을 뒤적였다. 그리고 핀셋으로 이파리 하나를 뽑아 끓는 물에 담갔다가 하츠의 부상 부위에 갖다 댔다. 식히지도 않은 채 맨살에 댔으나 하츠는 끄덕도 하지 않았다.

야콥이 파란색 물약을 꺼내 바르며 말했다.

"이대로라면 해돈에게 심장을 뜯기는 건 시간문제겠군. 하기야, 모든 것은 너 하기에 달려 있지."

"그게 무슨 소리야? 또 다른 치료 약에 대해 아는 건 할망구뿐일 텐데."

하츠가 따끔거리는 감각이 가라앉을 때까지 가만히 기다리며 대꾸했다. 그러나 갑자기 야콥이 어마어마하게 커다란 목소리로 콧방귀를 뀌며 소리 질렀다.

"하! 멍청하긴."

하츠의 부상 부위에 약을 바르고 꿰매는 손길이 거칠어졌다. 야콥은 술을 들이붓듯 물약을 상처에 끼얹었다. 야콥의 입에서 잔뜩 쉰 목소리가 쉴 새 없이 거칠게 새어 나왔다.

"수정 구슬로 치료 약이 어디 있는지를 볼 수 있었다면, 진작부터 인간을 이곳으로 오게 하지 않았을 거야. 그건 수정 구슬로도 어디에 있는지 볼 수 없는 거라고!"

쇠를 긁듯 까슬까슬한 목소리가 착 가라앉은 지하실 공기를 감쌌다. 귓속 깊숙이 스멀스멀 기어 오는 목소리에 하츠의 신경이 곤두섰다.

'수정 구슬로도 볼 수 없다고?'

하츠는 의아해졌다. 너무나 수상쩍었다. 기묘한 느낌을 받자 몸이 긴장되었다.

'그런 것이 있었나?'

그의 기색을 알아차렸는지 마녀의 웃음소리가 지하실 바닥에서부터 꺼끌꺼끌 들려왔다. 낮은 웃음소리가 점점 더 커지며 하츠의 귓가에 요란하게 날뛰었다. 날카로운 웃음소리의 한 음절 음절이 가슴에 칼을 던져 대는 기분이었다. 웃음소리에 심장이 반응하듯 박동이 빨라졌다.

하츠는 뒤를 돌아 야콥을 바라보았다. 거대한 얼굴이 커다란 미소를 지으며 하츠에게 눈알을 부라리고 있었다.

가는 목소리로 마녀가 속삭였다.

"너도 알잖아. 너는 알잖아."

하츠는 아무 말도 하지 않았다. 그는 알고 있었다. 그는 자신이 이미 정답을 알고 있었다는 사실을 깨달았다.

하츠는 굳어 버린 표정으로 야콥을 바라보았다. 야콥은

커다란 이가 드러나게 웃어 보이며 그를 가만히 구경했다. 치료는 끝난 지 오래였다.

하츠는 일어서서 상의를 입고 바로 지하실 밖으로 나왔다. 왜 진작에 예상하지 못했을까. 놀라우면서도 한편으론 허무했다. 족쇄에서 풀려나기 위해 발버둥 치며 갈구하던 해결책들은 사실 그의 가까이에 있었다.

'이제 어떻게 해야 하지.'

머릿속을 전부 조이고 있던 끈이 탁 풀린 느낌이었다. 막막했다. 밟는 계단마다 뒤죽박죽 섞여 버린 머릿속처럼 삐걱댔다.

지상으로 올라왔을 때, 검은 털을 가진 고양이가 그를 기다리고 있었다. 고양이의 눈을 본 하츠가 허탈한 웃음이 섞인 목소리로 말했다.

"자지 않고 기다리는 게 유행인가 보지?"

루이는 급하게 할 말이 있는 것처럼 날카로운 신사의 모습으로 빠르게 돌아왔다.

"밤이 됐을 때 정황을 파악하자고 했다고요."

하츠는 아무 대답도 하지 않고 루이를 바라보았다. 하츠는 그가 어떤 상황에서든 기계 같아 보일 만큼 이성적이고 예리하다는 것을 잘 알고 있었다. 그가 하츠의 판단에 대해 어떻게 생각할지에 대해서는 쉽게 짐작이 가지 않았다.

"침묵이 길어지지 않기를 바랍니다. 초저녁에 공연이 있거든요."

루이가 여유롭게 재촉했다. 하츠는 마침내 입을 열었다.

"루이, 네가 생각하기엔 그 아이가 차에 독을 넣었을 것 같아?"

그의 물음에 루이는 아무런 대답도 하지 않았다.

루이는 시아가 손님을 마주한 것을 직접 보았었다. 차를 마신 위즈워스는 아무런 이상 징후도 보이지 않고 더없이 평온하게 대화를 나누었다. 네이라는 소량을 섭취했을 때조차 즉각 증상이 발생하는 독극물이었다.

루이의 표정을 읽은 하츠가 말을 이었다.

"뒤늦게 독이 발견되었다는 걸 빌미로 삼아 심장을 가져가는 건 계약을 위반하는 거야. 톰이 중개한 계약의 조항을 위반한다면 얼마나 심각한 처벌을 당할 수 있는지 알고 있겠지?"

하츠는 루이가 차분한 표정으로 동요 없이 그를 지켜보고 있는 것을 바라보았다. 냉철한 기계 같은 그의 표정은 무슨 생각을 하고 있는지는 들여다볼 수 없었다. 하츠는 논리적으로 그를 설득했다.

"그 멍청이 같은 직원들의 놀이에 따라 주지 말고, 내 말을 들어 봐. 나한테 더 그럴듯한 생각이 있어."

하츠는 루이가 초저녁에 열릴 공연 따위에 신경 쓰는 것은 집어치우고 그의 말에 집중할 것이라는 걸 잘 알고 있었다. 그래서 의심 어린 눈으로 그를 경계하듯 바라보는 이 반듯한 신사에게 미소를 지어 보였다.

"나는 해돈을 치료할 수 있는 다른 약이 어디 있는지 알아."

차갑게 마주보던 루이의 눈동자가 흔들렸다.

조금 전, 거미줄 위에서 잠을 자는 도중 갑자기 들이닥친 요괴들 때문에 깨어난 거미 여인은 기분이 상당히 불쾌한 상태였다. 여인은 자다 일어나 부스스한 검은 머리카락을 시아의 무릎 위로 치렁치렁 늘어뜨렸다. 포옹하듯 시아의 양쪽으로 두 팔을 뻗은 채였다. 또 다른 두 팔은 여유롭게 거미줄로 시아를 묶고 있었다.

"나쁜 자식들. 낮에는 건들지 말아야지."

여인이 신경질적인 말투로 괴팍하게 중얼거렸다.

그러다 자신을 바라보는 시선을 느끼고는 시아의 얼굴을 바라보았다. 졸린 듯 게슴츠레 뜨여 있던 눈에 음산한 빛이 스쳐 지나갔다.

시아는 온몸이 마비된 상태에서 홀린 듯이 여인의 얼굴을 감상했다. 여인의 입꼬리가 초승달처럼 휘었다. 그녀가 상냥한 미소를 지으며 고개를 숙였다. 시아는 순간 거미에게 잡아먹히는 줄 알고 눈을 질끈 감았다. 귓가에서 느긋한 목소리가 들려왔다.

"내가 줄을 어떻게 묶는지에 따라 하루 만에 죽을 수도 있고, 한 달이 넘도록 죽지 못할 수도 있어."

시아는 무방비하게 마비된 채로 거미 여인이 들려주거나 보여 주는 것을 모조리 받아들일 수밖에 없었다. 거미처럼 정교하고 세심하게 침투하는 목소리들에 온몸이 얼어붙었다. 여인이 고개를 돌려 한쪽을 손가락으로 가리켜 보였다.

"저기 저쪽에는 벨라가 여전히 자알 지내고 있는걸."

여인이 다정한 웃음소리를 냈다.

"매일매일 내 춤을 감상하면서, 아주 천천히, 아주 서서히……."

온몸의 마디마디로 전기가 찌릿찌릿 퍼지는 느낌이었다. 심장이 터질 것같이 두근거렸다.

거미 여인은 말을 끝내지 않고 다시 시아에게 돌아서서 두 팔을 뻗었다. 시아는 뒷걸음치고 싶었지만 움직일 수 없었다.

여인이 착 가라앉은 목소리로 태연하게 말을 이었다.

"잭은 죽었어. 하루 만에. 마음에 드는 친구였거든. 금방 끝나게 도와주었지."

여인이 다시 시아와 눈을 맞춰 오며 친절한 말투로 입을 열었다.

"말해 봐. 넌 얼마나 세게 조여 줄까?"

장롱 속에 들어 있던 잭 선장의 모습이, 그를 사냥해 가던 거미 여인의 모습과 교차되어 머릿속이 터질 것 같았다. 시아는 온몸이 부들부들 떨렸다.

거미줄의 진동을 감지한 여인이 소리 없이 웃음을 터뜨리면서 입을 열었다.

"쉬잇, 진정해."

여인의 가느다란 손길이 시아의 볼을 스쳤다.

"장난이었으니까. 밤이 되면 저쪽에서 너를 풀어 주러 올 거야."

여인의 낮은 웃음소리가 잔잔하게 울려 퍼졌다.

그녀는 시아에게 더 이상 아무 말도 하지 않고 감옥을 만들기 시작했다. 한 올 한 올 쌓이기 시작한 거미줄은 이내 숨을 쉬기도 답답해질 만큼 시아의 몸을 점점 더 단단하게 옭아맸다. 시아는 거미줄 속에 잠겨 거미 여인의 얼굴을 힘겹게 올려다보았다. 두껍게 시아의 위를 휘감은 거미줄 때문에 공포감이 온몸을 뒤덮었다.

안개처럼 뿌옇게 덮인 시야 너머로 거미 여인의 얼굴이 희미하게 보였다. 여인이 졸린 듯 하품을 했다. 소리가 멀리서 나는 것처럼 시아의 귀에 먹먹하게 들려왔다.

시아를 거미줄로 전부 옭아맨 여인은 히로 쪽으로 몸을 움직였다.

"저는 그저 업무 중 아주 잠시 이탈을 했을 뿐인데요. 설마 그걸로 죽이기까지야 하겠습니까, 그렇죠? 저도 밤이 되면 나갈 수 있는 거죠?"

"시끄럽긴……."

종알거리는 히로에게 여인이 쏘아붙이며 중얼거렸다.

"화덕의 방으로 보내면 꽤 괜찮은 품질의 스테이크가 나오겠어."

시아는 히로의 비명을 들으며 숨을 쉬려고 노력했다. 온몸이 붕대로 칭칭 감긴 것처럼 압박되어 호흡하기조차 힘겨웠다. 거미줄은 움직이려 할수록 몸을 더 조여 오는 탓에 시아는 그저 돌처럼 굳어 있었다. 가만히 움직임을 멈추자 가슴을 꿰뚫고 나올 것 같은 심장 박동이 온전히 느껴졌다. 잭 선장과 플라밍고 여인이 이런 기분이었을까. 교수대에서 사형수의 목을 옭아매는 형구가 온몸에 덧씌워진 것 같았다. 죽음의 문턱까지 다다른 기분이었다.

시아는 진정하려고 노력했다. 밤이 되면 하츠의 말대로 정황을 파악하기 위해 자신을 석방해 줄 것이다.

'난 여기서 죽지 않아.'

세뇌하듯 되뇌고 되뇌어도 마디마디를 감싼 소름 끼치는 감촉은 사라지지 않았다. 히로까지 거미줄로 가둔 거미 여인이 잠자리에 들려고 하는 것이 희뿌연 거미줄 너머로 보였다. 시아는 여인을 따라 눈을 감았다. 시간이 얼른 지나가길 바랐다. 하지만 시간은 너무도 더디게 갔다. 이 안에서는 잠을 잘 수가 없었다. 시아는 눈을 감고 꼼짝도 하지 않은 채 밤이 오기를 기다렸다. 전신을 휘어감은 거미줄을 타고, 사방에 갇혀 있는 다른 먹이들의 진동이 스멀스멀 느껴졌다. 여기저기서 소리 없이 비명을 지르고 몸부림치는 그 생동감이 거미줄을 바득바득 기어 와 시아에게 닿았다.

'히로는 잘 버티고 있을까?'

머리로는 그가 바로 옆에 있다는 걸 알면서도 혼자인 것처럼 외로웠다. 거미줄에 시야가 가려져서 시아는 고립감을 느꼈다. 오직 거미줄의 진동을 통해서만 다른 존재들을 느낄 수 있었다. 시아는 자신을 석방시키기 위해 다가오는 움직임이 전해지기를 기다렸다. 이 공간은 계속 어두워서 시간을 가늠할 수 없었다.

시간이 얼마나 흘렀을까. 거미줄이 흔들리는 것이 느껴졌다. 머리가 어지러워 구역질이 날 것 같았다. 세상이 정신없이 흔들리는 가운데, 시아는 힘이 빠진 채 축 늘어져 있었다. 바깥에서 누군가가 거미줄을 뜯어내는 소리가 들렸다.

'드디어……'

시아는 자유에 대한 갈망으로 마음이 부풀어 고개를 힘없이 들고 기다렸다. 뿌연 시야의 한쪽 구석에 금이 생기며 바깥의 모습이 조각조각 보이기 시작했다. 마침내 모든 감옥이 허물어졌을 때, 시아는 그 자리에서 쓰러진 채 숨을 헐떡였다. 서둘러 폐에 공기를 들이켰다. 온몸에 힘이 빠져 움직일 수 없었다.

"시아 양!"

히로의 목소리에 고개를 들자 그가 시아의 옆에서 울먹거리며 바라보고 있었다.

"괜찮습니까?"

시아는 대답하려고 애써 봤지만, 목구멍에서는 아무런 소리도 나오지 않았다.

"나약한 몸이라 회복하는 데까진 조금 더 걸릴 거야."

거미 여인의 목소리가 들려왔다. 그녀는 시아의 머리맡에 서 있었다. 여인이 시아를 내려다보며 말했다.

"너와 가야 할 데가 생겼어."

"어디를 간단 말입니까?"

거미 여인과 히로의 목소리를 들으며 시아는 고개를 숙여 아래를 보았다. 희뿌연 거미줄 너머, 아득히 멀어 보이는 아래에는 밝고 텅 빈 레스토랑만이 있었는데, 그 한가운데에서 루이가 그녀를 올려다보고 있었다.

시아와 눈이 마주친 루이가 팔을 들어 손목시계를 힐끗 쳐다보았다. 그가 거미 여인 대신 대답하듯 말했다.

"서두르십시오. 공연 준비를 해야 합니다."

예상 밖의 대답에 시아와 히로는 서로를 빤히 바라보았다.

"공연이라니요?"

히로가 갑자기 무슨 소리냐는 듯이 물었지만, 루이는 더 이상 설명하려고 하지 않았다. 거미 여인은 시아와 히로를 아래로 내려보내 주었다.

시아는 땅에 내려오자마자 휘청이는 몸을 히로에게 부축받아 루이와 레스토랑 밖으로 급히 나와야 했다.

아직 해가 다 지지 않은 보라색 하늘 아래에는 에메랄드 색 계단들과 알록달록한 요리실들이 뒤죽박죽 모여 반짝거리고 있었다. 삐뚤빼뚤 꼬여 있는 좁은 계단들 위를 업무를 준비하기 시작하는 몇몇 요괴들이 오갔다. 루이는 평소처럼 뒤를 돌아보지도 않으며 앞장서서 걸어갔다. 얼마 가지 않아 그들은 공연장 건물 앞에 다다라 있었다. 루이는 건물의 정문이 아니라, 쪽문으로 향했다. 문을 열기 전에 루이가 뒤를 돌아 시아와 히로를 바라보았다.

"대기실에 들어가면……."

시아는 루이가 히로를 바라보며 말하고 있다는 것을 알아차렸다.

"단원들에게 방해가 되어서는 안 됩니다. 말도 걸지 말고, 시끄럽게 하지 말고, 조용히 저를 따라오십시오."

보라색과 황금색 눈동자가 경고를 담고 히로를 날카롭게 쳐다보았다. 말을 마친 루이는 뒤를 돌아서 문을 열고 들어갔다. 문을 열자마자 커다란 재즈 소리가 귀를 감쌌다. 피아노와 색소폰 소리가 어우러진, 고급스러우면서도 신나는 재즈 연주가 시아를 안으로 이끄는 듯했다.

대기실은 검은 벽, 검은 천장으로 이루어져 터널처럼 어두웠고, 에메랄드빛 광채가 나는 타일 위에서 화려한 분장을 하고 의상을 갖춘 요괴들이 어수선하게 움직이고 있었다.

"옷이 이래서야 공중제비를 할 수가 없잖아! 꼬리가 짧은 의상을 가져오라고 해."

"내 훌라후프가 어디 갔지?"

"리허설 한 번만 더 해. 리지! 어서 자리로 와."

"맙소사! 꽃가루는 너무 구려. 색 가루를 뿌려야 해."

재즈 소리가 울려 퍼지는 새까만 대기실 여기저기서 알록달록한 색 가루와 연기가 날아오고 소품들이 정신없이 굴러다녔다. 분홍색과 보라색 비단을 걸친 공작새 요괴들과 청록색 의상을 입고 부채를 펄럭이는 도깨비들, 그림자를 움직이는 유령들 등 시선을 사로잡는 요괴들 틈에서 시아는 루이를 놓치지 않으려고 애를 써야 했다. 시아는 히로가 잘 따라오고 있는지 곁눈질하며 멀리 걸어가고 있는 루이의 뒤를 쫓았다.

중간중간 낯익은 요괴를 마주치기도 했다. 화려한 비단 드레스를 늘어뜨린 채 파이프를 두드리며 성악 연습을 하던 떠들이 부인이 시아를 발견하고는 호들갑을 떨며 달려왔다.

"어머 어머, 애야! 네가 여긴 어쩐 일이니?"

"아하하, 아주머니 안녕하세요."

시아가 멋쩍은 웃음으로 인사하고는 계속해서 걸어갔다. 루이는 여전히 빠르게 앞서가고 있었다. 그러나 떠들이 부인은 시아 옆에 바짝 붙어 쫓아오며 속닥거렸다.

"맙소사, 곡이 너무 별로이지 않니? 오프닝 곡으로 오페라를 하자고 제안했지만, 기어이 재즈를 골랐더구나."

그리고 떠들이 부인은 시아에게 하고 싶은 말은 따로 있었는지, 시아가 대답할 틈을 주지 않고 바로 말을 이었다.

"네가 좋아할 만한 특별 요리를 해 놨단다. 새로운 인간 음식을 요리해 봤거든. 하마터면 법석 부인이 주방을 전부 태울 뻔했지 뭐니! 이따 차의 방에 와서 먹으렴."

떠들이 부인이 높은 목소리로 노래를 부르듯 흥겹게 조잘 거렸다.

떠들, 법석 부인들은 시아가 끼니를 해결하기 위해 차의 방에 갈 때마다 종종 새로운 인간 요리로 시아를 놀라게 하곤 했다. 시아는 감사 인사를 전하며 눈으로 루이를 좇았다. 바글바글한 요괴들 너머로 그가 걸어가고 있는 것이 보였다. 시아는 신이 나서 요리 과정에 대해 조잘거리는 떠들이 부인에게 급히 인사를 하고 루이가 보이는 쪽으로 다시 걸음을 보챘다.

얼마 가지 않아 이번에는 벽에 기대 파이프를 물고 있던 뱀파이어, 에드워드 백작을 마주쳤다. 시아를 발견한 백작이 벽에 기대고 있던 몸을 일으키며 살짝 미소를 지었다.

"아, 시아 양."

고풍스러운 억양의 중저음이 여유롭게 흘러나오며 시아의 이목을 휘어잡았다. 파이프에서 연기가 피어나 어두운 대기실을 맴돌았다.

"언제 볼 수 있을까 기다렸다오."

"저를 기다리셨다고요?"

시아가 저도 모르게 걸음을 멈추며 그에게 물었다.

귀마개를 낀 것처럼, 요란하던 음악 소리가 어느샌가 먹먹하게 들려왔다. 백작의 낮은 목소리가 귀를 감싸, 다른 소음과 생각들을 전부 마비시켜 버렸다. 시아는 홀린 듯이 백작의 목소리에 집중할 수밖에 없었다. 백작의 창백한 얼굴이 살짝 찌푸려졌다.

"설마 잊은 건 아니겠지. 지난번에 탑에서 내가 거짓말을 해 주는 대신, 원하는 것을 들어주겠다고 말하지 않았소."

과거 자신의 부탁에 백작이 하츠에게 최면을 걸었던 것을 떠올리며 시아는 한숨을 쉬었다. 시아는 느리게 걸으며, 자신과 발걸음을 맞추는 백작에게 탄식하듯 말했다.

"그걸 기억하고 계셨군요."

"그럼 내가 뭐 하러 자네를 도와주었겠소?"

"뭘 원하시나요?"

시아가 불안한 마음으로 물었다.

시아의 물음에 백작의 어두운 동공이 확장되며 눈동자를 집어삼켰다. 아득하게 새까만 눈이 오싹했다. 뱀파이어의 가느다랗고 빨간 입술이 매끄럽게 올라갔다. 대답하기 위해 벌어진 입술 사이에서 날카로운 송곳니가 얼핏 보였다.

"인간의 피."

시아는 걸음을 멈추고 그 자리에서 얼어붙었다. 파이프에서 피어난 매캐한 연기가 목구멍으로 내려가, 온몸 구석구석으로 스며들었다. 신경이 곤두섰다. 포식자의 접근에 본능적으로 몸이 반응했다.

귓가에 중저음의 웃음소리가 빗소리처럼 스며들었다.

"뭘 놀라고 그러시오? 새로 개발 중인 와인에 몇 방울만 떨어뜨리면……."

초승달처럼 음산하고 날카로운 눈빛이 시아를 통째로 휘어잡았다. 웃는 입술 사이에서 송곳니가 더 날을 세우며 다가왔다.

"시아 양! 거기서 뭐 합니까?"

낭랑하게 퍼지는 히로의 목소리에, 시아는 최면에 걸린 듯 몽롱하던 상태에서 깨어났다. 공연을 준비하는 북적이는 소리와 재즈 소리가 블랙홀에서 뱉어진 것처럼 다시 선명하게 들려왔다. 시아는 매여 있던 밧줄에서 풀려난 듯 조용히 숨을 고르며 자신을 향해 달려오는 히로를 바라보았다.

"빨리 가야 합니다! 루이가 기다린다고요."

시아와 에드워드 백작 사이에 선 히로가 시아를 재촉했다. 히로가 백작을 바라보자, 날카로운 침묵이 흘렀다. 용의 타오르는 눈동자를 바라본 백작은 다시 파이프를 물었다. 쯧, 혀를 차는 소리가 들려왔다.

"어쩔 수 없군. 아쉽지만 보상은 다음번에 받도록 하지. 그럼 이만 가 보겠소."

말을 마친 백작은 얼음에 미끄러지듯 천천히 멀어져 갔다. 시아는 미련 없이 걸어가는 백작의 뒷모습을 바라보며 놀랐던 마음을 진정시켰다.

"뱀파이어 놈들이란! 시도 때도 없이 피를 구한다니까. 시아 양, 괜찮습니까?"

고양된 목소리로 물어 오는 히로에게 시아가 고개를 끄덕이자, 히로는 루이가 무시무시한 눈길로 손목시계를 힐끗거리고 있다고 호들갑을 떨며 시아를 재촉했다.

시아는 히로의 재촉에 급히 발걸음을 옮겼다. 소란스럽고 어두운 대기실을 급하게 달리자, 곧이어 낯익은 장소가 눈앞에 펼쳐졌다. 언짢은 기색의 루이가 길쭉하고 좁은 고동색 테이블 앞에서 다리를 꼬고 앉아 있었다. 이전에 시아가 공연장에 왔을 때 루이와 대화를 나누었던 자리였다. 시아가 주춤거리며 그의 맞은편에 앉자 차가운 시선이 내리꽂혔다.

"조용히 저를 따라오라고 말했을 텐데요."

"그러려고 했는데 자꾸 말을 걸어서……."

시아가 어정쩡하게 대답하는데, 다른 쪽에서 날아온 카랑카랑한 목소리가 시아의 말을 잘랐다.

"의미 없는 사담은 공연이 끝나고 해."

시아는 목소리가 들려오는 쪽으로 고개를 돌렸다. 환한 전구들이 둘레에 박혀 있는 거울 앞에 앉아 거미 여인이 빨간 립스틱을 바르고 있었다. 앙칼진 눈매에서 표독스럽게 번쩍이는 눈동자가 거울 너머로 시아를 노려보고 있었다.

시아는 놀라서 거미 여인을 보며 말을 꺼냈다.

"분명 레스토랑에 남아 있었는데 어떻게 여기……."

"길이 하나뿐일 거라고 생각해? 나한테는 거미줄이 있는 모든 곳이 다 길이야."

여인이 조용히 이야기했다.

립스틱이 스친 입가에는 바로 전에 진한 애정 행각이라도 나눈 것처럼 새빨간 길이 아무렇게나 번져 있었다.

거미 여인은 립스틱을 아무렇게나 놓아 굴러가게 내버려

두며, 의자에서 천천히 일어섰다. 풍성하게 프릴이 달린 새하얀 튜튜 스커트가 금방이라도 흘러내릴 것처럼 앙상한 몸에 걸쳐져 있었다. 발에는 언제나처럼 아무것도 신고 있지 않았다.

시아는 거미 여인의 얄팍한 발이 타일 위를 세심한 움직임으로 거니는 것을 바라보았다.

"시간 낭비하지 말고 정신 똑바로 차려서 준비해 놔. 내 공연에 차질이 생기면 거미줄로 네 몸을 바스러뜨릴 테니까."

거미 여인은 시아의 곁을 소리 없이 지나갔다. 그녀의 말은 시아의 마음을 날카롭게 할퀴었다.

시아는 거미 여인이 멀어지는 것을 바라보며 루이에게 물었다.

"이번 일은 공연을 준비해야 하는 건가요?"

새로 주어진 식당 일이겠거니 하고, 확신을 가지고 물었다. 루이는 시아가 영 못 미더운지 인상을 딱딱하게 굳히고 있었다.

"그럼 시아 양이 손님의 차에 네이라를 넣었다는 누명은 잘 벗게 된 겁니까?"

잠잠히 듣고 있던 히로가 소리쳤다.

시아는 희망을 가지고 루이를 바라보았다. 루이는 머리가 지끈거린다는 듯이 눈을 감았다가, 생각을 정리하였는지 눈을 뜨고 시아를 바라보았다. 그의 눈빛에는 날이 서 있었다. 이유는 몰라도 그는 그 어느 때보다도 지금 이 순간이 마음에 들지 않는 모양이었다.

"지난 공연 때의 조커 카드는 가지고 있습니까? 주머니 안에 있었던 것 말입니다."

그가 나직하게 물었다.

시아는 머뭇거리며 대답했다.

"잃어버린 것 같아요."

루이는 예상했었는지 별다른 반응을 보이지는 않았다. 그가 돋보기안경을 추어올리며 시아에게 다시 물었다.

"그럼 그때의 조커 카드에 대해 기억은 하십니까. 조커를 찾은 줄 알았지만, 사실 그것은 가짜였고, 진짜 조커는 따로 숨어 있었지요. 가상 트릭과 실상 트릭 말입니다."

시아는 그가 카드 마술 따위를 왜 계속 이야기하는지 영문을 알 수 없었다.

혼란스러운 시아에게 루이가 손을 내밀어 보였다. 시아는 그의 손을 쳐다보았다. 조커 카드였다. 그러나 그가 카드를 테이블 위에 내려놓았을 때는 하트 문양이 되어 있었다. 시아는 낯익은 트릭을 말없이 바라보았다. 그리고 지난 공연에서 자신을 헷갈리게 했던 속임수들에 대한 이야기를 떠올렸다.

'가상 트릭. 실제로는 없는 것을 환상으로 보이게끔 만드는 것이죠.'

'실상 트릭. 가상 트릭과는 반대로, 실제로 존재하는 것을 보이지 않게끔 만드는 속임수입니다.'

시아는 조커가 어떤 역할이었는지를 확실히 기억하고 있었다.

'조커는 이 두 가지 속임수를 이용해서 꼭꼭 숨어 버리지요.'

단서들을 더듬어 가는 시아를 보며, 루이가 선언했다.

"이번 공연에서 조커 카드는 당신입니다."

테이블 위에 널브러진 하트 카드를 바라보며, 시아는 알아차렸다. 지금부터 일어날 일은 식당 일과 관련된 것도, 누명을 벗는 것과 관련된 것도 아니라는 것을.

모든 신경이 바짝 곤두섰다. 시아는 루이 쪽으로 상체를 빳빳하게 세운 채 귀를 기울였다.

루이는 시간이 얼마 남지 않았는지, 손목시계를 힐끗 바라보고는 계속해서 말을 이어갔다.

"실상 트릭은 존재하지 않는다고 말했던 것도 기억하십니까? 가상 트릭만이 유일하다고 제가 말했었지요."

하트가 조커인 줄 알고 가지고 왔던 시아에게 사기꾼 마술사는 그렇게 설명했다. 루이는 시아를 바라보며 낮은 목소리로 조곤조곤 이야기했다.

"오늘 밤, 가상 트릭을 이용해서 다른 요괴들이 당신이 이곳에 남아 있다고 믿게 할 겁니다. 물론 관객들이 무대를 즐기는 동안 당신은 레스토랑을 빠져나갈 거고요. 조금이라도 의심을 받을 만한 실수를 해서는 안 됩니다."

루이는 잠시 말을 멈추고 주변을 날카롭게 훑었다. 조금 떨어진 사방에는 공연을 준비하는 수많은 요괴들이 지나다니고 있었다. 루이가 시아에게 상체를 더 바짝 숙이며 말했다.

"당신이 레스토랑 건물에서 나온 순간부터 공연장에 들어오기까지, 지켜본 눈이 한둘이 아니었습니다. 지금쯤 이미 공연장에 들어와 감시하는 요괴들이 있을 겁니다. 이곳에 온 것을 그들이 아는 한, 의심을 사지 않도록 최대한 자연스럽게 공연하는 모습을 보여 주어야 합니다."

그러나 시아가 단번에 이해하기에 루이의 설명은 너무나

조각조각 잘려 있었다. 시아는 고개를 저었다.

"이해가 되지 않아요. 제가 어디를 간단 말인가요?"

루이가 시아의 물음에 대답하기 위해 입을 열었다. 그러나 그의 목소리가 나오기도 전에, 다른 요괴가 그들 쪽으로 다가왔다. 가까이 다가온 요괴의 목소리가 나지막이 들려왔다.

"시간이 다 되었어요. 무대에 나갈 차례입니다."

갑작스럽게 들려온 예고에 시아는 불안함을 느꼈다. 심장이 불안정하게 두근거렸다. 루이의 말을 완전히 이해하기도 전에 그냥 일을 진행해야 하는 셈이었다.

"어이쿠, 이게 누구야? 오랜만이구나!"

상심에 젖어 있던 중, 익숙한 목소리에 고개를 돌리자 수프의 방 요리사가 반가운 얼굴로 환하게 미소 지었다. 자두처럼 동그랗고 뚱뚱한 요리사는 작은 키로 시아를 올려다보았다. 그제야 시아는 무대에 나갈 차례라는 말이 루이가 아니라 자신을 가리킨 것이라는 사실을 인지했다.

"제가 무대에 나가요?"

"말했잖습니까. 당신이 오늘 무대의 조커라고."

루이가 자리에서 일어서며 대답했다.

"저는요? 저도 무대에 나갑니까? 저도 공연을 하는 겁니까?"

여태 잠잠히 듣고 있던 히로가 은근슬쩍 기대감이 담긴 목소리로 물었다. 떠날 채비를 하듯 옷매무새를 다듬던 루이가 히로를 힐끗 바라보며 단호하게 대답했다.

"한 명이면 충분합니다."

말을 마친 루이는 더 이상 머물 이유가 없다고 판단했는지, 수프의 방 요리사와 시선을 교환하더니 다른 쪽으로 걸어가 버렸다. 시아는 실망의 기색이 역력한 히로와 어쩔 수 없이 인사를 나눈 뒤, 요리사를 따라 대기실의 통로를 걷기 시작했다.

"루이가 오늘은 새로운 게스트가 오프닝 무대를 열 거라기에 데리러 왔는데 세상에, 그게 너일 줄이야! 이런 우연이 다 있구나. 허허허."

아는 얼굴에 신이 난 요리사는 시아를 데리고 무대를 향해 걸어가며 즐겁게 떠들었다. 그러나 곧 시아의 굳은 표정을 발견하고는 입가에 웃음기를 거두었다.

"아이고, 그렇게까지 긴장할 거 없어요. 아저씨가 도와줄 테니, 잘 따라 주기만 하면 공연은 성공적으로 끝날 겁니다."

그러나 요리사의 상냥한 위로에 웃고 넘어가기에 시아에

게는 지금 모든 상황이 너무나 큰 부담으로 느껴지고 있었다. 시아는 어색한 걸음으로 동굴 같은 대기실을 걸었다. 사방이 온통 새까만 길 끝에, 환한 빛이 새어 나오는 무대가 반짝이는 것이 보였다.

"무대 위에 올라가면 뭘 어떻게 해야 하죠?"

먼 거리에서 아득하게 빛나고 있는 노란 빛을 바라보며 시아가 작은 목소리로 물었다.

"허허, 별로 어렵지 않아. 지난 공연 때 이 아저씨가 했던 걸 그대로 따라 하기만 하면 된단다."

시아는 줄 위에서 아슬아슬 곡예를 선보이던 요리사의 공연을 떠올리고는 기겁했다. 불빛이 점점 더 가까워지고 있었다.

"저 보고 줄타기를 하라고요?"

"으응? 아니, 아니, 그것 말고. 바닥 아래로 사라지는 것 있잖니."

깜짝 놀란 요리사가 손사래를 치며 말했다.

시아는 그가 줄 위에서 졸린 척 잠이 드는 연기를 하며 추락하다가 바닥 속으로 사라졌던 모습을 떠올렸다. 조마조마해하며 봤던 공연이기 때문에 기억에 남은 광경이었다.

어느새 시아는 무대 바로 뒤에 자리했다. 시야를 흐리는 희뿌연 빛 너머로 관객들의 인기척이 느껴졌다. 웅성거리는 소음이 높은 파도처럼 쏟아졌다. 시아의 발걸음이 얼어붙었다. 저 위로 나아가면 마주해야 할 시선들이 무서웠다.

요리사는 까치발을 하고 시아에게 다급하게 속닥였다.

"무대로 나가면 바닥에 문이 하나 있는데, 그 문을 열고 내려가면 무대 소품을 보관하는 창고가 나올 거다."

"창고에 가서 뭘 어떻게……."

당최 일이 어떻게 돌아가는 것인지 이해할 수 없어 시아가 더 물어보려고 했지만 공연장의 시간은 이미 빠르게 지나가고 있었다. 무대 위의 빛이 환하게 밝아졌다.

"쉿! 공연이 시작됐어!"

대기실에 있던 누군가가 거칠게 속삭이며 시아의 말을 잘랐다.

시아는 고개를 돌려 무대 위를 바라보았다. 공연의 시작을 알리는 듯, 피아노와 색소폰 연주가 재즈 리듬을 타며 멋들어지게 흘러나왔다.

"잭 선장을 대신한 신인 피아니스트도 제법 하는군그래."

연주자의 리듬에 따라 고개를 흥겹게 까딱이며, 요리사가 흐뭇하게 중얼거렸다. 시아는 피아니스트가 누구인지를 보려고 목을 길게 뺐으나, 눈부신 조명 때문에 아무것도 보이지 않았다.

그때 익숙한 발소리가 무대에서부터 들려왔다. 시아는 소리를 듣자마자 그 발소리의 주인이 누구인지 예상할 수 있었다.

환하게 내리쬐던 빛이 커튼처럼 걷히면서, 무대를 산처럼 둘러싸고 있는 빼곡한 관객들의 모습이 펼쳐졌다. 무대 중앙에는 기다란 코트를 입고 한쪽 손에 파이프를 든 에드워드 백작의 뒷모습이 보였다. 백작의 등장과 함께, 텔레비전 쇼의 오프닝 곡처럼 흥겨운 리듬의 재즈와 떠들이 부인의 독특한 음색의 노랫소리가 시작됐다.

"공연을 보러 와 주어 고맙소. 나는 에드워드 백작이라고 하오."

즐거운 배경 음악 위로, 묵직하고 매끄러운 중저음의 목소리가 느릿하게 흘러나와 귓가를 부드럽게 감쌌다. 익숙한 무대 인사는 지난번처럼 머릿속을 침범하여 엉켜 있던 복잡한 걱정들과 불안감들을 흐트러뜨렸다.

시아는 백작의 인사말을 감상하며, 이번에도 그가 관객들에게 최면을 걸지에 대해 궁금해했다.

인사를 마친 백작이 관객들을 여유롭게 훑고는 다시 입을 열었다.

"다들 귀한 시간을 내어 공연을 보러 와 주었으니, 내 특별히 오늘 공연에서는 아주 희귀한 정보를 하나 전해 주려고 하오."

시아는 그가 무슨 말을 하려는 것인지 궁금하여 계속해서 집중했다. 여태 즐겁게 춤을 추던 연주는 비밀을 속삭이는 듯, 갑작스럽게 소리를 작게 낮추었다. 귓속말처럼 작아진 음악 소리가 공연장 안에서 장난스럽게 울렸다.

백작이 조금 더 낮아진 목소리로 계속해서 말을 이어갔다.

"여기 계신 분들 모두, 먹으면 신비로운 효과를 가져다준다는 브리초에 대한 신화를 들어 보았을 것이오."

시아는 자신이 이전부터 잘 알고 있었던 이름의 언급에 더욱 신경을 곤두세웠다.

연주는 시아의 흥미를 부추기듯, 스타카토로 짤막하게 끊겨 가며 리듬을 탔다. 백작은 바짝 귀를 기울이는 관객들을 애태우듯 느긋하게 말했다.

"그런데 그 진귀한 보물이 어디에 있는지 아는 자는 하나도 없지. 그러니 지금부터 다들 귀를 쫑긋 세우고 공연에 집중하시오."

백작이 들고 있던 파이프에 불을 붙이고는 입에 물며 말했다.

"내가 오늘 그대들에게, 그 브리초가 어디에 숨어 있는지, 낱낱이 말해 주려 하오."

백작의 말이 끝나기가 무섭게, 쥐 죽은 듯 고요하던 객석이 어수선하게 술렁였다. 어마어마한 효력을 가지고 있다는 보물에 대해 소문으로만 전해 듣던 요괴들은 그것이 어디 있는지를 알려 준다는 말에 흥분했다. 음악 소리는 점점 더 작아졌고, 백작은 파이프에서 연기를 뿜으며 무대를 뿌옇게 채웠다.

시아는 무대 위가 연기 속에 덮이는 모습을 멍하니 지켜보았다.

연기 속에서 백작의 목소리가 매끄럽게 흘러나왔다.

"브리초는 그대들이 들었던 것처럼, 요괴 섬에서 가장 높고 꽁꽁 얼어붙어 있는 산 속에 숨어 있소. 그런데 그 신비로운 보물이 어쩌다 그 산중에 묻히게 되었는지를 알려면……."

연기가 걷히기 시작하면서 무대 위의 모습이 서서히 드러났고, 새로운 음악이 들리기 시작했다. 피아노의 독주가 부드럽고 다정하게 흘러나왔다. 백작이 가라앉은 목소리로 조용히 덧붙였다.

"먼저, 두 여인에 관한 이야기를 들어야 하오."

브리초와 두 여인의 비밀 (1)

연기가 걷히고, 드러난 무대 위는 화려했다. 무대 배경은 알록달록한 꽃잎들과 나무들로 채워져 다채롭게 반짝거렸고, 분홍색과 보라색 비단을 걸친 공작새 요괴들은 한가롭게 저마다의 춤을 추었다. 잔잔한 피아노 독주 속에 간간이 까마귀 우는 소리가 섞여 들려왔다.

무대 중앙에 서 있던 백작은 어느새 가장자리에 서서 무대를 여유롭게 구경하고 있었다.

그의 목소리는 계속해서 공연장에 울려 퍼졌다.

"두 여인 중 하나는 의술과 마술에 능한 마녀였고, 또 다른 하나는 아무런 능력이 없고 유약한 여자였소. 그 두 여인에게는 공통점이 있었는데, 두 여인 모두 각자의 꿈과 야망을 품고 있었다는 것이오."

여인 하나가 무대 위에 홀연히 등장하였고 백작의 목소리는 계속해서 이어졌다.

"그중에서도 유능한 마녀는, 꿈을 이루기 위해 자신의 정원에서 능력과 재능을 모두 활용하여 보물을 만들기 시작했지."

시아는 거미 여인이 공중에서 거미줄을 짜며 춤추는 광경을 넋 놓고 바라보았다. 까만 허공에서 하얀 튜튜 스커트를 걸치고 움직이는 여인의 춤이 시선을 오묘하게 끌어당겼다. 기다란 팔다리가 거미줄 위를 자유롭게 움직이며 꽃과 나무들 사이를 거닐었다. 허공의 중앙에는 거미줄 뭉치가 구름처럼 헝클어져 있었다.

"마녀는 보물을 완성하기 위해, 자신의 아름다움을 보물 안에 넣었고……."

춤을 추며 거미줄 뭉치 앞으로 다가간 여인의 고개가 갑작스럽게 아래로 푹 꺾였다.

"자신의 젊음까지도 그 보물 안에 넣었소."

다음으로 거미 여인이 목각 인형처럼 앞으로 고꾸라졌다.

아름답고 부드럽던 춤사위는 더 이상 볼 수 없었다. 그녀는 고개와 허리를 숙인 채 관절 하나하나를 기괴하게 꺾으며 삐걱거렸다. 창백한 옷을 입은 여인은 어두운 허공에서 온몸이 조각조각 분리된 것처럼 흔들리며 잔상을 남겼다.

"그렇게 보물이 완성되었고, 마녀는 그것을 자신의 정원 가장 안쪽에서 정성스럽게 가꾸었지."

여인은 팔다리를 휘청이며 금방이라도 고꾸라질 것 같았지만, 거미줄 뭉치 근처에서 떠나지 않았다.

"보물에 대한 소문을 들은 수많은 요괴들이 마녀의 정원에서 그 보물을 훔쳐 가려고 여러 번 시도했소."

이어서 청록색 의상을 입은 도깨비들이 부채를 펄럭이며 무대 위로 등장했다. 시아는 도깨비들이 춤을 추면서 거미줄 뭉치 가까이 접근하는 것을 지켜보았다.

"그러나 그들의 시도는 번번이 실패했소. 왜냐하면, 마녀의 새들이 그 정원을 지키고 있었거든. 새들은 다른 요괴가 보물에 접근할 때마다 떼를 지어 달려들어 고개를 앞뒤로 흔들어 부리로 요괴의 눈을 멀게 했지."

춤을 추고 있던 공작새 요괴들이 공작새의 날개를 활짝 펼쳐 보였다. 오색 빛깔의 화려하고 거대한 날개들이 그들의 춤사위에 따라 앞뒤로 움직이며 펄럭이기 시작했다. 도깨비들은 자신들의 부채를 열심히 흔들어 보았지만, 공작새들의 거대한 날개에 비하면 힘이 부족했다. 새들의 날개에 의해, 부채에 구멍이 뚫리거나 도깨비들이 날아갔고, 관객들의 웃음소리가 간간이 들려왔다.

"그런데 말이오."

무대 위의 우스운 광경에 시아가 푹 빠져 있을 즈음, 백작의 목소리가 귀에 날카롭게 꽂혔다. 동시에 관객들의 웃음소리 역시 멎었다. 긴장감 서린 침묵이 공연장을 채웠다. 시아는 저도 모르게 몸을 움츠리며 백작을 쳐다보았다. 그 역시 자신을 바라본 것 같다는 느낌이 들었다.

"그 다른 한 여인."

백작이 시아를 정확히 바라보며 천천히 발음했다. 시아는 그의 시선에 저도 모르게 굳어 버렸다.

백작이 다시 한번 반복했다.

"무능하고 유약하지만, 자신의 야망 때문에 마녀의 보물을 호시탐탐 노리던 그 여자는……."

백작의 말을 완전히 다 듣기도 전에, 옆에 서 있던 수프의 방 요리사가 시아의 등을 떠밀었다.

"어서 나가야 해! 너의 차례란다."

요리사가 다급하게 속삭였다.

백작은 시아가 나오기를 기다리는 것처럼 뜸을 들였다. 시아는 온몸이 얼어붙은 채 뻣뻣한 걸음으로 무대 위로 나갔다. 얼굴 위에 조명이 쏟아지는 탓에 앞을 볼 수가 없었다. 무대 위에 서자 관객들의 시선이 한 몸에 쏟아졌다. 시아는 길을 잃은 것처럼 아무것도 하지 못한 채 사방을 두리번거렸다. 시아를 둘러싸고 앞에서는 관객들이 웅성거리는 소리, 뒤에서는 대기자들이 속닥거리는 소리가 그녀를 포위하고 빙글빙글 돌았다. 심장이 빠르게 쿵쾅거렸다. 시간이 멈춘 것 같았다. 피아노 연주만 계속해서 흘러나왔다.

시아는 무심코 피아노 소리가 들려오는 쪽으로 고개를 돌렸다가 그대로 굳어 버렸다. 피아노를 연주하는 자는 하츠였다. 그때 구원처럼 백작의 평온한 목소리가 태연하게 들려왔다. 그러자 아무 일도 없었다는 듯이 공연은 다시 흘러가기 시작했다.

"무능하고 유약한 그 여자는, 다른 요괴들과 달리, 마녀의 정원에서 보물을 훔치는 데에 성공했소."

백작의 말이 끝나자마자, 엉켜 있던 거미줄 뭉치에서 거미줄이 한 가닥 풀어져 시아에게 내려왔다. 시아는 자신에게 내려오는 거미줄을 향해 저도 모르게 손을 내밀었다. 거미줄 끝에는 익숙한 카드가 한 장 묶여 있었다. 시아는 카드를 낚아챘다. 그리고 자신의 손에 들린 카드를 들여다보았다. 조커 카드였다.

백작의 말이 계속해서 들려왔다.

"그 여자가 어떻게 해냈는지 아시오?"

백작이 관객들에게 물으며 파이프를 물었다. 제2막을 준비하듯, 연기가 피어나며 무대를 채우기 시작했다. 뿌연 연기가 선명했던 시야를 가렸다. 언젠가부터는 피아노 독주도 들리지 않았다. 시아는 자신이 왜 갑자기 이곳에서 뜬금없는 역할 놀이를 하고 있는 것인지 생각해 보았다. 비로소 루이가 말해 주었던 자신의 역할을 떠올렸다. 손에 들려 있는 조커·카드로 시선이 갔다.

'조커는 이 두 가지 속임수를 이용해서 꽁꽁 숨어 버리지요.'

'숨어 버린다. 하지만 어떻게?'

시아는 점점 뿌옇게 변해 가는 주변을 둘러보았다. 연기가 무대 위를 가리는 동안 2막을 준비하기 위해 분주하게 움직이는 단원들의 모습이 흐릿하게 보였다. 시아는 수프의 방 요리사를 찾기 위해 두리번거렸다.

'분명 아저씨 말을 따라 주기만 하면 된다고 했었는데.'

그러나 연기로 뒤덮인 곳에서 요리사를 찾기란 쉽지 않았다. 결국 요리사를 찾지 못한 시아는 요리사가 자신에게 했던 말을 되짚어 보았다.

'바닥 속으로 사라져라. 사라져라.'

시아는 요리사가 줄에서 떨어지며 바닥 속으로 사라졌던 장면을 회상했다. 그러다 무대에 오르기 전 요리사가 했던 또 다른 말이 번뜩 떠올랐다.

'무대로 나가면 바닥에 문이 하나 있는데, 그 문을 열고 내려가면 무대 소품을 보관하는 창고가 나올 거다.'

시아가 요리사의 말을 떠올리며 바닥을 더듬었다. 그러나 안개가 자욱해서 바닥에 있는 문을 찾는 것이 쉽지 않았다. 안개가 서서히 걷히고 있었다. 도망칠 시간이 얼마 남지 않았다는 뜻이다. 손이 달달 떨려 왔다. 실패할지도 모른다는 불안감에 머릿속이 새하얗게 질렸다.

"여기야."

그때 연기로 덮인 가까운 곳에서 단단한 목소리가 작게

들려왔다. 차분한 목소리는 연기 속에서 점점 멍해져 가던 시아를 알람처럼 일깨웠다.

시아는 목소리가 들려온 쪽으로 재빨리 돌아섰다.

"하츠!"

안개 속에서 손 하나가 빠져나와 시아의 손을 잡았다. 시아는 하츠가 이끄는 대로 순순히 몸을 움직였다. 그가 시아의 손을 바닥으로 끌었다. 그러자 시아의 손에 덜컹, 손잡이가 걸렸다. 시아는 울퉁불퉁한 감촉을 더듬어 손잡이를 꼭 붙잡았다.

하츠가 말했다.

"아래로 내려가면 레스토랑 밖으로 통하는 문이 있어. 거기를 통해서 나가면 아무도 네가 빠져나가는 것을 보지 못할 거야."

하츠의 목소리는 긴박한 상황과는 전혀 다르게 너무나도 차분했다. 시아는 설명을 마친 그가 금방 없어질 것만 같다는 느낌을 받아, 급하게 손을 뻗은 채 물었다.

"어디를 가라는 말이야?"

시아의 손을 잡은 그가 다시 시아의 앞에 마주 앉았다.

"공연을 전부 봤지?"

시아는 두서없는 물음의 의미를 알 수 없었다. 아무 대답도 하지 못하는 시아에게 하츠가 재차 이야기했다.

"공연 말이야. 브리초. 브리초를 찾으러 가야 해."

"왜?"

시아 혼자만 들을 수 있을 정도로 작은 목소리가 겨우 새어 나왔다. 모든 것이 혼란스러웠다. 여왕의 성에서 빠져나온 뒤로는 브리초에 대해 들을 일이 전혀 없을 줄 알았는데 공연 중에도, 지금도, 전혀 예상하지 못한 타이밍에 계속해서 브리초가 언급되고 있었다. 시아는 자신과 브리초가 어떤 연관성이 있는지 알 수 없었다.

하츠가 빠르게 설명했다.

"그 브리초가 해돈을 치료할 수 있는 또 다른 치료 약이야. 산으로 가서 브리초를 가져와."

머리를 둔기로 맞은 듯 멍해졌다. 온 신경의 끈이 한번에 풀린 것처럼 온몸이 굳어 버렸다. 매일매일 애타게 갈구하던 해답이 갑작스럽게 눈앞에 놓여졌다. 왜 미처 생각하지 못했을까.

정원사는 자신의 정원에는 모든 종류의 꽃들과 풀들이 자란다고 말했었다. 그러나 예외가 있었다. 브리초에 대한 이야기는 야콥에게도, 여왕에게도 들었다. 심지어는 방금 전에도.

시아는 허탈한 숨을 내뱉었다. 심장이 점점 빠르게 두근거렸다. 안개는 계속해서 옅어지고 있었다. 서둘러야 했다.

시아는 하츠에게 속삭였다.

"하지만 브리초가 산속 어디에 있는지는 아무도 모른다고……."

시아는 말을 하다 말고 하츠를 바라보았다. 하츠는 산속에서 브리초를 찾았던 장본인이었다. 심장이 터질 듯이 뛰었다.

'그는 알고 있어!'

시아는 짜릿함을 느꼈다. 안개가 옅어지면서 그의 눈동자가 선명하게 보였다.

"내가 도와주면 할 수 있을 거라고 네가 말했잖아. 아래에 너에게 필요할 만한 것들을 모두 준비해 놨어. 서둘러."

하츠가 시아의 손을 놓으며 말했다.

더 망설일 필요가 없었다. 시아는 바닥에 걸려 있는 손잡이를 잡아당겼다. 문이 옆으로 밀리고 숨어 있던 공간이 드러났다. 소품을 보관하는 창고였다.

시아는 문 아래로 몸을 집어넣으며 마지막으로 하츠를 바라보았다. 그는 다시 피아노로 걸어가고 있었다. 안개는 거의 다 걷혔다. 시아는 감사 인사를 삼킨 채 조용히 문을 닫았다.

시아는 문이 닫히자마자 다리를 아래로 뻗었다. 발밑에 닿는 것이 없어 시아는 저 먼 아래로 떨어졌다. 시아의 몸과 잡동사니들이 부딪히며 우당탕탕 요란한 소리를 냈다. 시아가 떨어지면서 쏟아진 색 가루와 깃털이 날리며 허공을 알록달록하게 만들었다. 시아는 자신의 머리 위로 떨어진 양동이를 들어 올렸다. 눈앞에는 훌라후프가 굴러다니고 있었다.

"시아 양!"

"언니!"

익숙한 목소리들이 들렸다. 고개를 돌리니 히로와 리디아가 눈을 동그랗게 뜨고 서 있었다. 시아는 예상하지 못한 인물들의 등장에 깜짝 놀라 몸을 일으키며 물었다.

"둘이 왜 여기에 있어?"

"하츠가 나를 찾아와서는 여기서 얌전히 기다리면 언니가 올 거랬어."

리디아가 활짝 웃으며 시아에게 뛰어왔다. 그러나 리디아의 대답은 시아를 더 아리송하게 만들었다. 그때 시아에게 필요한 것을 아래에 준비해 놨다던 하츠의 말이 떠올랐다.

시아는 지금 리디아의 도움이 필요한 일이 있는지 고민해 보았지만 도저히 알 수가 없었다. 하지만 길게 시간을 끌 여유가 시아에겐 없었다. 시아는 자신의 곁에 선 리디아의 안색을 살폈다. 다행히 레스토랑을 떠나기 전과 다를 바 없이 무탈해 보였다.

시아는 작은 목소리로 물었다.

"쥬드는 어떻게 됐어?"

시아는 마음이 조마조마했다. 리디아가 배시시 웃음을 지었다.

"걱정 마. 완전 멀쩡해졌으니까. 쌩쌩해."

대답이 들리자마자 안도의 숨이 터져 나왔다. 심장 언저리를 죄고 있던 밧줄이 탁! 하고 풀린 듯 숨통이 트였다. 그제야 웃음이 나왔다. 시아는 벅찬 미소를 지으며 리디아의 손을 잡았다. 리디아도 시아의 손을 세게 맞잡았다.

"언니들은?"

리디아의 질문에 시아가 미처 입을 열기도 전에 히로가

신이 나서 대답했다.

"뭐, 우리가 손 좀 썼죠. 지금쯤 공주 마마들은 전부 자유를 만끽하며 여유롭게 휴가를 즐기고 있을 겁니다."

루비 같은 커다란 눈동자가 기쁜 빛으로 가득 차 반짝거렸다. 펄쩍펄쩍 뛰며 가족들에 대한 질문 공세를 퍼붓는 리디아에게 시아는 언니들의 안부를 전해 주었다. 올리비아가 얼마나 리디아를 걱정했는지, 그레이스가 리디아의 키가 얼마나 컸는지 궁금해했다는 것 등등. 그러나 안부 인사를 전할 수 있는 시간은 잠깐밖에 되지 않았다. 서둘러야 했다.

시아는 창고 안을 예리하게 훑어보았다. 그러나 온갖 잡동사니들이 가득 차 있을 뿐, 시아가 찾는 것은 눈에 들어오지 않았다.

시아는 히로와 리디아를 바라보며 말했다.

"분명 여기에 레스토랑 바깥으로 통하는 문이 하나 더 있을 거라고 했는데."

그러나 시아의 기대와 달리 히로와 리디아는 그런 이야기는 생전 처음 들어 본다는 표정을 지었다.

"오오, 비밀 문이라! 흥미롭군요! 어서들 찾아봅시다."

히로가 눈을 반짝이며 외쳤다.

시아는 조급한 마음으로 주변을 낱낱이 살피기 시작했다. 히로와 리디아 역시 흩어져 창고 안을 뒤졌다. 시아는 잡동사니들이 산처럼 쌓여 있는 쪽으로 다가갔다. 책상, 모자, 새장, 폭죽 등 갖가지 무대 소품들을 힘겹게 헤치며 그 속에 가려진 벽과 바닥을 살폈지만, 아무것도 나타나지 않았다.

시아는 한숨을 쉬며 잡동사니들 틈에서 벗어나기 위해 주변의 소품들을 치웠다. 구두, 의자, 표지판, 화분 등 잡다한 것들이 주변을 가득 채우고 있었다.

시아는 표지판을 잡고 몸을 앞으로 일으켰다. 소품들이 몸 위로 굴러떨어지자 휘청인 시아는 그대로 표지판에 쓰러지듯 기댔다. 시아는 금세 몸을 일으키며 주변을 살폈다. 그때 낯익은 글씨가 눈에 들어왔다.

시아는 자신이 잡고 있던 표지판을 유심히 바라보았다. 기다란 막대 위의 화살표에는 낯익은 글씨체로 "오른쪽"이라는 글씨가 쓰여 있었다.

시아는 이러한 표지판을 어디에서 보았었는지 금세 기억해 냈다. 정원에서 춘자의 굴 안으로 떨어지기 전에 보았던 표지판이었다. 순간 예리한 직감이 뇌리를 번뜩 스쳤다.

시아는 잡동사니들로부터 빠져나와, 화살표가 가리키는

방향대로 걸어갔다. 앞을 가로막는 무대 소품들을 서둘러 치우자, 작은 수납장 하나가 약간의 틈을 두고 벽에 붙어 있었다.

시아는 그 앞에 무릎을 꿇고 앉아 수납장을 열었다. 수납장 안에는 나뭇잎들이 붙어 있는 나뭇가지가 무성하게 자라나 있었다.

"오랜만이에요."

시아가 정원사에게 인사했다. 그러나 시아의 인사를 아무도 듣지 못한 것처럼 침묵이 흘렀다. 시아는 인내심 있게 기다렸다. 그러자 굳어 있던 나뭇잎들이 바람이 이듯 미세하게 움직이기 시작했다.

"아아, 그만 가 주세요!"

정원사가 외쳤다. 나뭇잎이 애처롭게 흔들렸다.

"저는 당신을 나가게 해 줄 수 없어요. 들통이라도 났다간, 처벌을 받을지도 몰라요."

시아는 정원사의 거절에도 물러서지 않았다. 불도그가 파놓은 굴은 시아가 레스토랑 바깥으로 빠져나갈 수 있는 유일한 길이었다. 저 길만이 굴로 갈 수 있는 통로였다.

목소리를 들은 히로와 리디아가 시아의 뒤로 다가왔다.

시아가 다시 한 번 부탁했다.

"제발요. 루이가 나를 이곳 세상으로 데려올 때는 문을 열어 주었잖아요. 지금 이것도 해돈을 치료할 수 있는 약을 구하기 위한 거예요."

그러나 정원사는 시아에게서 시선을 거두었다. 나뭇가지들을 빳빳하게 뻗으며 수납장 속을 가렸다. 속삭이는 목소리가 고요히 들려왔다.

"미안해요."

정원사의 사과에 시아는 절망감을 느꼈다. 정원사는 더이상 어떤 이야기도 듣지 않겠다는 태도를 보였다. 그 순간 뒤에서 목소리가 들려왔다.

"신기하네."

시아는 목소리가 들린 쪽으로 고개를 돌렸다. 그리고 리디아의 표정을 본 시아는 아무 말도 할 수가 없었다. 어린아이의 눈에는 경멸과 원망이 노골적으로 담겨 있었다. 목소리는 감정을 억누르고 있는 것처럼 작게 떨리고 있었다.

"나한테는 한 번도 사과한 적 없었잖아."

시아는 리디아가 무슨 소리를 하는 것인지 알 수 없었다. 리디아가 시아를 지나쳐 정원사 앞으로 다가가며 말했다.

"그날 이후로 처음 보지?"

시아는 그제야 리디아의 일기 내용이 떠올랐다. 시아는 빠르게 정원사의 반응을 살폈다. 시아의 부탁에 미동도 하지 않을 것처럼 고개를 돌리고 빳빳하게 가지를 치켜세우고 있던 정원사는 어느새 리디아를 보며 이야기하고 있었다.

"그게 내 최선이었어요."

맑은 목소리가 흘러나왔다.

"널 위한 최선이었겠지."

그러나 되받아치는 앳된 목소리에는 놀라울 정도로 강렬한 원망이 배어 있었다. 감정이 생생하게 전해져 듣는 이들을 침묵하게 했다.

"엄마한테 버려졌던 나는 너에게 또 버려졌고, 너 때문에 끌려갔던 레스토랑에서 또다시 버려졌어. 그 끔찍한 기분을 너 때문에 두 번이나 다시 느껴야 했다고."

끓어오르는 배신감에 작은 체구가 떨렸다.

"버림받은 삶이라는 생각이 모든 순간 나를 움츠러들게 했어."

리디아는 아무 말도 하지 않는 정원사에게 조소가 섞인 목소리로 쏘아붙였다.

"레스토랑에서 잘리고 너를 찾아갔지만, 넌 코빼기도 보이지 않았지."

침묵이 흘렀다. 아무도 함부로 말을 꺼낼 수 없었다. 정원사가 고요하게 고백했다.

"당신의 얼굴을 마주할 자신이 없었어요."

정원사가 고개를 들어 리디아를 바라보았다.

"미안합니다."

정원사가 사과했다. 고고하고 깨끗한 목소리가 정중하게 고했다. 그러나 리디아는 그 정도로 만족하지 않았다. 리디아가 작은 고개를 빳빳하게 들며 요구했다.

"그럼 나랑 언니를 우리가 원하는 곳으로 보내 줘. 나한테 그 정도 빚은 있잖아."

정원사의 맑은 눈이 리디아를 가만히 응시했다. 그제야 시아는 하츠가 리디아를 왜 이곳에 보냈는지 알 수 있었다.

그제서야 수납장 속에서 빳빳하게 굳어 있던 나뭇가지들이 천천히 움직이기 시작했다. 빽빽하게 얽혀 있던 나뭇가지들이 벌어지며, 가려져 있던 굴의 모습이 드러났다. 아득하게 펼쳐진 굴은 매우 어두워서 그 안을 제대로 들여다볼 수 없었다.

시아는 리디아를 살폈다. 리디아는 순순히 굴 안을 내준 정원사를 복잡한 표정으로 바라보고 있었다.

"리디아."

시아가 리디아의 이름을 부르며 어깨를 토닥였다.

"너도 산에 같이 가려고?"

시아가 작은 목소리로 물었다. 리디아는 고개를 저었다.

"아니, 나는 내 언니들을 만나러 갈 거야. 언니는 언니가 가야 하는 곳으로 가."

시아는 어깨를 토닥이던 손을 들어 올려 어린아이의 빨간 곱슬머리를 쓰다듬었다. 그때 곁에서 모든 상황을 보고 있던 히로가 입을 열었다.

"시아 양, 저도 함께 가겠습니다. 하츠가 저보고 시아 양과 동행하라고 했거든요."

"아니에요, 저 혼자서도 갈 수 있어요."

시아는 히로의 도움을 단호하게 거절했다. 히로는 시아와 함께 여왕의 성에 다녀온 뒤, 업무 중 자리를 이탈했다는 이유로 거미줄 감옥에 갇혀야 했다. 시아는 더 이상 친구들을 자신의 일에 끌어들이고 싶지 않았다.

그러나 히로는 그의 작은 고개를 좌우로 저으며 웃었다.

"하하, 그건 안 됩니다. 하츠가 딱 저에게만 브리초가 있는 곳을 알려 주었거든요. 시아 양이 제가 따라가는 것을 거절하지 못하게요."

시아는 하츠의 예리함에 혀를 내두를 수밖에 없었다. 시아가 망설이는 사이, 히로가 시아를 지나쳐 먼저 수납장 안으로 몸을 움직였다.

"어디 브리초를 가지러 가 볼까! 산으로!"

히로가 힘 있게 말하며 굴 안으로 몸을 던졌다. 어둠 속으로 사라진 히로의 비명이 수납장 너머로 메아리치며 들려왔다.

"언니, 꼭 성공해서 돌아와."

리디아가 시아의 옷깃을 잡으며 말했다.

시아는 긴장감 어린 미소를 지으며 고개를 끄덕였다. 그리고 리디아에게 감사 인사를 전한 뒤, 허리를 숙여 수납장 안으로 기어들어 갔다. 심장이 터질 듯이 뛰었다. 이번에야말로 성공하지 않으면 모든 것이 끝이라는 걸 잘 알고 있었다.

시아는 망설이지 않고 굴 안으로 몸을 내던졌다. 좁은 굴 안을 힘겹게 기어갔다. 어두운 탓에 잘 보이지 않아, 기어가는 와중에 몸이 아래로 푹 고꾸라지며 떨어지기도 했다. 시아는 갑작스럽게 아래로 떨어질 때마다 비명을 지르며, 정신없이 굴 안을 헤맸다. 그렇게 한참을 힘겹게 움직이던 끝에 한 줄기 빛이 눈에 들어왔다.

'출구다!'

빛이 보이는 쪽으로 기어갈수록 서늘한 한기가 피부에 닿았다. 코끝에서 겨울 냄새가 느껴졌다. 시아는 서둘러 몸을 움직이며 바깥으로 기어 나왔다. 얼음같이 차가운 공기가 생생하게 느껴졌다.

"시아 양! 괜찮습니까?"

먼저 도착해 있던 히로가 바깥으로 나온 시아에게 소리쳤다.

시아는 정신을 가다듬고 주변을 둘러보았다. 눈이 내린 것처럼 주변이 온통 하얬다. 빙하같이 꽁꽁 얼어붙은 산이 가파르게 펼쳐져 있었다.

"저는 괜찮아요."

시아가 몸을 일으키며 대답했다. 아찔한 한기에 온몸이 으슬으슬 떨렸다. 시아는 두 팔로 몸을 감싸며 히로에게 물었다.

"히로, 브리초는 어떻게 찾으면 되지요?"

"자, 저를 따라오십시오."

히로는 새로운 모험을 한다는 생각에 신이 난 것 같았다. 히로가 들뜬 목소리로 시아를 재촉하며 덧붙였다.

"시아 양, 서둘러야 해요. 낮이 되면 산에 바람의 시체들이 끼기 때문에 앞을 볼 수 없습니다."

시아는 히로를 따라 힘겹게 몸을 움직였다. 산은 꽁꽁 얼어붙었고 가팔라서 미끄러지지 않으려면 애를 써야 했다. 시아는 두 팔을 허우적거리며 균형을 잡고 다리를 천천히 움직였다. 뼛속까지 파고드는 한기 때문에, 가쁜 숨을 내뱉을 때마다 입김이 나왔다.

어느덧 두어 시간이 넘게 흐른 것 같았다. 하늘과 가까워질수록 커다란 별들이 노랗게 번뜩이며 시아를 노려보고 있었다. 빙글빙글 도는 것 같은 별들 속에서 시아는 슬슬 현기증을 느꼈다.

히로는 시아보다 몇 발자국 앞서 앙상한 나무들 아래를 씩씩하게 나아갔다.

"히로, 얼마나 남았나요?"

시아가 있는 힘을 다해 목소리를 짜냈다.

그러나 히로는 힘을 내라는 듯이 짤막한 팔을 몇 번 휘적휘적 움직여 보이고는, 계속해서 걸어갔다. 온몸이 고드름처럼 꽁꽁 얼어붙은 것 같았다. 시아는 간신히 정신을 부여잡고 뻣뻣해진 다리를 움직였다.

멍한 상태로 한참을 더 나아가니, 어느새 삐쩍 마른 나뭇가지들로 빽빽했던 시야가 탁 트였다. 시아는 앙상한 나무들에 둘러싸인 채 텅 비어 있는 공간을 둘러보았다. 눈이 쌓여 눈부시게 새하얀 공터 한가운데에는 나무 한 그루가 고독하게 서 있었다. 시아는 나무 아래에 서 있는 히로의 곁으로 다가갔다. 그곳엔 발밑의 새하얀 눈밭과 대조되는 색깔의 형체가 눈길을 끌었다.

시아는 허리를 숙여 나무 밑에 떨어져 있는 깃털을 주웠다. 익숙한 깃털이었다.

"아가야, 브리초를 가지러 왔구나."

목소리를 듣는 순간 전율이 뼈마디를 관통하고 스쳐 지나가며 소름이 돋았다. 섬뜩할 정도로 무시무시하면서도 아름다운 음성이었다.

시아는 손에 쥐고 있던 깃털을 던지듯 떨어뜨리며 고개를 들었다. 이글이글 타오르는 샛노란 별들을 배경으로, 새 한 마리가 나뭇가지 위에 앉아 있었다. 새까만 까마귀의 몸통 위에 있는 눈부시게 빛나는 악마의 얼굴은 환하게 웃으며 촛불처럼 타오르고 있었다.

까마귀는 밤하늘도 다 쓸어 담을 것 같은 날개를 펼쳐, 손가락인지 깃털인지 모를 추악한 날개 끝으로, 제 등 뒤에 있는 약초를 부드럽게 쓰다듬었다. 그리고 홀린 듯이 바라보는 시아를 내려다보며 속삭였다.

"네가 원한다면, 얼마든지 가져갈 수 있어. 내가 사람에게는 브리초를 전부 줄 수 있다고 말했거든."

아주 매혹적인 속삭임이었다. 시아가 저도 모르게 가까이 다가가자, 까마귀가 날개를 천천히 내렸고 브리초는 다시 시야에서 가려졌다.

"하지만 브리초를 가져간다면 조심하는 게 좋을걸."

까마귀가 즐거운 듯 흥얼거렸다. 시아는 브리초가 있는 쪽을 허무하게 바라보며 물었다.

"그게 무슨 소리야?"

"바깥에는 이걸 노리는 요괴들이 많이 숨어 있거든."

까마귀가 비밀을 속삭이듯 나뭇가지 아래로 몸을 숙이며 시아를 바라보았다.

"너, 브리초가 왜 아무도 없는 이 산중에 묻히게 되었는지 아니?"

"얘기를 들었어. 야망을 이루기 위해 보물을 만든 마녀와 그걸 훔친 여자에 대해서."

"오, 하지만 그건 너무 많이 왜곡된 버전인걸."

에드워드 백작에게 들었던 이야기를 떠올린 시아는 자신 있게 대답했지만, 까마귀는 시아를 타이르듯 말했다.

"마녀와 여자가 과연 야망 때문에 보물을 두고 싸웠을까?"

아무 대답도 하지 못하는 시아와 히로에게 까마귀가 나직하게 속삭였다.

"사랑."

까마귀의 목소리가 서늘한 바람에 조용히 실려 왔다.

"그들의 '진짜' 이야기에는, 가슴 아픈 사랑 이야기가 숨겨져 있어."

휘몰아치는 바람 소리는 왜인지 구슬픈 가락처럼 귀를 날카롭게 후벼 팠다. 까마귀는 지난날 꿈을 떠올리듯, 허망한 회상에 잠긴 표정으로 이야기를 시작했다.

브리초와 두 여인의 비밀 (2)

옛날 옛적, 요괴 섬을 통치하는 이도 법도 없어서 무질서와 혼란이 범람하던 시대가 있었어. 하루에도 절도와 폭동이 숨 쉬듯이 일어나고, 힘이 약한 자들은 언제나 굶주려야 했지. 요괴들은 그들의 무너져 가는 사회를 휘어잡을 왕을 필요로 했어. 그때 요괴들 사이에서 왕의 역할을 맡기에 제격이라고 각광을 받는 자가 있었으니, 바로 의술과 마술에 능한 강력한 마녀였지.

하지만 마녀는 왕이 되고 싶은 마음이 없었어. 마녀에게는 꿈이 있었는데, 자신이 사랑하는 연인과 오순도순 행복하게 소소한 삶을 살아가는 거였지. 그런데 문제가 하나 있었어. 마녀가 사랑하는 남자는 점점 나이가 들어 피부에 주름이 생기고 몸이 약해졌어. 자신이 사랑하는 남자가 점점 늙어 가는 모습을 보면서 마녀는 슬퍼했지.

그래서 마녀는 자신의 연인을 위해, 영원히 젊고 아름답게 살아갈 수 있는 약을 만들기 시작했어. 자신의 비둘기들이 지키고 있는 정원의 가장 은밀한 구석에서, 자신의 아름다움과 젊음을 바쳐 브리초를 만들었지.

그런데 요괴 섬에는 마녀와 전혀 다른 꿈을 가진 여자가 있었어. 그 여자는 마녀처럼 의술에 능하지도, 마술에 능하지도 않았지만, 왕이 되고 싶다는 꿈을 가지고 있었지. 하지만 여자에게는 문제가 하나 있었어. 여자는 침과 날개를 가지고 있는 꿀벌이었는데, 꿀벌은 자신의 침을 한번 쏘면 수명이 다한다는 거였어. 상대를 죽이기 위해서는 자기 자신도 그 대가로 목숨을 내주어야 했지.

요괴 섬의 생태계에서 살아남을 수 있도록 꿀벌들이 가지고 있는 무기는, 침 하나가 유일했어. 그 때문에 여자와 그녀의 가족들은 요괴 섬에서 가장 힘없는 존재로 살아가야 했어. 증오나 사랑 때문에 복수나 희생을 하려면, 자신의 목숨을 바쳐야 했으니까. 살해가 난무하는 요괴 섬에서, 꿀벌들은 사랑하는 연인이나 가족을 구하려고 하다가, 혹은 그들의 복수를 하려고 하다가, 대부분이 이른 나이에 죽어 나갔지. 그래서 다른 요괴들에게 하루살이라는 별명으로 불리며 무시당했어.

권력욕과 야망이 있는 여자는 자신의 족속들의 이러한 한계가 탐탁지 않았어. 여자는 꿀벌들이 침을 낭비한다고 생각했어. 한번 겨냥하면 상대를 단번에 죽일 수 있는 무기를, 똑똑하게 활용하지 못하고 있다고 여겼지.

그래서 여자는 생각했어. 그들의 강력한 무기를 감정 따위에 휘둘리지 않고, 오직 자신을 위해서만 쓸 수 있게 만든다면? 자신이 원하는 대로 침을 쏘게 할 수 있는 거대한 군대를 형성한다면?

그래서 여자는 마녀를 찾아가 의뢰했어. 꿀벌들이 가진 감정을 제거해 달라고. 그런데 가진 것 하나 없이 가난했던 여자는 마녀에게 의뢰에 대한 보상으로 제공할 금품이나 보석이 없었어. 그래서 여자는 마녀에게 이렇게 말했지. 마녀가 자신의 의뢰를 들어주면, 꿀벌들은 더 이상 감정 때문에 침을 낭비해 가면서 죽을 필요가 없어지고, 강해진 세력에 힘입어 마녀 대신 자신이 왕이 될 수 있다고. 왕이 되고 싶지 않은 마녀가 억지로 요괴 섬의 왕위에 오를 필요가 없다는 거지.

그러나 마녀는 여자의 말을 비웃으며, 의뢰를 무시하고 여자를 돌려보냈어. 하지만 여자는 포기하지 않고 마녀가 자신의 요구를 들어주도록 하기 위해 다른 방안을 생각해 냈어. 마녀는 자신의 연인에게 줄 약을 만들기 위해 젊음과 아름다움을 모조리 바쳐, 늙고 초라해진 모습이었지. 그래서 여자는 자신의 젊음과 아름다움을 이용하기로 마음먹었어. 마녀의 연인을 꼬신 거야.

여자의 계략대로, 마녀의 연인은 젊고 아름다운 여자에게 속수무책으로 빠져들었지. 그 사실을 안 마녀는 슬퍼하며, 여자의 요구를 들어줄 수밖에 없었어. 여자의 요구대로 꿀벌이 감정을 가지지 않게 해 주면, 여자는 자신의 연인과 더 이상 사랑을 나눌 수 없게 되니까.

마녀는 연인의 마음을 되돌리기 위해 여자의 요구대로 꿀벌들의 감정을 모두 제거해 주었지. 마녀는 분노, 사랑, 슬픔 등 도려낸 감정들을 주머니에 담아 여자에게 쥐어 주며, 그 주머니를 바다에 던지라고 했어. 여자는 기꺼이 마녀의 지시를 따르기 위해 마녀의 집 밖으로 나섰어.

마녀의 정원을 막 지나쳐 나가려는데, 정원을 지키고 있던 비둘기들 중 한 마리가 여자를 불렀어.

"안녕."

인사를 한 비둘기가 여자의 주머니를 바라보며 말을 걸었어.

"너, 정말 그 감정들을 버릴 거니?"

여자는 그럴 거라고 대답하며 다시 가던 길을 가려고 했지. 그런데 비둘기가 여자를 다시 한번 불러 세웠어.

"그 감정들을 나한테 주지 않을래? 나는 언제나 그런 감정들에 대해 궁금했거든."

여자는 거절하고 또다시 가던 길을 가려고 했으나, 비둘기가 질문을 던졌어.

"내가 마녀의 정원에서 지키고 있는 게 무엇인지 아니?"

능력 있는 마녀가 숨기고 있는 것이 무엇인지 호기심을 느낀 여자는 멈추어 서서 비둘기의 말을 계속해서 들었지.

"먹으면 젊고 아름답게 삶을 살 수 있는 약이야."

비둘기가 속삭였어.

"그 감정들을 나에게 준다면, 보답으로 그 약을 네가 가져갈 수 있게 해 줄게."

여자는 매력적인 제안을 거절할 수 없었지. 그래서 주머니 안에 있던 감정들을 하나하나 꺼내 비둘기가 쪼아 먹게 던져 주기 시작했어. 단 하나, 사랑은 빼고.

분노와 슬픔에 이어, 사랑을 주머니 속에서 꺼내던 여자의 머릿속에 문득, 자신이 꾀어냈던 마녀의 연인이 떠올랐지. 그 마녀가 사랑에 빠질 정도였으니, 분명 매력적인 남자였을 거라고 확신했지.

자신에게 속수무책으로 빠져들었던 그를 떠올리며, 여자는 비둘기에게 주려던 사랑을 저도 모르게 주머니 안으로 숨겨 버렸어.

결국, 분노와 슬픔만을 먹게 된 비둘기는 감정들의 균형을 잡지 못하고 타락했어. 하얬던 깃털이 검게 물들어 버려 까마귀의 모습이 되어 버렸지. 약속을 어긴 여자에게 화가 난 까마귀는 약을 가지고 산속에 숨어 버렸어.

꿀벌에게 있던 감정들을 모조리 빼낸 여자는 소원대로 왕이 되었지. 아무런 감정이 없는 꿀벌들에게 오직 충성심을 세뇌시켰고 왕궁을 세웠어. 그러나 여왕은 지난 날 까마귀가 이야기했던 그 신비로운 약에 대한 미련을 버리지 못했어. 그래서 브리초를 찾아 산속으로 들어갔지.

약속을 어긴 여왕에 대한 분노에 사로잡혀 있던 까마귀는 브리초를 가지고 여왕의 앞에 나타났어. 그리고 여왕에게 제안했어. 여왕이 가장 사랑하는 것을 자신에게 바치면 브리초 한 잎을 뜯어 주겠다고.

브리초를 통째로 먹으면 젊고 아름답게 영원히 살 수 있지만, 한 잎만 먹었을 때에는 그 시간이 제한적이었지. 그러나 여왕은 까마귀의 제안을 흔쾌히 받아들였어. 사실 그건 자신에게 사랑을 주지 않고 빼돌렸던 여왕에 대한 까마귀의 복수인 줄도 모르고 말이야.

한편, 수정 구슬로 그 상황을 지켜보고 있었던 마녀는, 여왕이 자신의 연인을 까마귀에게 바칠 것이라고 확신했어. 그래서 자신의 연인을 여왕의 손이 닿을 수 없는 가장 안전한 곳, 레스토랑으로 보냈어.

마녀가 연인을 다른 곳에 빼돌렸다는 사실을 안 여왕은 꽤 당황했어. 여왕에게는 가까운 친구도 없었고, 가족이라고는 세력을 키우기 위해 군사용으로 낳은 벌들이 전부였거든. 그래서 여왕은 자신이 사랑할 수 있는 대상을 새로 만들기로 마음먹었어. 여왕은 처음으로 딸들을 낳기 시작했고,

그 딸들을 다른 자식들처럼 병사나 시종으로 키우지 않고, 정말 예뻐하며 키웠지.

그리고 공주들이 크면 가장 나이가 많은 순으로 까마귀에게 보내기로 한 거지. 공주 한 명을 바치면 까마귀는 브리초 한 잎을 뜯어 주었고, 한 잎의 효력이 다 떨어지면 여왕은 공주 한 명을 또 희생시킬 준비를 하고…….

여왕은 그렇게 젊음과 아름다움을 계속해서 충전해 나가면서, 자신의 정권을 유지한 거야.

이야기를 마친 까마귀가 시아와 히로를 바라보았다. 차가운 칼바람이 그들 사이에서 매섭게 휘몰아쳤다. 바람 소리가 요동을 치며 정적을 흔들었다.

"야콥이군요."

히로가 침묵을 깨며 말했다.

"그 마녀가. 그리고 여왕은 지금의 왕을 이야기하는 거고요. 까마귀는 그쪽이고."

까마귀는 그 정도 추측은 당연하다는 듯이 나뭇가지 위에 권태롭게 앉아 재촉했다.

"두 여자의 사랑을 받았던 그 남자가 누구인지도 맞혀야지."

까마귀가 몸을 숙여 시아의 눈을 가까이에서 들여다보았다. 그의 눈을 똑바로 직시하자마자 섬뜩한 느낌이 들었다. 머릿속이 일제히 얼어붙었다. 그의 시선 안에 갇힌 듯 눈을 피할 수 없었다.

까마귀가 시아의 눈을 마주 보며 속삭였다.

"너도 아는 자야."

강력한 눈빛과 목소리가 생각을 종용했다. 시아는 자신이 오기 전에 관람했던 공연을 더듬더듬 떠올렸다.

"에드워드 백작?"

"아니, 그는 그저 자신의 술친구에게 들었던 이야기를 공연으로 풀어 낸 거고."

시아의 추측에 까마귀가 고개를 저으며 말했다.

'술친구라…….'

우연한 단어였을까. 머릿속에 떠오르는 요괴는 단 한 명밖에 없었다. 시아는 까마귀를 바라보며 작게 속삭였다.

"술꾼?"

고개를 끄덕이는 까마귀를 바라보며, 여태 무심코 스쳐

지나갔던 순간들이 시아의 머릿속에 휘몰아쳤다.

처음 술의 방에 갔을 때 야콥이 그녀답지 않게 술꾼에게 해장 약을 챙겨 주었다는 걸 들은 것, 그토록 아끼는 수정 구슬을 보물 2호라고 말하면서 보물 1호가 따로 있다고 말한 것, 틈날 때마다 비둘기들에 대한 험담을 늘어놓는 야콥의 말버릇, 과거에 대한 후회와 미련이 가득한 술꾼의 한탄, 리디아의 일기장에 나와 있던 공주들과 여왕의 이야기.

사소했던 기억의 조각조각이 하나로 맞추어졌다. 새로 알게 된 사연들과 기억들을 곱씹어 보아도, 결국 도출되는 결론은 하나였다. 하지만 시아는 자신이 알아야 하는 단 하나에만 집중했다. 시아가 까마귀에게 물었다.

"브리초를 가져가면 해돈의 병이 나을 수 있는 거야?"

"그럼."

까마귀가 나직이 대답했다.

"이 약을 먹으면 육신이 젊고 건강하게 되돌아가서 최상의 컨디션으로 영생할 수 있단다."

"인간인 나한테 브리초를 주겠다고 했지?"

"물론이란다."

까마귀는 잔잔한 미소를 띠며 가볍게 대답했다.

"정당한 대가를 치르기만 한다면 나는 약속을 지키지."

까마귀의 말이, 생각 속에 빠져 있던 시아를 불현듯 일깨웠다. 시아가 물었다.

"대가?"

"새삼스럽긴."

까마귀가 나뭇가지 위에서 여유롭게 늘어지며 중얼거렸다.

"방금 이야기를 들었잖아."

악마의 눈빛이 시아의 눈을 지그시 들여다보았다. 새까만 동공이 총알처럼 박힌 밝은 하늘색 눈동자가 시아의 얼굴을 꿰뚫을 듯 응시했다. 설마, 하는 생각이 뇌리에 번졌다.

까마귀가 시아를 바라보며 천천히, 나긋나긋 속삭였다.

"네가 가장 사랑하는 걸 나에게 주면 돼."

그의 속삭임이 돌덩이처럼 시아의 가슴에 묵직하게 가라앉았다. 시아는 덜컥 불안감을 느꼈다.

'설마 이것이 유일한 길이라는 건 아니겠지.'

심장이 저릿하게 두근거렸다. 머릿속이 아득해졌다. 아니어야만 했다. 가족들의 얼굴이 유령처럼 피어났다. 목소리가 허물어지듯 토해졌다.

"그건 안 돼."

시아의 목소리는 떨렸지만 어조는 단호했다. 심장 소리가 경고를 알리는 북처럼 머릿속을 울렸다.

이 거래의 결말은 불행할 정도로 분명했다.

까마귀가 유감이라는 듯이 입을 열었다.

"저런."

그것이 전부였다. 악마는 굳이 보채지 않았다. 미련 없이 눈길을 돌리는 그에게 시아가 절박하게 말했다.

"내가 가장 사랑하는 건 이곳에 없어."

"그런 건 개의치 않아. 나는 어디든 날아갈 수 있어."

"안 돼."

거절하면서도 거대한 절망감이 파도처럼 밀려와 시아를 집어삼켰다. 그러나 역시 답을 바꿀 수는 없었다.

"그럴 순 없어."

"시아 양, 시아 양이 살 수 있는 기회 아닙니까!"

옆에서 지켜보고 있던 히로가 답답하다는 듯이 외쳤다. 그러나 시아는 고개를 저으며 까마귀에게 애원했다. 목이 메어 목소리가 끊겨 나왔다.

"차라리 다른 걸 달라고 해. 무엇이든 줄게. 뭐든 상관없어."

자신이 뭐라고 떠들어 대는지 알 수 없었다. 아무렇게나 허둥댔다. 심장 박동이 거세어졌다. 고통이 전신에 아찔하게 퍼지는 듯했다. 시아는 정신을 잃을 것처럼 빌었다.

"제발 부탁이야. 시키는 일은 무엇이든 할게."

까마귀의 무심한 표정을 마주하며, 온몸이 무너져 내릴 것처럼 달달 떨렸다. 시아는 여태 요괴들이 자신에게 바랐던 일들을 필사적으로 떠올렸다.

"원한다면 살을 베어도 되고, 피를 빨아 먹어도 좋아."

위즈워스와 에드워드 백작의 요구는 순식간에 세상에서 가장 사소하고 쉬운 것처럼 느껴졌다. 시아는 간절한 심정으로 악마를 바라보았다. 떨리는 두 손이 땀으로 흥건했다.

악마가 산뜻하게 대답했다.

"나는 다른 것엔 관심이 없는걸."

눈물이 새어 나오기 시작했다. 슬퍼서는 아니었다. 시아는 자신이 가족들을 바치지 않을 거라는 걸 스스로 너무나 잘 알고 있었다. 다만 살고자 발버둥 쳤던 그간의 노력들이 이렇게 부질없어진다는 것이 허망하고 억울해서, 결국은 여기서 심장을 빼앗겨 죽고 말 것이라는 사실을 차마 믿을 수가 없어서 눈물이 나왔다.

그녀는 까마귀에게 몇 번이고 애원하기도 하고 설득도 해

보았지만, 그는 듣는 시늉조차 하지 않았다. 시아는 발바닥이 땅에 붙어 있는 것처럼 그 자리에 서서 까마귀를 하염없이 바라보았다. 그는 나뭇가지에 늘어지듯 누워 여유롭게 깃털을 다듬고 있었다.

시아는 가슴이 허했다. 너무 많은 것이 쓸려 가서 안이 텅 빈 느낌이었다.

시아를 무심하게 내려다본 까마귀가 나직하게 말을 걸었다.

"인간은 브리초를 전부 가져갈 수 있다고 말했었지."

나무 아래에 홀연히 서 있는 시아에게 까마귀가 조용히 속삭였다.

"그런데 인간이라면 누구나 가져갈 수 있다는 뜻은 아니었어."

그의 말이 시아의 가슴을 더욱 잔인하게 짓눌렀다.

시아는 발걸음을 움직였다. 더 이상 들을 말이 없었다. 아무 생각도 들지 않았다. 시아는 중간에서 안절부절못하는 히로를 재촉하려고 고개를 돌렸다.

"네가 오기 전에 또 다른 인간이 브리초를 가지러 왔었어."

까마귀의 말이 시아의 발걸음을 멈추었다. 시아는 저도

모르게 몸을 돌려 까마귀를 바라보았다.

'다른 인간이 있다고?'

까마귀가 시아의 눈을 차분하게 바라보며 이야기를 이어
갔다.

"그런데 그는 브리초를 가져갈 수 없었어. 그에게는 사랑
하는 것이 없었거든."

까마귀가 소곤거렸다.

"모두가 그랬어. 내가 브리초에 대한 대가를 요구했을 때
요괴들은 자신이 사랑하는 자라며 나에게 많은 이들을 데리
고 왔지만……."

순간 까마귀가 헉 하고 숨을 들이켰다. 그의 눈이 시아와
마주쳤다. 웃고 있는 눈동자가 초승달처럼 휘어 있었다. 까
마귀가 속삭였다.

"오, 하지만 그건 그런 감정이 아니었는걸. 사랑을 위장한
거짓말이나 집착이었을 뿐이지."

시아는 까마귀가 두 다리를 천천히 움직이며 나뭇가지 아
래로 내려오는 모습을 얼어붙은 채로 지켜보았다.

그가 조금씩 가까워졌다.

"나는 사랑이라는 감정을 빼고 다른 감정들만을 먹었기

에, 그 마음이 어떤 것인지 몰라. 그래서 계속해서 제대로 된 사랑이 무엇인지 보여 줄 수 있는 자가 올 때까지 기다렸지. 내게 필요한 건 사랑하는 마음에 대한 깨달음이거든."

그 순간, 까마귀가 두 날개를 활짝 펼쳤다. 흉악하고 새까만 깃털들이 하늘과 별을 덮었다. 검고 커다란 날개가 펼쳐진 모습은 시아가 하츠에게서 보았던 모습과 흡사했다.

까마귀가 시아의 눈앞으로 날아왔다. 그 눈동자를 바로 눈앞에서 마주한 시아는 온몸이 마비된 채로 소름이 발끝부터 머리카락까지 돋는 감각을 견뎌야 했다. 숨을 쉴 수 없었다.

악마가 시아에게 말했다.

"요괴들은 내가 원하는 것을 보여 주지 못했고, 나는 내가 원하는 것을 찾기 위해 결국 다른 세상으로 날아가야 했어. 인간 세상으로 가 본 것이지. 아, 그리고 그곳은 정말이지! 너희들은 정말로 신기하고 재미있더구나!"

까마귀가 눈을 번뜩이며 소리쳤다. 시아는 그의 하늘색 눈동자에 비치는 흥분과 광기에 사로잡혀 몸을 움직일 수 없었다. 그가 굳어 있는 시아를 내려다보며 웃었다.

"여왕이 나에게 요괴 섬에 있는 건 무엇이든 줄 수 있으니 브리초의 전부를 달라고 했을 때, 난 그녀에게 말했지. 내가 원하는 건 오직 인간만이 줄 수 있다고."

다시금 차분해진 목소리가 시아에게 조곤조곤 속삭였다.

"브리초에 대한 대가가 무엇인지 말했을 때 너의 표정을 보고 확신했어. 그건 위장이 아니라는 것을 말이야."

시아는 그가 그녀에게 무슨 말을 하려고 하는 것인지 종잡을 수 없었다. 온 신경을 바짝 곤두세우고 듣고 있는데, 이윽고 그가 결론을 내놓았다.

"내가 쪼아 먹지 못했던 사랑의 감정을 나에게 나누어 줘. 너는 그것을 가지고 있다는 걸 알아."

까마귀의 말에 시아의 심장이 두근거렸다. 그가 원하는 건 가족들을 바치는 것이 아니었다는 사실을 알아차리자마자 다시금 부푼 희망이 고개를 들었다.

"내가 어떻게 하면 되지?"

시아가 간절하게 물었으나 까마귀는 눈길을 돌리며 가볍게 대꾸했다.

"나는 몰라. 말했잖아, 나는 그게 무엇인지 모른다고."

시아는 까마귀가 그녀는 이미 답을 알고 있다고 종용하는 듯한 느낌을 받았다. 그러나 까마귀에게 줄 수 있을 만한 것이 무엇이 있는지 고민해 보아도, 머릿속에는 아무 생각도 떠오르지 않았다. 대체 무엇이 있을까.

시아는 주머니를 뒤적였다. 부드럽고 여린 감촉이 느껴졌다. 손을 펴자 마른 봉숭아꽃이 늘어져 있었다. 톰이 주었을 때부터 줄곧 지니고 다녔던 것이다. 그것은 톰이 준 점토처럼 특별한 효과나 힘이 있는 것은 아니었지만, 시아에게 점점 멀어지는 가족의 기억과 애정이 함께하는 것처럼 느끼게 해주었다.

시아는 무언가에 이끌린 듯, 까마귀에게 손을 뻗어 봉숭아꽃을 내밀었다. 시아는 그것이 그가 바라던 것이라는 걸 직감적으로 알 수 있었다. 꽃을 확인한 까마귀의 입가가 초승달처럼 벌어졌다. 까마귀가 시아의 머리 위로 날아올라 손안에 있던 꽃을 순식간에 낚아챘다. 까마귀가 지나간 자리에는 새까만 깃털들이 밤의 잔상처럼 흩날리며 떨어졌다. 그 속에는 빛나는 풀 한 포기가 섞여 있었다.

시아는 손을 펼쳐, 떨어지는 브리초를 잡았다. 어두운 하늘 속 어딘가에서 키득키득 웃음이 섞인 목소리가 들려왔다.

"가져가. 나는 이제 모든 감정들을 보고 배웠으니까. 더 이상 이걸 가지고 여기 묶여 있을 이유가 없어."

시아는 뛰듯이 산에서 내려갔다. 몇 번이나 발이 미끄러져 조심하라는 히로의 타박이 따라왔지만 아무래도 괜찮았다. 마음이 풍선처럼 벅차올라 짜릿했다. 품 안에 있는 브리초를 소중히 안았다. 자꾸만 잇새로 웃음이 새어 나왔다.

'끝났다.'

온몸의 감각들이 제멋대로 날뛰었다.

'끝났다고!'

시아는 정신없이 달려 내려갔다. 어서 빨리 이 약을 해돈에게 주고 모든 것을 끝내고 싶었다. 잎사귀 없이 앙상한 나무들을 계속해서 스쳐 지나가며 한참을 내려갔다. 점점 숨이 차올랐다. 흥분이 가시지 않았다.

시아는 히로를 재촉하며, 나무 아래에 있는 굴을 향해 달려갔다. 그러다 굴 앞에서 갑작스럽게 걸음을 멈추었다. 시아는 굴 위로 울창하게 솟은 나무를 말없이 바라보았다. 난도질이라도 당한 듯 찢기고 베인 흔적들이 나무에 남아 있었다. 시아는 나무를 유심히 들여다보았다. 그곳에는 정원사가 살려 달라는 듯 바들바들 떨고 있었다.

"무슨 일이 있었어요?"

시아가 속삭이며 나무의 상처들을 쓰다듬었다. 거칠고 투박한 나무껍질이 갈라진 곳마다 피가 고여 있었다. 시아는 피가 묻어나는 것을 아랑곳하지 않고 틈새를 어루만졌다. 손가락 사이에 무언가 단단한 것이 걸렸다. 시아는 나무에 깊숙이 박혀 있는 물체를 유심히 바라보았다. 낯익은 물체를 단번에 알아볼 수 있었다. 침이었다.

알아채기 무섭게 시아의 목 근처로 날카로운 침이 날아들었다. 시아는 그 자리에서 얼어붙어 곁눈질로 겨우 옆을 힐끗 바라보았다. 병사 벌 한 마리가 자신의 침을 빼 들어 시아의 목에 겨누고 있었다. 시아는 천천히 고개를 돌려 주변을 둘러보았다. 히로는 이미 병사들에게 포획되어 옥신각신하고 있었다. 수백 마리, 아니 어쩌면 수천 마리일지도 몰랐다. 어마어마한 수의 꿀벌 떼가 그들을 둘러싸고 있었다.

또각또각. 구두 굽이 빙산에 꽂히듯 날카롭게 부딪히는 소리가 느리게 들려왔다. 시아는 소리가 들려오는 쪽으로 천천히 고개를 돌렸다. 들고 있던 브리초를 본능적으로 품 안 깊숙이 밀어 넣었다.

"안녕, 내 주례자."

여왕이 예쁘게 웃으며 나무 뒤에서 나타났다. 순백의 웨딩드레스를 입고, 반짝거리는 왕관을 머리에 쓴 그녀는 꼭

눈의 여왕 같았다. 시아가 여왕의 왕관을 바라보는 것을 눈치챈 그녀가 입꼬리를 올렸다. 별안간 여왕이 머리 위에 쓰고 있던 왕관을 벗어 시아 앞으로 던졌다. 시아는 자신의 발밑에 떨어진 왕관이 눈밭 위를 나뒹구는 모습을 바라보았다. 심장이 철렁 내려앉았다.

여왕이 시아의 마음을 읽기라도 한 듯 비아냥거렸다.

"설마 내 왕관을 훔쳐 가고도 멀쩡할 거라고 생각한 것이냐?"

시아는 자신의 꼼수를 알아차린 여왕과 다시 마주치는 날이 올 거라고는 생각도 하지 못했었다. 시아의 표정을 바라본 여왕이 눈웃음을 지으며 어린아이를 어르는 듯한 말투로 다정하게 이야기했다.

"이런 이런…… 겁먹지 말 거라. 감히 내 결혼식에서 왕관을 가짜로 바꿔치기한 것 따위는, 넓은 아량으로 기꺼이 용서해 줄 테니."

여왕이 시아에게 손을 내밀었다. 새하얀 레이스 장갑을 낀 손이 시아의 앞에 살포시 펴졌다. 여왕이 예쁘게 미소 지었다.

"브리초를 내놔. 약속은 지켜야지?"

여왕은 시아가 까마득하게 잊고 있었던 약속을 상기시켜 주었다.

'여왕의 결혼식에 참석할 수 있도록 해 주는 대신 브리초를 가져다주겠다고 이야기했었지…….'

시아는 앞으로 벌어질 일들을 예상하며 머릿속으로 날카롭게 비명을 질렀다.

여왕은 자신의 딸을 바치며 브리초를 한 잎씩 손에 넣었다. 그러나 이제 그녀의 딸들은 시아의 도움으로 모두 도망치고 없었다. 여왕에게는 반드시 브리초 전부가 필요했다.

시아는 고개를 저었다.

"안 돼요."

여왕이 한숨을 쉬며 말했다.

"그렇게 나오면 나도 어찌할 도리가 없구나."

여왕의 말이 끝나기가 무섭게 병사 둘이 누군가를 데리고 시아와 여왕이 있는 쪽으로 다가왔다. 그들 사이에 껴서 버둥거리던 자는 다름 아닌…….

"쥬드?"

전혀 예상하지 못한 요괴의 등장에, 시아와 히로가 놀란 목소리로 그의 이름을 불렀다.

쥬드는 양팔을 병사들에게 붙들린 채 허공을 바라보고 서 있었다. 시아와 히로 두 사람과는 달리 그는 그다지 놀란 눈치는 아니었다. 단지 조금 지친 기색이 엿보였다. 시아는 놀란 가슴을 쓸어내리며 쥬드를 살폈다. 다행히 리디아의 말대로 치료가 잘 마무리된 모양인지 몸은 멀쩡해 보였다.

"왜 여기에……."

시아는 쥬드에게 말을 하다 말고 멈추었다. 어딘가 낯선 모습이 시아의 시선을 기묘하게 끌었다. 시아는 쥬드의 머리를 바라보았다. 변화를 알아차린 시아가 눈을 휘둥그레 떴다.

"아니, 쥬드 군, 뿔은 어떻게 된 겁니까?"

히로가 외쳤다. 쥬드의 머리 위에 솟아 있던 두 개의 뿔이 감쪽같이 사라지고 없었다.

"반응을 보아하니…… 몰랐나 보구나."

여왕이 쿡쿡 웃으며 말했다.

시아는 혼란스러운 표정으로 여왕을 돌아보며 설명을 기다렸다. 여왕이 갑자기 한 팔을 펼치며, 눈밭으로 무언가를 던졌다. 동시에 여왕의 목소리가 날카롭게 꽂혔다.

"이 아이는 인간이야."

시아는 의아한 표정으로 눈밭에 아무렇게나 나뒹구는 쥬드의 뿔을 바라보았다. 머릿속이 멍해졌다.

여왕이 쥬드를 돌아보며 추궁했다.

"야콥이 보냈지? 브리초를 가져오라고."

쥬드는 아무 말도 하지 않았다. 여왕의 웃음소리가 고드름처럼 날카롭게 맺혔다. 여왕이 폭 한숨을 쉬며 웃음 섞인 목소리로 말했다.

"그 마녀는 언제나 자기 것을 되찾지 못해 안달이었지."

여왕이 쥬드를 힐끗 쳐다보며 물었다.

"보상이 뭐였느냐?"

쥬드는 침묵 끝에 대답했다.

"……나를 요괴로 만들어 주는 거."

쥬드의 대답에, 멍하니 바라보고 있던 시아는 머리를 망치로 맞은 듯한 느낌을 받았다.

"쥬드, 지금…… 그게 무슨 소리야?"

시아가 쥬드의 정체를 알게 된 뒤 처음으로 목소리를 냈다. 심장이 두근두근 뛰었다. 하지만 쥬드의 표정에는 아무런 변화가 없었다. 그는 이미 오래전부터 설명할 내용을 정리해 놓은 사람처럼, 적어 둔 대본을 읽듯 차분하게 이야기를 시작했다.

"브리초를 전부 가져올 수 있는 건 오직 인간뿐이야. 그게 우리가 여기 끌려온 이유야."

쥬드가 그제야 처음으로 시아의 눈동자를 쳐다보았다. 커피색 눈동자에는 평소와 달리 장난기나 웃음기가 사라져 있었다. 아무런 감정이 없이 메말라 있었다. 그 점이 그를 가장 낯설게 느껴지게 했다.

쥬드는 계속해서 담담하게 설명을 이어갔다.

"언제쯤이더라. 어느 날 갑자기 비둘기 떼가 나타나 자기들끼리 속닥거렸어. 몸이 빠릿빠릿하고 '그'의 또래이니, 이만하면 야콥이 만족할 거라고."

쥬드가 시아와 히로의 눈을 번갈아 바라보며 이야기했다.

"그들은 나를 이곳으로 끌고 왔고, 야콥은 나를 자기 곁에 두어 내가 브리초를 가져오게 하려고 했어. 그런데 문제는 아무리 애를 써도 브리초가 어디에 묻혀 있는지 알아낼 수가 없었다는 거야. 하츠에게 다가가려고 할 때마다 번번이 실패했거든."

시아는 그제야 쥬드가 이야기하는 '그'가 하츠라는 것을 알 수 있었다. 쥬드가 계속해서 말했다.

"그래서 야콥은 해돈이 인간의 심장을 필요로 했을 때, 나의 심장을 도려내는 대신 다른 인간을 끌어들이기로 했어. 브리초를 가져오는 데에 성공할지도 모를 다른 인간을. 그리고 너는 나와 달리 야콥의 기대에 부응했지."

쥬드가 시아를 바라보며 말했다.

"하츠가 너를 위해 히로에게 브리초가 어디 있는지 알려줄 때, 야콥이 그걸 수정 구슬로 엿들었어. 그리고 네가 출발하기 전에 나를 먼저 이곳으로 보냈지. 네가 브리초를 해돈에게 가져다주기 전에 내가 먼저 선수를 쳐서 자기에게 가져와야 한다면서. 하지만 나는 브리초를 가져올 수 없었어. 까마귀에게 줄 수 있는 것이 아무것도 없었거든."

설명을 마친 쥬드는 차분하게 시아와 히로의 눈을 바라보았다. 시아와 히로 중 누구도 선뜻 말을 꺼낼 수 없었다. 원망, 충격, 초연, 두려움. 셋 사이를 교차하는 시선에서 다양한 감정들이 오고 갔다. 정적이 흘렀다.

그중 가장 먼저 침묵을 깬 것은 히로였다.

"왜 저에게 이야기하지 않았습니까?"

히로의 목소리에는 약간의 분노가 섞여 있었다.

"어떻게 그래?"

쥬드가 태연하게 대답했다.

"매일 가짜 뿔을 달고 누가 눈치채기라도 할까 봐 가슴 졸이며 살았는데. 너희 족속들과 이야기하다가도 눈을 마주칠 때면 나는 항상 불안했어. 들킬까 봐."

히로와 쥬드의 대화를 들으며 시아는 투명한 유리 벽에 둘러싸인 것 같은 느낌이 들었다. 생각과 감각이 온전히 와닿지 않았다. 무미건조한 말투로 히로와 함께했던 시간들을 불안했었다고 이야기하는 쥬드는 완전히 다른 사람처럼 느껴졌다. 함께 웃고 떠들었던 모습이 거짓말처럼 생생했다. 머릿속이 멍했다.

떠오르는 생각은 오직 하나뿐이었다.

"그래서 여태 나를 도와준 거야?"

시아가 마침내 입을 열었다. 쥬드의 시선이 시아에게 향했다. 시아가 다시 한번 목소리를 내며 그에게 대답을 재촉했다.

"……브리초를 찾으려고?"

단 두 마디의 질문이었지만 수많은 추억들에 대한 물음을 담고 있었다.

매번 식당 일들을 도와주었던 것도, 도서관의 책들을 같이 찾아봐 준 것도, 시아가 불안해할 때마다 옆에서 격려해 주었던 것도, 쥬드에게 말 못 하고 그를 밀쳐 냈을 때 자신에게 의지하라며 다가와 주었던 것까지…….

이곳에서 외롭고 무서웠던 시아에게 따뜻하고 커다란 의미였던 그의 행동들이 모두 다른 이유로 의도된 것이었을까. 원하는 대답을 바라는 마음보다, 원하지 않는 대답을 듣는 것에 대한 두려운 마음이 컸다.

시아는 얼어붙은 채로 쥬드를 바라보았다.

잠깐의 침묵 끝에 쥬드가 입을 열었다.

"맞아."

담담한 대답이 들려왔다. 시아는 계속해서 쥬드를 바라보았다. 그에게 기다리고 있다는 믿음의 신호를 보내는 것이었다. 그러나 더는 해명하거나 설명할 의지도 없다는 듯 무덤덤한 그의 표정을 바라보면서, 가슴이 서서히 미어지며 저릿한 통증이 느껴졌다.

곧이어 아무 말도 하지 않을 것 같았던 쥬드가 입을 열었다.

"왜 그런 표정을 지어."

쥬드가 낮게 잠긴 목소리로 말했다.

"너도 내가 위험할 걸 알면서도 매번 내가 널 도와주게 내

버려 뒀잖아. 고문을 당할 걸 알면서도 내가 하츠에게 끌려 가게 만든 건 너야."

그의 말을 들으며, 시아는 가슴이 철렁 내려앉았다. 쥬드 는 시아가 가장 듣기 무서워했던 말을 하고 있었다.

'너 때문에 내가 고문을 받은 거야.'

시아는 의식을 되찾은 쥬드가 일어나, 자신을 보고 그 말 을 하는 모습을 하루에도 여러 번 상상했었다. 하지만 시아 가 상상했던 것과 달리, 시아를 탓하는 말을 하는 쥬드의 목 소리에는 어떤 원망도 담겨 있지 않았다. 오히려 당연한 것 을 말하듯 초연했다. 그것이 시아를 더 무너지게 했다.

시아는 천천히 입을 열었다. 이상할 정도로 차분한 목소 리가 흘러나왔다.

"네가 차에 네이라를 넣었던 거야?"

시아가 나직하게 물었다. 쥬드는 바로 대답하지 않았다. 시아는 마음이 아팠다.

"야콥은 네가 하츠를 구하러 여왕의 성에 가면, 그가 너에 게 브리초가 어디 있는지 알려 줄 수도 있을 거라 생각했어. 그래서 그가 브리초 위치를 알려 주었을 때 내가 너보다 더 빨리 출발할 수 있도록, 너의 발목을 잡아야 한다고 말했지."

대답하는 동안 쥬드의 시선은 바닥을 향해 있었다.

시아는 자신이 여왕의 성에 가 있는 동안 그가 그런 행동을 하고 있었을 거라고는 상상도 할 수 없었다. 문득 지금 상황이 꿈이 아닐까 하는 생각을 했다.

"나는 네가 고문을 받고 쓰러져 있는 줄 알았는데……."

중얼거리는 목소리에는 허탈감과 원망이 배어 나왔다.

"쓰러져 있었던 것도 다 가짜였어? 어쩐지 야콥이 너를 치료하려고 시도조차 하지 않더라니."

시아는 저도 모르게 비아냥대는 목소리가 흘러나오는 것을 막을 수가 없었다. 그제야 쥬드가 고개를 들어 시아를 바라보았다.

"아니야, 그건 진짜였어. 야콥이 리디아에게 나를 치료하게 했던 건, 리디아가 여왕의 성에 너와 함께 가 버리면 네가 하츠를 구하는 데 걸림돌이 될 수도 있을 거라고 생각해서였어. 리디아는 팔찌 때문에 여왕이 마음대로 다룰 수 있었으니까."

시아는 쥬드를 멍하니 바라보았다. 어느 순간부터는 그가 무슨 말을 하고 있는지 머릿속에 들어오지도 않았다. 쥬드는 분명 시아의 앞에 서 있었지만, 시아는 자신의 기억 속에 있던 그를 순식간에 잃어버린 것 같은 느낌이 들었다. 그가 미웠다.

시아가 천천히 입을 열었다.

"인간 세상으로 돌아가고 싶은 마음은?"

쥬드가 선선히 대답했다.

"없어. 이곳에서 너무 오래 지내서, 원래 살던 세상은 기억나지 않아."

짝.

손뼉을 요란하게 한 번 부딪치며 여왕이 시아에게 쾌활하게 말했다.

"자, 사담은 이쯤 하고."

여왕이 날카롭게 끼어들어 시아와 쥬드의 대화를 중단시켰다.

"자, 다시 우리 얘기로 돌아와 볼까."

여왕이 시아의 코앞까지 다가왔다. 시아는 경직된 채로 품 안에 있는 브리초를 세게 쥐었다.

여왕이 투정을 부리듯 중얼거렸다.

"널 기다리느라 손이 시릴 지경이야."

그녀가 시아에게 손을 내밀어 보였다. 시아가 꼼짝도 하

지 않고 여왕을 올려다보자 여왕이 미소를 지으며 손을 흔
들어 보였다.

"얼른."

여왕이 재촉했다.

"안 그러면 너도, 네 친구들도 다 죽어."

여왕의 말에 심장이 터질 듯이 뛰었다. 시아는 경직된 얼
굴로 여왕을 바라보았다. 그녀는 기괴한 입꼬리를 더 끌어
올리며 시아를 재촉할 뿐이었다.

친구의 배신

손바닥에서 땀이 차오르기 시작했다. 병사들이 시아와 히로에게 침을 더 바짝 들이대며, 위협적인 분위기가 순식간에 고조되었다.

"그렇게는 제가 놔두지 않겠습니다!"

수백 마리의 병사들에 둘러싸여 있는 정적을, 용맹한 고함이 쩌렁쩌렁 깨뜨렸다. 모두의 시선이 히로에게로 쏠렸다. 히로가 작은 손으로 주먹을 쥔 채 여왕을 노려보며 말했다.

"우리를 놔주지 않는다면 여기 있는 당신의 병사들을 모조리 태워 버릴 수밖에 없습니다."

히로의 도발에 여왕의 병사들이 하나같이 침을 치켜들며 경계 태세를 갖추었다. 누구 하나 섣부르게 행동하지 못했다. 보이지 않는 팽팽한 줄이 그들 사이에 묶여 있는 것 같았다. 잘못 건드리기라도 했다가는 모든 것이 폭발할 것이었다.

일촉즉발의 상황에서 시아는 조마조마한 마음으로 여왕의 반응을 살폈다. 여왕은 꼿꼿하게 서서 태연한 표정으로 히로를 대수롭지 않게 쳐다보았다.

"작은 용이여."

여왕이 히로를 부르며 여유로운 발걸음으로 그에게 다가갔다. 또각또각 구두 굽이 부딪히는 소리가 팽팽하게 달아오른 분위기에 비수처럼 날카롭게 꽂혔다.

여왕이 히로의 앞에 멈추어 섰다. 병사들은 히로에게 침을 더욱 바짝 겨누었다. 모두가 긴장한 채, 여왕의 작은 행동 하나까지 주시했다. 히로의 앞에 멈추어 선 여왕이 고개를 거만하게 든 채 히로를 내려다보았다.

"나는 너의 친족들을 잘 알고 있지. 그들이 왕가의 왕관과 팔찌들을 만들어 주었거든."

시아는 가문 이야기가 나오자마자 히로의 표정이 눈에 띄게 달라지는 것을 알아차렸다.

"너희 족속들은 비록 강력한 힘을 가졌지만 타고난 성품이 게으르고 단순하여, 왕실의 보석들을 하사받고 동굴 속에서 처박혀 있는 것에 만족했지."

여왕이 허리를 숙이며 히로의 눈을 들여다보았다. 그녀가 입꼬리를 당겨 올리며 속삭였다.

"그런데 너는 그들 중에서도 가장 작고 나약하여 도태되었다더니, 이제 보니 성품까지 경박하기 짝이 없구나."

히로의 얼굴이 분노와 수치심으로 일그러졌다. 여왕은 측은하다는 표정을 지으며 발갛게 달아오른 히로의 얼굴을 감상했다. 여왕이 허리를 펴 그에게서 몸을 돌리며 말했다.

"너의 협박은 나에게 그다지 위협적이지가 않다. 첫째로 눈과 얼음으로 뒤덮인 이곳은 너의 불이 쉽게 번질 수 없으며, 둘째로 내가 데리고 온 병사들의 수는 네가 상대하기에는 지나치게 많고, 셋째로 나는 불에 타지 않아."

다시 원래 서 있던 자리로 돌아온 여왕이 히로를 돌아보며 사근사근 말했다.

"꿀벌의 침에 쏘여 초라하게 끝을 맞이한 용으로 알려지고 싶지 않다면 가만히 있는 것이 좋을 것이다."

여왕이 주변을 둘러보며 모두에게 들으란 듯이 큰 소리로 말했다.

"이 자리에 있는 모두가 그럴 것이다. 일을 요란하게 키우기는 싫을 거야. 나의 병사들은 타 죽기 싫을 것이고, 너희들은 침에 쏘여 죽기 싫을 테니까."

여왕의 시선이 시아에게 돌아왔다. 여왕이 싱긋 미소를 지으며 친절하게 설명했다.

"그래서 협상을 제안한 것이 아니겠느냐. 브리초를 주면 너와 너의 친구들을 풀어 주겠다고."

여왕이 악수를 건네듯 시아 앞으로 손을 내밀었다. 시아는 여왕의 손바닥을 바라보며 브리초를 쥔 손에 힘을 더했다. 수백 마리의 벌들이 시아, 히로 그리고 쥬드에게 침을 겨누는 자세를 취했다. 가시처럼 날카롭고 뾰족한 침을 금방이라도 날릴 것처럼 팔이 높이 들려 있었다. 시아가 여왕을 절박한 눈으로 바라보았지만, 여왕은 지루하다는 표정으로 서 있었다.

"시간을 너무 끄는구나."

여왕이 중얼거렸다.

"그냥 죽……."

여왕의 지시와 함께 침을 겨누고 있던 벌들의 손이 일제히 올라갔다. 그 순간 자신과 친구들이 모두 죽을 것이라는 생각이 시아의 머릿속을 강렬하게 흔들었다. 손이 재빠르게 움직였다. 여왕의 손 위에 브리초가 올려졌다.

시간이 멈춘 것 같았다. 여왕이 명령을 내리다 말고 말을 멈추었다. 침을 쏘려고 움직이던 벌들의 움직임이 일제히 멎었다. 시아는 여왕을 바라보았다. 머릿속에서 심장이 쿵쾅거리는 소리가 메아리쳤다.

'무슨 일이 일어난 거지.'

감각이 마비된 듯 아무런 느낌이 들지 않았다. 지금의 상황이 실감 나지 않았다. 여왕의 입꼬리가 매끄럽게 올라갔다. 그녀의 표정을 보니 그제야 자신이 무슨 일을 한 건지 알았다. 절망감이 밀려오기 시작했다.

"시아 양!"

히로의 목소리가 아득하게 들려왔다. 귀가 먹먹했다. 머릿속이 멍했다.

시아는 선뜻 내밀어 버린 브리초를 망연자실하게 바라만 보았다. 불과 얼마 전까지만 해도, 모든 일이 풀렸다고 확신했는데, 가지고 있던 희망과 기대와 믿음은 공들여 세운 탑이 와르르 무너지듯 흔적도 없이 날아갔다. 허무하게.

여왕의 웃음소리가 희미하게 들려왔다. 여왕은 시아에게서 뒤를 돌았다. 브리초를 들고 있는 그녀의 손이 올라가는 것이 눈에 들어왔다.

'안 돼. 먹지 마. 안 된다고!'

시아의 마음이 요동쳤지만 여왕을 막을 수 없었다. 병사들은 여전히 침을 치켜들고 시아를 포위하고 있었다. 시아는 무방비하게 서서 허망한 눈길로 여왕을 바라볼 수밖에 없었다.

그때 하늘에서 검은 형상이 떨어지며 시야를 덮었다. 한순간에 병사들이 시아의 양팔을 등 뒤로 포박했다. 시아는 허리가 앞으로 꺾인 채, 등 뒤로 날카로운 침이 닿는 감촉에 얼어붙었다. 놀란 심장이 날뛰었지만 시아는 비명을 지르지 않았다. 숨도 쉴 수 없었다. 조금이라도 뒤척이거나 숨을 크게 쉬었다간, 등 뒤에 닿아 있는 침이 피부를 관통하고 들어올 기세였다.

시아는 고개를 고정한 채 눈만 움직여 주변을 살펴보았다. 그리고 믿기지 않는 광경에 눈을 의심했다. 눈앞에 하츠의 손아귀에 목이 졸린 여왕이 서 있었다. 누구 하나 움직이지 못했다.

몇 분 동안 정적이 흘렀다. 예상하지 못한 상황에 모두가 신경을 날카롭게 세우고 서로를 주시했다. 긴장감이 팽팽하게 흘렀다. 새하얀 눈밭 위에 금방이라도 피가 튀길 듯 분위기가 아슬아슬했다.

침묵을 먼저 깬 것은 여왕이었다. 그녀는 하츠의 손에 목이 잡힌 채로 그를 바라보며 사랑스럽게 웃어 보였다.

"하츠."

목소리를 들어 보아, 하츠가 여왕의 목을 힘주어 움켜진 것은 아니라는 것을 짐작할 수 있었다. 여왕이 부드럽게 말했다.

"어떻게 알고 왔니?"

여왕이 곰곰이 생각하는 표정을 짓더니, 알았다는 듯이 쾌활하게 말했다.

"아, 그래. 야콥이구나. 그 망할 것이 수정 구슬로 훔쳐보고 너에게 귀띔해 준 게 틀림없어. 그렇지? 내가 자기 브리초를 채 가는 게 싫었겠지."

그러나 하츠는 여왕이 조잘거리는 소리를 듣지 못한 것처럼 담담하게 말했다.

"저 애에게 돌려줘."

여왕의 입꼬리가 매끄럽게 올라갔다. 여왕이 눈웃음을 지으며 물었다.

"싫다면?"

여왕의 목을 쥐고 있던 하츠의 손가락이 칼처럼 길어지며 날카로워지기 시작했다. 검은 깃털로 가려지지 않았던 부위까지 서서히 새까맣게 변해 갔다. 초승달처럼 기다랗고 뾰족한 손톱들이 여왕의 가느다란 목을 난도질할 것처럼 휘어잡았다.

하츠가 여왕을 위협할수록 시아는 등 뒤에 날카로운 침이 더욱 밀착되는 것을 느꼈다. 작은 움직임에도 모두가 예민하게 반응했다. 수많은 시선들이 복잡하게 얽혀 있었다. 역겹 같은 침묵이 흘렀다.

마침내 여왕이 입을 열었다.

"그래. 작은 용 한 마리에 너까지 더해졌으니, 이만하면 좀 위협이 될지도 모르겠구나."

여왕이 병사들을 바라보며 말했다.

"침은 거두거라. 그럴 필요가 없을 테니."

포박되어 있던 양팔이 자유로워지고, 침이 거두어졌다. 시아는 허리를 편 채 병사들에게 둘러싸여 여왕과 하츠를 바라보았다. 여왕은 하츠가 자신의 목을 죄고 있든 말든 상관하지 않는 듯, 하츠의 눈을 바라보며 당당하게 말했다.

"그럼 다른 조건으로 협상해 보지."

다른 협상이라는 말에 시아는 모든 신경을 여왕에게 집중했다. 어쩌면 브리초를 돌려받을 수 있는 기회일지도 몰랐다.

시아는 여왕의 입을 주시했다. 여왕이 입을 열었다. 그 순간 여왕의 입가에 조금씩 경련이 일기 시작했다. 입 주변부터 시작해서 얼굴 근육이 눈에 띄게 움직이고 있었다. 모두가 여왕의 변화를 놀란 눈으로 주시했다.

금세 여왕의 얼굴에는 자글자글한 주름이 생기기 시작했다. 이맛살이 밀리고 눈가가 축 처지며 광대와 이어진 볼은 움푹 들어가, 그렇지 않아도 야위었던 얼굴이 더더욱 앙상해 보였다. 반짝거리는 왕관 아래 풍성했던 머리카락은 희끗희끗한 회색으로 변해 갔다. 꼿꼿하게 서 있던 여왕의 허리가 굽으면서 키가 줄어들었다.

모두의 경악 속에서 여왕의 변화가 멈추었을 때는, 그녀는 완전히 다른 모습을 하고 있었다. 늙은 여인이 하츠를 마주 보고 섰다.

그녀가 하츠를 바라보며 작게 속삭였다.

"아가야, 놀랐나 보구나."

여왕은 목소리도 완전히 달라져 있었다.

시아는 여왕의 목을 잡고 있던 하츠의 손이 거의 풀어져 있다는 사실을 알아차렸다. 뒷모습만 보여, 하츠가 어떤 표정을 짓고 있는지 감을 잡을 수가 없었다.

하츠의 목소리가 들려왔다.

"당신이 왜……."

"이런, 이런."

여왕이 어린아이를 달래는 듯한 말투로 속삭였다. 하츠를 바라보는 그녀의 눈동자에는 믿을 수 없을 정도의 애정이 깃들어 있었다.

"조금은 눈치챘을 거라고 생각했는데."

여왕이 팔을 뻗어 주름이 자글자글한 손으로 하츠의 볼을 어루만졌다.

"나는 항상 나였단다. 네가 나를 못 알아봤을 뿐이지."

여왕이 부드럽고 조용하게 말했다.

"브리초를 한 잎씩 먹어서 젊고 아름다운 모습을 유지해 왔던 거야."

하츠는 여왕의 손길을 피하지 않은 채 그 자리에 서 있었다. 그가 마침내 입을 열었다.

"그래서 나를 까마귀에게 보낸 거였어? 젊고 아름다운 모습을 유지하려고?"

시아는 그들의 대화를 한 글자, 한 글자 놓치지 않고 들었다. 집중할수록 알 듯 말 듯한 추론이 고장 난 형광등처럼 머릿속에서 깜빡깜빡 신호를 보냈다.

"애야, 브리초를 가져가려면 까마귀에게 어떤 대가를 치러야 하는지 아니?"

여왕이 속삭였다.

"내가 가장 사랑하는 자를 주어야 한단다."

하츠는 이제 여왕의 목에 올린 손에 거의 힘을 주고 있지 않았다.

"원래는 나의 딸들을 한 명씩 차례대로 까마귀에게 보내, 브리초를 먹으려고 했었지."

여왕이 계속해서 말했다.

"그런데 딸 한 명이 궁전 밖으로 도망 간 이후, 나머지 딸들도 나에게 저항하기 시작했고, 나는 도무지 그들을 사랑할 수가 없었단다. 그래서 까마귀에게 줄 것이 없어져 버렸지."

시아는 리디아가 궁전 밖으로 도망쳤던 날에 대한 일기를 기억했다.

"브리초를 얻지 못하자 약효가 다하여 나는 늙고 나약한 모습으로 돌아와야 했어. 그래서 사랑할 수 있는 다른 대상을 찾으러 나섰지."

꿈을 꾸듯 평온하고 몽롱하게 잠겨 있던 여왕의 눈빛이 한순간 전환되며 광기 어린 빛이 스쳐 지나갔다. 여왕이 하츠를 따뜻하게 바라보며 속삭였다.

"그리고 우연히 너를 마주쳤단다. 딱 너라는 직감을 느꼈어. 그래서 너를 데려다가 내 아들처럼 키우며 예뻐했지."

그것은 하츠를 처음 마주쳤던 날 그에게 들었던 그의 어릴 적 이야기와 같았다. 가족이 살해당하고 혼자 살아남은 하츠를 데려가 애정으로 키웠다는 노파에 대한 이야기.

시아는 무시무시한 이야기에 경악하여 온몸을 떨었다. 소름이 전신을 훑었다.

"물론 너는 내가 진심으로 대한 것이 무색하게도 나에게서 도망쳤지만 말이야."

눈가에 주름이 자글자글한 눈은 집착과 애정으로 번뜩였다.

"하지만 운 좋게도, 그 뒤에 산에서 너를 마주쳤고, 너에게 브리초를 가져와 달라고 부탁하자 너는 어여쁘게도 선뜻 내 말을 따라 주었지."

"그 때문에 나는 그 악마한테 잡아먹힌 삶을 살아야 했어."

여왕의 말에 하츠가 분노한 목소리로 쏘아붙였다.

"맞아."

여왕이 부드럽게 웃으며 고개를 끄덕였다.

"하지만 애야, 그것은 네가 나에게 가장 사랑받는 존재였기 때문에 일어난 일이야. 그래서 내가 너를 그 악마에게 바친 것이니까."

어느새 하츠의 손은 완전히 풀어져 있었다. 마치 먹이를 꾀어내기 위해 방울을 흔드는 방울뱀처럼 여왕이 귓가에 다정하게 속삭였다.

"불쌍한 아가, 너는 항상 사랑받는 삶을 원해 왔잖니?"

시아는 가만히 서 있는 하츠를 바라보며 심장이 철렁 내려앉았다.

어느덧 해가 밝아 오며 바닥에서부터 안개가 차오르고 있었다. 아침이 되면 산에 바람의 시체들이 끼어 앞을 볼 수가 없다는 히로의 설명이 떠올랐다. 시간이 얼마 남지 않았다. 시아는 다급하게 하츠와 여왕을 바라보았다.

여왕이 하츠의 바로 앞에서 속삭였다.

"그러니까 내가 브리초를 먹을 수 있게 도와주렴. 그럼 나는 다시 온 마음을 다해 너를 아껴 줄 거란다. 예전처럼."

여왕의 말을 들으며, 시아는 여왕의 정체에 대한 자신의 예상을 확신했다.

"하츠, 정신 차려!"

멍하니 서 있는 하츠의 뒷모습을 바라보며, 시아가 다급하게 소리쳤다.

"그 여자는 브리초를 먹으려고 자기 딸들을 괴물로 만들면서까지 악마에게 넘기고, 너까지 그렇게 만들어 버린 거야."

갈 데 없는 어린 하츠를 주워 길렀다던 노파가, 브리초를 먹지 않은 여왕의 모습이었다는 사실은 받아들이기 어려울 정도로 충격적이었다. 그러나 노파에게 의지했었던 하츠가 동요할 수는 있을지언정, 그녀에게 넘어가서는 안 되었다.

"그 여자는 네 가족을 죽였어!"

노파는 하츠의 가족을 죽인 장본인이니까.

이미 알고 있던 끔찍한 사실에도 세이렌의 노래에 홀린

뱃사공처럼 멈추어 있던 하츠는 시아의 비명에 비소로 깨어나 몸을 움직였다. 초승달처럼 날카롭고 기다란 손가락이 여왕을 밀쳐 눈밭으로 넘어뜨렸다.

시아의 눈동자가 여왕을 찾기 위해 정신없이 움직였다. 바닥은 이미 전부 안개로 덮여 있어 제대로 보이지 않았다. 돌발 상황에 병사들이 우왕좌왕했다. 그러던 중, 쥬드가 어디론가 달려가는 것이 보였다. 그가 달려가 허리를 숙이고 무언가를 잡아채는 것을 바라본 시아의 얼굴이 굳어졌다. 어디론가 빠르게 달려가는 쥬드의 손에는, 여왕이 넘어지며 놓쳐 버린 브리초가 들려 있었다.

상황을 파악한 병사들이 침을 빼 들고 움직이기 시작했다. 공격을 시작하려는데 어딘가에서 별안간 여왕의 목소리가 들려왔다.

"쏘지 말고, 토끼 굴부터 막아! 브리초를 가지고 빠져나가지 못하도록 무조건 막아야 해."

모든 것이 순식간에 스쳐 지나갔다. 수백 마리의 벌 떼가 정원사 아래에 있는 굴 쪽으로 덤벼들었다. 그러나 쥬드는 이미 굴 아래로 기어들어 가 사라진 뒤였다. 안개는 점점 더 차오르고 있었다. 이제는 시야가 전부 안개로 덮여, 한 치

앞을 제대로 보기가 힘들었다.

시아는 어떻게 해야 할지 몰라 발만 동동 굴렀다. 아지랑이처럼 일렁이는 안개 속에서 머리도 뿌옇게 변해 버린 것 같았다. 호흡이 거칠어졌다.

브리초는 쥬드가 가지고 가 버렸다. 게다가 주변에는 침을 빼 든 병사들이 있다.

'히로는 어디 갔지? 하츠는?'

"시아 양!"

히로의 목소리가 들려왔다. 시아는 히로의 목소리가 들려오는 쪽으로 고개를 돌렸지만 앞이 보이지 않았다.

'어디지?'

멀리에서 그리고 가까이에서, 벌들이 우왕좌왕 요란하게 움직이는 소리가 들려왔다. 심장이 불길하게 뛰었다.

"당장 궁전으로 돌아가, 최소한의 병력만을 남기고 모든 병력을 총동원하여 레스토랑에 침입한다! 침을 쏘아서라도 브리초를 되찾아 오도록 해."

여왕의 격앙된 목소리가 날카롭게 들려왔다. 벌들이 날개를 움직이기 시작하는 소리가 요란하게 울려 퍼졌다. 발밑에서 땅의 진동이 느껴졌다. 사방에서 불어오는 바람이 온몸으로 느껴졌다. 벌들이 땅을 박차고 날아 공중으로 흩어졌다. 시아는 여전히 그 자리에서 헤매며 히로를 찾았다.

그때 누군가가 시아의 손을 잡았다. 시아는 화들짝 놀랐지만, 곧 익숙한 감촉에 안도했다. 히로가 시아의 손을 잡고 그녀를 이끌었다. 몇 걸음 걸어가자, 더듬거리는 손가락 끝에 굴 입구가 느껴졌다.

"어서 들어가십시오."

히로가 시아를 굴 안으로 잡아끌며 재촉했다. 시아는 순순히 히로가 이끄는 대로 몸을 움직였다. 팔다리가 미친 듯이 후들거리고 얼굴은 새하얗게 질린채, 굴 안으로 떨어지며 시아는 새된 비명을 질렀다.

어두운 시야에서 흙냄새가 코를 찔렀다. 시아는 터널 같은 굴 안을 기어가다가 구르다가 떨어지기를 계속해서 반복했다. 다급한 마음에 통증도 아랑곳하지 않고 몸을 빠르게 움직였다. 뒤따라오는 히로의 비명이 쩌렁쩌렁 들려왔다.

시아가 굴 밖으로 떨어졌을 때, 향긋한 냄새가 온몸을 감쌌다. 아침 공기 속에 알록달록한 꽃들과 벚나무들이 화려하게 피어 있었다. 레스토랑의 정원이었다. 요괴들은 모두 잠이 든 듯, 텅 비어 있는 정원은 어딘가 신비스럽게 느껴졌다. 익숙한 곳에 돌아오자 시아는 저도 모르게 마음을 놓으며 몸을 일으켰다.

곧 요란한 비명과 함께 히로가 구르며 나왔다. 히로는 시아가 자신의 비명을 듣지 못했다고 생각했는지 태연한 표정을 지으며 외쳤다.

"시아 양, 괜찮으십니까? 혹시 병사들이 어디 다치게 한 건……."

"덕분에 멀쩡해요. 안개 때문에 하나도 보이지가 않았는데, 어떻게……."

시아가 대답하며 주변을 둘러보았다. 쥬드는 어디에도 보이지 않았다.

"하하, 드래건은 온몸의 감각이 수천 배는 더 발달했거든요. 안개 속에서도 쉽게 움직일 수 있지요."

히로가 거들먹거렸다. 그러다 시아가 주변을 정신없이 두리번거리는 모습을 발견하고는 고개를 저으며 설명했다.

"지금 쥬드를 찾아도 소용없을 겁니다. 이미 브리초는 야콥의 손에 들어갔을 테니까요. 하지만 완전히 늦은 것은 아닙니다."

히로가 주변을 보라는 듯이 양팔을 펼치며 말했다.

"지금은 요괴들이 잠이 든 시간 아닙니까? 이렇게 이른 아침에 술꾼 그 양반이 일어나 있을 리 없으니, 아직 야콥이 그에게 브리초를 주지는 않았을 겁니다."

히로의 설명을 듣자 시아는 조마조마하던 마음이 조금은 놓였다. 그러다 문득 한 가지 생각이 떠올라, 머뭇거리며 히로를 바라보았다.

"히로, 왜……."

그러나 말을 흐리고 고개를 돌려 버렸다. 지금은 히로와 길게 대화를 나눌 여유가 없었다.

"아니에요."

시아가 중얼거리며 지하실로 발걸음을 급히 움직였다.

"왜 쥬드가 브리초를 가지고 도망치는 걸 막지 않았냐고요?"

뒤에서 히로의 목소리가 들려왔다. 정곡을 찔린 시아가 걸음을 멈추고 히로를 돌아보았다.

히로가 말을 꺼냈다.

"시아 양, 알다시피 저는 별난 기질과 왜소한 체구 때문에 가문에서 오랫동안 소외당하며 살았습니다."

히로는 여왕이 그와 그의 가문을 조롱했을 때와는 다르게 담담한 태도로 이야기를 털어놓았다.

"백 년 가까이 소외당하는 삶을 살아온 저에게, 처음으로 친구가 되어 준 것이 쥬드였습니다. 그는 제가 레스토랑에 들어왔을 때, 제 외양이나 특징에 상관하지 않고 스스럼없이 대해 주었죠."

쥬드의 비밀을 알고 난 뒤, 시아와 히로가 처음으로 그에 대해 나누는 대화였다. 시아는 히로의 생각에 진지하게 귀 기울였다.

"일생을 소외당하며 살 거라고 생각한 내게 그가 준 위로는 어떤 보석이나 금품보다도 값진 보물이었습니다. 그가 요괴이든 사람이든 상관없어요."

히로의 이야기를 들으며, 시아는 쥬드와 함께했던 순간들을 떠올려 보았다. 그 기억의 끝자락에는 지금까지 모두 브리초를 손에 넣기 위해서였냐는 시아의 물음에 어떠한 변명도 없이 대답하던 쥬드의 표정이 자리했다.

화도 났지만, 한편으로는 그의 표정과 말투 하나하나가 과연 전부 철저한 계산에 의한 것일 수가 있을까 하는 의문이 들었다.

시아의 감정이 오락가락하고 있던 찰나 히로가 낮게 잠긴 목소리로 시아를 불렀다.

"시아 양, 야콥에게 브리초를 가져다주지 못하면, 그는 죽은 목숨입니다."

히로의 말에 심장이 묵직하게 내려앉았다.

"저는 당신이 브리초를 해돈에게 가져갔으면 하는 마음도 있지만, 동시에 쥬드 군이 브리초를 야콥에게 가져갔으면 하는 마음도 있어요."

히로의 말을 들은 시아는 길을 잃은 것처럼 어떤 말도, 행동도 할 수가 없었다. 혼란스러웠다.

그때 뒤에서 귀에 익은 목소리가 알람처럼 들려오며 시아의 정신을 흔들었다.

"기다리고 있었습니다."

고개를 돌리자 루이가 공연단원 몇 명과 함께 서 있었다. 시아는 루이의 날카로운 시선이 자신의 빈손으로 향하는 것을 알아차렸다.

"브리초는 가지고 오셨습니까."

루이의 물음이 멍하니 있는 시아를 따끔하게 일깨웠다. 시아가 루이에게 초조하게 말했다.

"지금 그게 중요한 게 아니에요."

"이게 중요한 것이 아니면 대체 뭐가……."

언짢은 듯 반박하는 루이에게 시아가 인내심이 바닥난 목소리로 말했다.

"여왕이 병사들을 이끌고 레스토랑으로 오고 있어요."

루이의 표정이 일순간 굳었다. 시아가 루이의 눈동자를 바라보며 쐐기를 박았다.

"그들이 레스토랑을 침략할 거예요."

시아의 선언은 마치 전쟁을 경고하는 종소리처럼 사방에 퍼졌다. 겁에 질린 정원사와 꽃과 나무들은 가지를 내려 꽃봉오리와 잎사귀를 숨겼다. 루이 뒤에 서 있던 단원들이, 공포에 질린 표정으로 수군댔다.

"우린 모두 죽은 목숨이야."

"병사들의 수가 어마어마하잖아."

"그들은 모두 날개와 침을 가지고 있어."

"침에 쏘이면 그 자리에서 죽는다지."

그러나 루이는 언제 어디에서나 이성적이고 냉철한 판단력을 잃지 않았다. 잠깐이나마 돌처럼 굳어 있던 그의 표정은 금세 원래대로 돌아왔고 머릿속에서는 두뇌를 회전시켰다.

그가 죄다 죽은 목숨이라며 호들갑을 떠는 단원에게 말했다.

"꼭 그렇지만은 않습니다."

모두가 루이에게 고개를 돌리고 그의 말에 집중했다.

"꿀벌의 침에 쏘이면 즉사하지만, 동시에 그 침의 주인 역시 수명이 다하지요. 침을 쏘는 만큼 저쪽도 똑같이 죽음을 피하지 못합니다. 그래서 그들은 반드시 죽여야 하거나 필요한 경우가 아니면, 되도록 다른 무기를 사용하려고 하지요."

루이는 침략당할 것을 앞둔 상황이라고는 믿을 수 없을 만큼 차분한 목소리로 설명했다.

"결국은 기술과 전략 싸움입니다. 그들은 수가 많지만, 거대한 무리가 한꺼번에 날아다니며 무기를 휘두르는 만큼 주변을 신중하게 살피지 못하지요."

그러자 뒤에 있던 공연단원 한 명이 이해가 가지 않는다는 듯이 고개를 저었다.

"하지만 그런 약점이 있다고 한들, 그걸 어떻게 공략한단 말입니까?"

루이가 그에게 고개를 돌리며 대답했다.

"거미 여인에게 가서 거미줄을 치라고 하세요. 레스토랑

외에도 정원, 요리실, 복도, 하수구, 모든 곳에요. 벌들이 거미줄에 걸릴 수 있게 말입니다."

단원들이 루이의 지시를 이해하고 고개를 끄덕였다. 루이의 지시를 받은 단원이 거미 여인이 자고 있는 레스토랑 안으로 빠르게 달려가는 것을 바라보며, 또 다른 단원 한 명이 물음을 던졌다.

"하지만 그것만으로 될까요? 그들의 수는 엄청나요."

"물론 지상에서도 공격을 해야겠지요."

루이가 당연하다는 듯이 대답했다. 그가 질문을 던진 단원에게 말했다.

"사육실로 가서 계란들을 풀어놓으세요. 비축분 남겨 놓지 말고 전부 다. 에그 타임을 발동합니다."

그는 지시를 받은 단원이 사육실로 향하는 것을 확인하고, 마지막으로 남은 단원 한 명에게 말했다.

"관리인, 마담 모리블에게 가서 모든 직원을 깨우고 상황을 알리라고 하세요. 전원 비상사태 준비령입니다. 그리고 해돈 님을 보호하는 데 인력을 보내라고 전하십시오."

마지막 단원까지 자리를 뜨고 난 후, 루이가 히로를 바라보았다.

"당신은 저를 따라오십시오. 레스토랑 최전선에서 이곳을 방어하는 데에 전력을 보태셔야 할 겁니다."

루이는 히로를 이끌고 발걸음을 옮기기 시작했다. 그가 시아를 지나치면서 말했다.

"지금 할 수 있는 최선은 이게 다군요. 준비하십시오. 벌들이 여기까지 날아오는 데 그리 오랜 시간이 걸리지는 않을 겁니다."

바쁘게 떠나는 루이와 그를 쫓아가는 히로의 뒷모습을 뒤로하고, 시아는 지하실로 서둘러 뛰어갔다. 루이가 마담 모리블에게 요괴들 전원을 깨우게 했으니, 곧 있으면 술꾼도 일어날 것이 분명했다. 시아는 발걸음을 재촉하며 계단을 내려갔다.

술의 방 앞. 낡은 문이 끼이익 앓는 소리를 내며 열렸다. 익숙한 악취가 코를 찔렀다. 시아는 어두운 지하실 안으로 들어갔다. 반가운 것은 아니었지만, 굉장히 오랜만에 돌아온 느낌이었다.

지하실 안에서 야콥은 대왕 리본이 달린 화려한 분홍색 드레스의 소매를 걷어붙이고, 초록색 물이 펄펄 끓는 솥을 휘휘 저으며 큰 소리로 낄낄거리고 있었다. 솥의 옆쪽에는 예상대로 브리초가 있었다. 시아를 발견한 야콥의 입가에서 웃음기가 순식간에 사라졌다.

"성가신 비둘기가 찾아왔구나."

야콥의 앞에 서 있던 쥬드가 고개를 돌려 시아를 바라보았다. 쥬드와 눈을 마주치자 시아의 마음속에서 복잡한 기분이 들끓었다. 시아는 심란한 마음을 누르고 야콥에게 다가갔다.

"나를 속였군요, 야콥."

시아가 야콥의 거대한 얼굴을 노려보며 조용히 말했다.

"하츠를 설득해서 내 편으로 만들라고 이야기했던 것도, 하츠를 구하러 여왕의 성에 가게 부추긴 것도 전부. 하츠가 나에게 브리초가 어디 있는지 알려 주면 수정 구슬로 엿들으려고……."

"멍청한 비둘기 같으니!"

야콥이 시아의 말을 끊으며 우렁차게 소리쳤다. 야콥이 거대한 눈알을 시아에게 부라리며 큰 소리로 물었다.

"설마 내가 순수한 선의로 너를 도왔다고 생각한 것이냐?"

야콥의 기분 나쁜 웃음소리가 지하실 안을 채웠다. 야콥이 큰 입으로 분수처럼 침을 튀겨 가며 소리쳤다.

"물론 나는 나의 것을 되찾기 위해 당연히 너희를 이용한 것이다. 인간은 브리초를 가져올 수 있다기에 쥬드를 데려왔지만, 저 멍청한 비둘기 같은 놈은 절대 하츠를 자신의 편으로 끌어들이지 못했지. 그래, 저 애는 그럴 인물은 못 되었어."

부글부글 끓어오르는 솥 안을 휘젓는 야콥의 손길이 거칠었다.

"솔직히 처음에는 너에게 그다지 많은 기대를 걸지 않았지! 하지만 조금씩 도움을 줄수록, 너는 그 얼음 같은 아이의 마음을 서서히 자기 쪽으로 돌리더구나. 덕분에 내 보물 1호를 되찾을 수 있게 됐어!"

말을 하면서도 야콥은 솥 안의 알 수 없는 액체를 펄펄 끓이는 데 모든 정신을 쏟고 있었다. 마침내 야콥이 솥 안을 휘젓고 있던 국자를 내려놓으며 중얼거렸다.

"거의 다 만들어졌구나."

야콥은 시아가 무어라 할 새도 없이 브리초를 솥 안에 빠뜨렸다.

"쥬드, 브리초를 해장 약에 타서 줄 테니, 이 약을 술꾼에게 가져가서 먹여라. 자고 있을 게 분명하지만 어떻게든 깨우거나 일어날 때까지 기다려서라도 꼭 전부 삼키는 걸 보고 나와야 한다."

야콥이 쥬드에게 말하며 다시 국자를 집어 들어 솥 안에 들어 있는 무언가를 건져 올렸다. 익숙한 색깔의 액체였다. 그것은 시아가 레스토랑에 왔던 첫날, 술꾼에게 가져다주었던 해장 약과 같았다. 김이 모락모락 나는 약을 야콥이 식히는 모습을 바라보는데, 쥬드의 목소리가 들려왔다.

"저를 요괴로 만들어 주는 약을 만드는 것 아니었어요? 브리초를 가져오면 나를 요괴로 만들어 주겠다고 약속했잖아요."

"술꾼이 이 약을 먹는 것까지 확인하고 와야, 빌어먹을 요괴로 만들어 주든지 말든지 할 것이다!"

야콥은 거대한 붉으락푸르락한 얼굴로 콧구멍을 벌렁거리며 소리 질렀다.

지하실을 메아리치는 우렁찬 고함에 쥬드는 놀라는 듯했지만 고집스럽게 꿈쩍도 하지 않았다. 야콥이 콧김을 씩씩 뿜으며 쥬드에게 눈알을 부라렸다. 야콥과 쥬드는 서로를 있는 힘껏 노려보며 조금도 움직이지 않았다.

"수정 구슬을 끝까지 보지 않았군요."

시아가 말을 꺼내며 둘 사이의 침묵을 깼다.

"지금 이것을 가지고 나가면 위험해요. 곧 여왕이 병사들을 이끌고 올 거예요."

야콥과 쥬드의 시선이 시아에게 향했다.

그때, 야콥이 앉아 있는 곳의 오른쪽 벽 위에서 누군가 노크를 하는 듯한 소리가 들려왔다. 시아가 깜짝 놀라 위를 바라보았지만, 야콥과 쥬드는 익숙한 듯 태연하게 서 있었다. 곧이어 벽에 금이 간 부분에서 익숙한 목소리가 새어 나왔다.

"관리인, 마담 모리블입니다. 빌어먹을, 비상사태가 발생했습니다. 모두 신속히 기상하시기 바랍니다."

마담 모리블의 딱딱한 목소리가 고요한 지하실 안을 공허하게 울렸다. 시아와 야콥 그리고 쥬드 누구 하나 목소리를 내지 않고 관리인의 안내 방송을 들었다.

마담 모리블은 시아가 정원에서 루이에게 들었던 내용들을 욕지거리와 함께 읊조렸다. 여왕이 병사들을 이끌고 오고 있다, 에그 타임을 발동한다, 거미줄을 친다, 해돈에게 인력을 보낸다는 것 등등. 시아는 이미 알고 있는 내용들을 들으며 야콥과 쥬드의 반응을 살폈다. 쥬드는 겁에 질린 표정이었고, 야콥은 험상궂은 표정으로 수정 구슬을 들여다보았다.

간결한 지시들과 끊임없는 비속어로 이어지던 관리인의 방송은 마지막 한 마디로 종결되었다.

"모든 직원들은 바깥으로 나와 레스토랑을 지키는 데 의무를 다하기를 바랍니다."

안내 방송이 끝남과 동시에 지하실에 침묵이 깔렸다. 쥬드는 얼어붙어 있었고, 야콥은 수정 구슬을 노려보았다. 칙칙한 냄새로 가득한 어두운 지하실의 분위기가 무겁게 가라앉았다.

마침내 야콥이 쥬드에게 해장 약을 건네며, 소시지처럼 두꺼운 입을 열었다.

"쥬드, 서둘러라. 병사들이 곧 도착하겠어. 늦기 전에 어서……."

그러나 쥬드가 야콥의 말을 끊으며 소리 질렀다.

"싫어요. 그러다 죽을 수도 있잖아요! 사람의 몸이라면 그들의 공격에 단번에 죽고 말 거에요. 먼저 나를 요괴로 만들어 주세요. 그러면 벌들이 공격한다고 해도 살아남을 거에요. 얼른요."

쥬드가 새하얗게 질린 얼굴로 횡설수설하며 야콥을 간절

하게 바라보고 있었다. 전에도 그가 두려워하는 모습을 본 적이 있었지만 지금, 어서 요괴로 만들어 달라고 떨면서 외치는 그는 완전히 낯선 사람처럼 느껴졌다.

시아는 마음이 무겁게 가라앉았다. 팔을 뻗어 그의 손을 잡아 주고 싶었다.

"시끄럽다! 어서 가져다주지 않으면 요괴고 뭐고 콩고물도 없을 줄 알아라! 병사들이 도착하기 전에 서두르란 말이다!"

별안간 야콥이 목청껏 소리를 질렀다. 거대한 목소리가 지하실 전체를 쩌렁쩌렁 울렸다. 콧김을 내뿜으며 쥬드를 거칠게 노려보는 두 눈에는 광기가 번뜩였다. 곧 지하실을 폭발시키기라도 할 것처럼 고양된 야콥의 모습은 쥬드와 시아를 얼어붙게 했다.

야콥이 눈을 부라리며 쥬드에게 약을 내밀자, 쥬드는 아무런 저항도 하지 못하고 약을 받았다. 그는 결국 결심한 듯 몸을 돌렸다. 술꾼에게 약을 전하려면 벌들이 도착하기 전에 서두르는 것이 좋았다. 쥬드도 그것을 알고 있었다.

그가 빠르게 지하실을 빠져나가는 것을 바라보며, 시아는 저도 모르게 그를 따라나섰다. 브리초 때문인지, 아니면 순전히 쥬드 때문인지는 시아도 알 수 없었다. 혼란스러웠다. 무엇을 어떻게 해야 하는 것일까.

그러나 약을 들고 술의 방으로 급하게 뛰어가는 쥬드의 뒷모습을 보니, 시아는 저절로 그를 따라 뛸 수밖에 없었다.

결전의 날

바깥은 분위기가 어수선했다. 이미 많은 요괴들이 나와 웅성대고 있었다. 모두가 파란 하늘을 올려다보며 벌들이 언제 모습을 드러낼지 추측했다.

시아는 요괴들 사이를 비집고 에메랄드색 계단 위를 달리며 쥬드를 쫓았다. 어느새 쥬드는 시아가 갈림길을 지나쳐야만 다다를 수 있는 길목을 뛰고 있었다. 시아는 자신이 그의 속도를 따라잡기에는 턱없이 느리다는 것을 알고 있었다. 그럼에도 시아는 가쁜 숨을 몰아쉬며 정신없이 쫓았다.

일순간 위쪽에서 요란한 소리가 우레와 같이 쏟아졌다.

소리가 들리는 쪽으로 고개를 들자, 계란들이 떼를 지어 계단에서 쏟아지고 있었다. 시아는 주변을 둘러보았다. 계란들은 사방에서 바글바글 몰려왔다. 에그 타임이 시작된 것이다.

주변이 순식간에 소란스러워졌다. 쥬드가 어디에 있는지 보려고 고개를 돌렸던 시아는, 그 자리에서 얼어붙었다. 쥬드가 약을 들고 서 있는 곳 위로, 벌들이 먹구름처럼 떼를 지어 몰려오고 있었다. 어느새 벌 떼가 하늘을 빼곡히 채웠다. 어마어마한 수의 벌 떼에 충격으로 굳어 버린 몸은 쉽게 움직여지지 않았다. 심장 박동이 경고를 하듯 북처럼 쿵쾅거렸다.

일부 벌들이 시아가 서 있는 곳으로도 날아왔다. 수억 개의 시선들이 화살처럼 쏟아졌다. 그들이 점점 가까워졌다. 시아는 더 이상 달리고 있지 않았지만, 숨이 점점 더 거칠어졌다.

순간, 새하얀 불길이 갑작스럽게 시야를 가득 채웠다. 몰려오던 벌들이 순식간에 타들어 갔다. 재들이 비처럼 쏟아졌다. 시아는 불길이 번진 쪽으로 고개를 돌렸다. 그리고 얼마 지나지 않아, 히로가 자신과 쥬드 쪽으로 다가오는 벌들을 태우고 있다는 것을 알아차렸다.

심장이 빠르게 뛰었다. 손바닥에 땀이 차올랐다. 벌 떼는 약을 들고 있는 쥬드 쪽으로 회오리처럼 쏟아지고 있었다. 정신이 번쩍 들었다. 시아는 굳어 있던 발을 앞으로 내뻗어 쥬드가 가고 있는 쪽으로 달렸다. 발밑에서 함성을 지르며 굴러다니는 계란들을 밟든 말든 상관하지 않았다.

"쥬드! 조심해!"

시아의 비명에 고개를 돌린 쥬드가 하늘을 보고 굳어 버렸다. 날카로운 침이 쥬드를 향해 비 오듯이 쏟아졌다. 숨이 멎을 듯한 광경에 머리가 멍해졌다. 시아는 그 자리에 서서 망연히 쥬드를 바라보았다.

"안돼. 안돼. 제발!"

시아가 필사적으로 소리쳤다.

몰려든 벌들이 히로의 불길 속에서 재가 되었다. 벌들은 계속해서 쥬드에게 화살처럼 침을 퍼부어 댔다. 불길이 번번이 공격들을 막았지만, 그들의 수가 지나치게 많았다. 히로가 정신없이 불길을 뿜었다. 계속해서 불길을 뿜는 히로에게도 어마어마하게 많은 수의 벌들이 쏟아졌다.

"쥬드! 조심해!"

시아가 고함을 질렀다. 미처 불길이 닿지 않은 침이 쥬드를 향해 날아갔다. 시아의 외침에 히로가 고개를 돌렸다. 거대한 용은 여전히 달려드는 벌들에게 불길을 뿜으며 빠르게 움직여 쥬드를 감쌌다.

시아는 눈앞에 펼쳐진 광경을 믿을 수 없었다. 머릿속이 하얗게 물들어 정신이 혼미했다. 분명 입으로는 소리를 지르고 있었지만 귀에서는 아무것도 들리지 않았다. 모든 감각이 둔해지는 듯 귀가 먹먹했다.

시아는 쓰러진 히로에게 정신없이 달려갔다. 발밑에서 계란 깨지는 감촉이 느껴졌다. 계란들이 화를 내며 아우성치는 소리가 소음처럼 아득하게 들려왔다. 눈과 귀가 먼 것처럼 모든 아수라장과 소란들이 흐려졌다. 시아는 오직 한 곳에만 눈을 고정한 채 홀린 듯이 달렸다. 그곳에는 히로가 쓰러져 있었고, 그의 몸에는 날카로운 침이 꽂혀 있었다. 덕분에 쥬드는 멀쩡했다. 잠깐 기절했을 뿐.

벌 병사들이 몰려와서 쥬드가 가지고 있었던 약을 빼앗아 갔다. 그러나 시아는 병사들의 손에 무엇이 들어갔든 신경 쓸 겨를이 없었다.

"히로, 일어나요!"

히로에게 다다른 시아가 소리 질렀다. 시아는 히로의 얼굴 앞으로 갔다. 눈이 감겨 있었고, 코에서는 숨결이 느껴지지 않았다. 거대한 몸은 미동도 없었다.

'아니야.'

시아는 애써 부정하며 히로의 얼굴을 두들겼다. 잠깐 의식을 잃은 것일지도 몰랐다. 시아가 애타게 히로의 이름을 불렀다. 그러나 그는 여전히 미동도 하지 않았다.

가까스로 몸을 일으킨 쥬드는 히로가 자신을 감쌌다는 것을 깨닫고 돌처럼 굳어 버렸다. 그는 아연실색한 눈빛으로 히로를 바라보았다. 시아는 주변을 다급하게 둘러보았다.

'도움을 청할 곳이 있을지도 몰라. 야콥은 언제나 죽어 가는 이들을 금세 치료해 냈잖아.'

그러나 사방에서 모두가 정신없이 움직이며 싸우고, 도망치고, 죽어 가고 있었다.

시아는 히로의 곁에서 무릎을 펴고 일어섰다. 다리가 후들거렸다. 실에 묶여 움직이는 꼭두각시처럼, 힘없는 다리를 앞으로 당기며 달려 나갔다. 히로가 죽어 가고 있었다. 지하실에 가면 그를 치료할 수 있는 약이 있을지도 모른다. 시아는 빠르게 계단을 내려갔다.

여왕은 자신의 병사들이 레스토랑에 몰아치는 광경을 여유롭게 감상했다. 곳곳에 쳐져 있는 거미줄에 벌들이 잎새처럼 걸려 파닥이고 있었고, 계란들이 바글바글 쏟아지며 아수라장을 만들었다. 계란이 깨지고 벌 떼가 죽으며 피가 쏟아지고 사방이 참혹하게 물들어 갔다.

"어디에 있을까나?"

여왕은 눈동자를 지루하게 굴리며 중얼거렸다. 요란한 장관 위에 그림을 그리듯 손가락을 느리게 움직였다. 아침 공기가 선선했다. 여왕은 산책을 즐기며 여유롭게 걸었다.

그때 나무 몇 그루 건너에서 반짝거리는 에메랄드색 계단을 병사들이 헐레벌떡 내려왔다. 그들은 여왕에게 다가와 고개를 조아리며 그녀가 찾고 있던 것을 내밀었다. 비로소 빨간 입술이 활짝 벌어지고 웃음이 드러났다. 나른하던 눈동자에 음산한 광기가 번뜩였다. 여왕은 손안에 들려 있는 약을 소중하게 살폈다. 웃고 있는 입술 사이로 입맛을 다시듯 혀가 날름거렸다.

"멈춰라!"

우레와 같은 고함이 울렸다.

소리가 들려온 쪽으로 시선을 돌리는 순간, 여왕의 앞에서 불꽃이 터졌다. 여왕이 물러서며 불꽃을 피했지만, 주변에 있던 병사들은 순식간에 땅에 널브러졌다. 여왕은 지겹다는 듯이 한숨을 쉬며 불꽃이 날아온 쪽으로 고개를 돌렸다. 연기가 안개처럼 자욱하게 드리워졌다. 베일과 같은 연기를 성난 발걸음으로 가르며 다가오는 이는 눈알을 위협적으로 부라리고 있는 야콥이었다.

야콥을 발견한 여왕의 표정이 굳어졌다. 증오, 시기, 동경. 여왕의 무심하던 눈동자에는 어느새 여러 감정들이 고요히 일렁이고 있었다. 야콥은 낡고 커다란 가방을 둘러메고 양손 가득 약물들을 든 채, 여왕의 앞에 서 있었다.

야콥이 험상궂은 표정으로 여왕을 노려보며 소리쳤다.

"나의 것을 내놓아라, 이 망할 도둑아!"

잔잔하게 끓어오르는 눈으로 야콥을 바라보던 여왕은 싸늘하게 식은 표정으로 야콥을 내려다보았다. 여왕이 천천히 입을 열었다.

"너는 언제나 욕심이 넘쳐났지. 가진 것도 많으면서 항상 더한 것을 원하고, 나누는 것도, 빼앗기는 것도 도저히 견디지 못해."

여왕이 야콥을 훑으며 조소가 섞인 목소리로 말했다.

"그런 성품이 너를 이곳에 가두었다는 것을 아직도 모르 겠느냐?"

여왕과 야콥은 서로를 똑같이 증오하는 시선으로 마주 보 았다. 야콥이 여왕을 노려보며 중얼거렸다.

"그때 너 같은 머저리의 의뢰를 들어주는 게 아니었는데."

야콥의 말에, 서늘하게 굳어 있던 여왕의 입꼬리가 살며 시 올라갔다.

"거짓말."

여왕이 요염하게 속삭였다.

"그랬다면 너의 연인은 지금쯤 나의 품 안에 안겨 있었을 텐데."

여왕의 말이 발화점이 되었는지, 야콥의 얼굴이 곧 폭발 할 것처럼 붉어지며 몸이 들썩거리기 시작했다. 야콥이 손 을 번쩍 들어 올리자, 약물들이 여왕에게 마구잡이로 쏟아 졌다. 폭죽들이 허공에서 끊임없이 튀어 올랐다. 끓어오르 는 감정이 절정을 맞이하며 폭발을 일으켰다.

야콥이 소리 질렀다.

"너는 그를 사랑하지도 않았잖아!"

각양각색의 불꽃들이 녹아내리며 불꽃놀이처럼 허공에 잔상을 남겼다. 잔상들은 금세 사라져 버렸다. 가려졌던 시야가 트이면서 여왕의 모습이 드러났다. 여왕이 야콥을 노려보았다.

"내가?"

여왕은 격앙된 목소리로 날카롭게 물었다. 곧 여왕이 자신의 드레스 속에서 꺼낸 것은, 흥분해서 날뛰던 야콥을 일순간 굳어 버리게 했다.

여왕이 속삭였다.

"그럼 왜 이걸 여태 버리지 않았겠어?"

그것은 아주 먼 옛날, 야콥이 바닷속으로 던져야 한다고 이르며 도려내 주었던 감정들 중 하나였다. 여왕이 버리지 않은 최후의 감정은 그녀의 손안에서 지나간 시간과 관계가 무색하도록 처연하게 반짝거렸다.

여왕이 야콥을 바라보며 속삭였다.

"너는 사랑하는 남자를 빼앗길까 봐 겁에 질려, 멋대로 그를 레스토랑에 가두어 버린 거야.

여왕의 속삭임이 머릿속 깊숙이 침전한 듯, 야콥의 눈동자가 흔들렸다. 형언할 수 없는 감정들의 소용돌이로 야콥의 표정이 천천히 일그러졌다.

야콥은 여왕에게 자신의 무기들을 던지며 괴성을 질렀다. 여왕은 달아오른 불꽃들을 피하며 기다란 창을 뽑아 들고 달려들었다. 화려한 폭죽들이 둘을 감싸며 이글이글 타올랐다.

그 시각, 시아는 지하실에 가기 위해 에메랄드색 계단들을 정신없이 뛰어 내려갔다. 아까는 미처 보지 못하고 지나쳤던 참혹한 광경들이 하나둘 시아의 눈에 들어오기 시작했다. 계단 난간, 정원의 나무, 요리실의 지붕 등 곳곳에 쳐져 있는 거미줄에 많은 수의 병사들이 걸려 있었다. 그들은 이미 축 처져 있기도 했고, 날개를 파닥거리고 몸부림쳐 점점 더 거미줄 뭉치에 깊숙이 빠져들기도 했다. 시아는 모퉁이를 돌 때마다, 마주하는 거미줄과 죽은 벌들 때문에 놀라 소리를 질렀다.

계단을 꽉 채운 계란들은 병사들의 발에 매달리며 아옹다옹 방해 공작을 펼치고 있었다. 대부분의 계란들은 시아가 지나가는 것을 보고는 자기네 편이라며 길을 비켜 주었지만,

또 어떤 계란들은 너무 흥분해서 시아에게 달려들기도 했다.

시아는 거미줄과 계란들에게 발이 묶이지 않으려 애를 쓰며 계속해서 계단을 내려갔다. 요괴들은 바깥으로 나와 벌떼와 사투를 벌이고 있었다. 수프의 방 요리사는 시아가 지나가는 길목의 지붕들과 나무들 사이를 곡예를 하는 것처럼 오가며 벌들과 싸우고 있었다. 시아는 계단들을 내려가다, 하마터면 여러 개의 팔들을 늘리고 줄이며 벌들을 휘어잡고 있는 밀가루의 방 요괴의 팔에 붙잡힐 뻔하기도 했다.

가까스로 피해 뛰어 내려가다가 조금 떨어진 곳에서 야콥이 여왕과 싸우는 모습을 발견했다. 야콥과 여왕이 현란하게 움직이는 모습을 보는데, 어디선가 병사들이 시아에게 달려들었다. 당황한 시아는 무기가 될 만한 것을 찾아 주변을 둘러보았지만 아무것도 눈에 들어오지 않았다.

병사가 시아를 향해 팔을 들어 올리자, 시아는 눈을 질끈 감았다.

'응?'

귓가에 짐승이 으르렁거리는 소리가 들려왔다. 눈을 뜨자 낯익은 괴물이 날카로운 이빨과 발톱을 세우고 병사들을 게걸스럽게 물어뜯고 있었다. 시아는 벌들과 싸우는 괴물의 뒤에서 그를 유심히 들여다보았다. 분명 이전에 보았던 적이 있는 모습이었다. 시아가 괴물이 누구인지 알아차리기까지는 오래 걸리지 않았다.

"언니!"

리디아가 맑은 목소리로 밝게 소리쳤다. 괴물로 변한 리디아는 땅에 널브러진 병사들을 팽개치고 시아에게 달려왔다.

"언니가 엄마의 왕관을 없애 버려서, 괴물로 변해도 나 스스로 능력을 통제할 수 있게 됐어."

시아는 반가운 마음에 리디아의 이름을 불렀다.

"리디아! 언니들을 찾으러 간다고 하지 않았어?"

시아의 물음에 리디아가 고갯짓으로 어딘가를 가리켰다. 시아가 리디아가 가리킨 쪽으로 고개를 돌리자, 괴물의 모습을 한 무리들이 레스토랑으로 다가오고 있는 것에 눈에 들어왔다. 다른 공주들이었다.

"언니들이랑 나는 마음을 굳혔어. 엄마의 병사들과 싸울 거야. 그리고 빼앗겼던 우리의 날개와 침을 돌려받을 거야."

리디아가 당차게 말했다. 시아는 리디아에게 미소를 지으며 고개를 끄덕였다.

그때 계단 아래에서 비명을 지르며 도망치던 떠들, 법석 아주머니들을 쫓던 벌들을 공주들이 순식간에 물어뜯는 모습이 보였다.

"요놈들, 뜨거운 차 맛 좀 봐라!"

법석이 아주머니가 몸부림치는 벌에게 주전자에 있는 뜨거운 차를 쏟아부으며 소리쳤다.

괴물로 변해 병사들과 맞서는 공주들은 레스토랑에 큰 도움이 되어 주었다. 어마어마한 병사들의 수에 힘겨워하던 요괴들은 공주들의 도움에 힘입어 전세를 역전시키기 시작했다.

난리통 속에서 주변을 살피는 시아를 리디아가 재촉했다.

"언니, 지금 가려는 곳이 있지 않았어? 언니가 공격받지 않게 내가 막아 줄게. 가자."

시아는 리디아의 도움을 받아 지하실까지 빠르게 내려갔다. 병사들이 시아에게 공격을 할 때마다, 리디아는 용맹하게 달려들어 갈고리 같은 발톱과 이빨로 그들을 할퀴었다.

어느새 그들은 지하실로 이어지는 낡은 나무 계단 앞에 이르렀다.

"리디아, 여기서부터는 나 혼자서도 괜찮아."

시아가 리디아를 돌아보며 말했다.

"정말 고마워. 꼭 원하는 걸 돌려받기를 바랄게."

시아가 리디아를 안아 주었다.

"고마워. 이게 다 언니가 우리를 도와준 덕분이야."

리디아가 웃으며 대답했다.

둘은 서로의 목표를 응원하고, 각자의 싸움을 위해 돌아섰다.

시아는 지하실로 이어져 있는 어두운 계단 아래로 발을 내디뎠다. 낮은 천장 아래 드리워진 거미줄에 병사들 두어 명이 걸려 있었다. 시아는 거미줄에 닿지 않기 위해 허리를 낮게 숙이고, 밟을 때마다 신음을 흘리는 계단을 내려갔다.

시아는 지하실 문을 열자마자 비명을 지를 뻔했다. 병사 두 명이 지하실 문 바로 위의 거미줄에 걸려 있었던 것이다. 한 명은 날개를 바르작거리며 계속해서 몸부림쳤다. 시아는 그들을 피해 야콥의 서적과 약물들이 널브러져 있는 곳으로 갔다.

시아는 알 수 없는 문자들이 쓰여 있는 서적들과 이상한 냄새가 나는 약물들을 뒤적였다. 벌에게 쏘였을 때에 바르면 좋은 약이 없을 리 없었다.

"제발, 제발, 제발."

시아가 절박한 목소리로 중얼거리며 달달 떨리는 손으로 해답을 찾아 헤맸다.

바깥에서는 요란한 소리가 계속해서 들려왔다. 쥬드의 방 베란다 밖에서 들려오는 소리였다. 누군가가 부딪히는 소리, 비명을 지르는 소리, 칼에 찔리는 소리. 여러 끔찍한 소리가 한꺼번에 뒤엉켜 끊임없이 들려왔다. 시아는 마음이 더 조급해졌다. 서적과 약물을 뒤적이는 손이 더 심하게 떨려 왔다.

쿵. 그때 베란다 벽에 무언가 둔탁한 것이 부딪히는 소리가 지하실을 울렸다. 동시에 시아의 심장이 철렁했다.

'베란다 문이 닫혀 있었나?'

책들 사이를 헤매던 손이 멈추었다. 시아는 그 자리에서 얼어붙었다. 주변이 고요했다. 베란다 바깥에서는 더 이상 아무 소리도 들려오지 않았다. 심장이 쿵쿵쿵쿵 뛰었다. 병사들이 물러난 것일까? 그래서 싸움이 멈춘 것일지도 몰랐다. 그게 아니면 요란하던 바깥이 이렇게 이상할 정도로 고요할 수가 없었다.

시아는 무언가에 이끌리기라도 한 것처럼, 저도 모르게

일어서서 쥬드의 방으로 향했다. 쥬드의 방은 시아의 기억 그대로 깔끔하게 정돈되어 있었다. 누군가 들어온 흔적이라고는 보이지 않았다.

시아는 베란다를 가리고 있는 커튼 쪽으로 천천히 다가갔다. 그리고 조심스럽게 팔을 뻗었다. 바람결에 커튼이 일렁였다. 손바닥에 땀이 차올랐다. 문은 열려 있었다. 바람이 커튼을 가르고 잔잔하게 불어왔다. 시아의 손길에 따라 커튼이 천천히 벌어졌다. 시아는 잠깐 동안 숨을 멈추었다.

"안녕."

산뜻하게 불어오는 바람을 타고 들어온 것은, 까만 날개를 우악스럽게 펄럭이며 공중에 떠 있는 소년이었다. 시아는 아무 말도 하지 않고 그를 바라보았다.

마치 아주 오랜 시간이 흐르고 그를 마주한 것처럼 느껴졌다. 처음 만났을 때 그랬던 것처럼, 둘은 커튼을 사이에 두고 서로를 마주 보았다. 마주하는 눈빛에 녹아 있는 감정들이 서로의 존재를 확인하며 반짝였다.

시아는 그의 얼굴을 살폈다. 그는 어떤 이유에서인지, 산에서 여왕이 눈밭으로 던져 버렸던 왕관을 머리 위에 쓰고 있었다. 반짝거리는 왕관 아래로 뻗은 검은 머리칼이 살짝 헝클어져 있었지만, 흰 피부와 몸에는 어떠한 상처의 흔적도 보이지 않았다. 표정에는 여유가 가득했다. 다행히 다치지 않은 모양이었다.

하츠의 상태를 살피던 시아는 그의 뒤를 보고 굳어 버렸다. 그의 주변, 정원은 온통 빨갛게 물들어 있었다. 사방에 병사들의 시체가 널브러져 있었다. 꽃밭 위, 나무 위, 난간 아래에 시체들이 낙엽처럼 쌓여 있었다. 그제야 시아는 왜 바깥의 소음이 갑작스럽게 멎었는지 알 수 있었다.

하츠가 난간에 가려져 있던 양팔을 난간 위로 걸쳤을 때, 피로 젖어 있는 손이 보였다. 시아는 다시 하츠의 얼굴로 시선을 옮겼다. 그는 방금 아침 식사를 하고 오기라도 한 것처럼 태연한 표정으로 가볍게 말을 걸었다.

"여기서 뭐 해?"

"약을 찾고 있었어. 히로가 벌에게 쏘였거든."

시아가 대답하며 하츠의 반응을 살폈다. 어쩌면 하츠가 히로를 치료할 수 있는 방법에 대해 알고 있을지도 몰랐다. 그러나 시아의 기대와 달리, 그는 유감이라는 듯이 혀를 찼다.

"안타깝게 되었네. 꿀벌에 쏘이면 죽어. 침에 든 독이 순식간에 퍼져서 치료할 틈이 없거든."

하츠의 말이 사형 선고처럼 시아의 가슴을 짓눌렀다. 시아의 표정을 본 하츠는 자신의 말이 지나치게 냉혹했다는 것을 그제야 알아차렸는지, 조금 누그러진 말투로 달래듯이 이야기했다.

"이미 지나간 것은 어쩔 수 없잖아. 바꿀 수 있는 일들에 집중해야지.

시아는 어두운 표정으로 하츠를 바라보았다. 하츠가 고개를 끄덕이며 순순히 말했다.

"인정할게. 산에서 일어난 일은 내 잘못이었어."

그가 시아의 표정을 살피며 말했다.

"하지만 이번에 제대로 만회할게."

시아는 혼란스럽고 무거운 마음을 가까스로 다잡고 하츠의 말에 집중하기 시작했다. 하츠의 말대로 현재 시아가 히로를 위해 할 수 있는 일은 없었다. 야콥의 서적과 약물을 뒤져 보았지만, 아무것도 발견할 수 없었다.

'받아들여.'

가슴속 깊은 곳에서 생각이 밀려왔다.

'사실은 히로의 얼굴을 확인한 순간부터 알고 있었잖아.'

그러나 사실을 받아들이기에는 마음이 너무나 무거웠다.

시아는 머릿속을 비우고 하츠의 말에 귀를 기울였다.

"여왕은 브리초를 손에 넣지 못하면 공격 명령을 거두지 않을 거야."

하츠는 마치 단순한 수학 공식을 설명하는 것처럼 명쾌하게 이야기했다.

"이 일을 확실히 끝내려면 여왕을 죽이는 수밖에 없어."

그러나 하츠의 말에 시아는 그의 표정을 살필 수밖에 없었다. 시아는 산에서 일어났던 일들을 모두 기억하고 있었다.

"하지만 너……."

시아가 조심스럽게 말을 꺼냈다. 그리고 어떻게 말을 해야 할까 난감한 고민을 하고 있는데, 그가 무슨 생각을 하는지 다 알고 있다는 듯이 말했다.

"나는 여왕을 죽일 수 없어."

그렇게 말하는 하츠의 목소리에는 허탈함과 체념이 묘하게 섞여 있었다. 시아는 노파의 목을 움켜쥐고 그녀를 노려보던 하츠의 눈빛을 기억했다. 그것은 단순한 분노가 아니었다. 증오가 가득했지만 동시에 애정이 깃들어 있었던, 그래서 더 모질게 느껴졌던 끈질긴 감정의 끈이었다.

하츠가 시아를 바라보았다. 그의 눈이 시아의 눈을 깊이 들여다보고 있었다. 직감적으로 그가 무슨 말을 하려는지 알 수 있었다. 시아의 가슴이 나직하게 두근거렸다.

하츠가 속삭였다.

"하지만 넌 할 수 있잖아."

"야콥이 여왕과 싸우고 있어."

하츠의 말에 시아가 고개를 저으며 변명하듯 말했다. 그러나 하츠는 생각을 바꾸지 않았다.

"야콥이 여왕을 죽이게 해서는 안 돼. 그럼 야콥이 브리초를 가져갈 테니까."

시아는 하츠의 말을 들으며 야콥이 브리초를 가지려고 하는 이유를 상기했다. 무언가 아주 중요한 것을 놓친 것 같은 느낌이 들었다. 직감이 깃털처럼 마음을 간질거렸다. 거기에 시원한 바람을 불어주듯, 하츠가 속삭였다.

"여왕의 약점이 뭔지 알아?"

전에도 비슷한 질문을 들었던 것 같았다. 시아는 하츠가 약점에 관해서 이야기했던 것을 떠올렸다. 그 이야기를 들었던 날에도, 그와 이렇게 베란다에서 얼굴을 마주했었다. 하츠가 기다리는 듯한 표정으로 시아를 조용히 바라보았다. 고장 난 조명처럼 깜빡이는 기억이 더듬더듬 비추어졌다.

분명 집에 불이 나는 이야기를 했었다. 한번 단서를 떠올리자 꼬리를 물 듯 기억이 연달아 이어졌다.

'불길 속에 있는 소중한 것을 구하려다 타 죽는 사람에 관해 이야기했었지.'

시아는 하츠의 눈을 바라보았다. 그날 그가 시아에게 했던 말이 귓가에서 선명하게 피어났다.

'웃기지 않아? 자기한테 소중했던 것 때문에 불에 타 죽게 되는 거잖아.'

하츠가 차분하게 말했었다.

'무언가에 정을 주면 그게 곧 네 약점이 되는 거야.'

여왕의 약점이라……. 머릿속이 빠르게 회전했다. 정답을 떠올리는 데까지 오랜 시간이 걸리지 않았다.

시아는 난간에 팔을 기대고 늘어져 있는 하츠의 눈을 바라보며 말했다.

"술의 방으로 가야겠어."

하츠가 환하게 웃었다.

"이리 와. 내가 데려다줄게."

하츠는 병사들의 방해를 받지 않기 위해 구름 위로 높이 날았다. 시아는 하츠의 품 안에서 그의 옷자락을 움켜잡으며 파도처럼 덮쳐 오는 바람을 견뎠다.

낯익은 경험이 낯설게 느껴졌다. 기분이 묘했다. 그를 처음 베란다에서 만났던 날에도 시아는 그에게 들려 공중을 날았었다. 그때는 그가 시아를 어깨에 둘러멘 채 어마어마한 속도로 질주하는 바람에 상태가 말이 아니었다. 하지만 오랜 시간이 지난 지금, 시아는 그의 품 안에서 이상할 정도의 편안함을 느꼈다. 기분이 싱숭생숭했다.

시아는 시선을 들어 하츠의 얼굴을 보았다. 그는 태연한 표정으로 앞을 바라보고 있었다. 그도 지금 그날의 일을 떠올리고 있을까. 시아는 궁금했다. 곧 그가 구름 아래로 내려갔다. 몸이 빠른 속도로 추락했다. 시아는 하츠의 팔 안에서 몸에 힘을 풀고 눈을 감았다. 계속해서 아래로 떨어졌다. 안정감이 느껴져, 눈을 떴을 때에는 술의 방 앞에 다다라 있었다.

여왕은 정원의 향긋한 꽃 내음을 만끽하며, 장관을 감상했다. 빨갛게 다시 피어난 정원의 자태는 아름다우면서도 치명적이었다. 나뭇가지, 꽃밭, 풀밭 위, 여기저기에 시체들이 낙엽처럼 널브러져 있었다. 시체들에서 새어 나오는 피를, 꽃과 나무들이 뿌리를 내리고 빨아들였다.

사방을 여유롭게 둘러보던 여왕의 시선이 한 곳을 향했다. 여왕이 병사들에게 붙들려 있는 야콥을 바라보았다. 사납게 반항하는 야콥을 필사적으로 막으며 병사들이 여왕의 눈치를 보았지만, 그녀는 고개를 저었다.

"죽이지 마."

여왕이 허리를 숙여 야콥의 눈을 마주 보며 말했다.

"내가 자기 것을 빼앗아 먹는 모습을 똑똑히 보게 만들어야지."

야콥이 여왕을 노려보며 저주를 담은 말들을 퍼부었다.

여왕은 완전히 다른 세상에 있는 것처럼 여유롭고 권태로운 표정으로 콧노래를 흥얼거렸다. 오묘하고 부드러운 선율이 아침 향기를 타고 스산하게 번져 나갔다. 여왕이 기분 좋은 미소를 지었다. 여왕의 손에 약병이 들려 있었다.

콧노래를 흥얼거리며 정원을 훑던 여왕의 표정이 일순간 굳어 버렸다. 부드럽게 흘러나오던 노래가 갑작스럽게 멈추었다. 야콥도 이상한 낌새를 알아차리고 여왕의 시선을 따라 고개를 든 채 고함을 지르는 것을 멈추었다.

술꾼이었다. 술꾼이 천천히 여왕의 이름을 불렀다. 여왕은 아무 말도 하지 않았다. 빳빳하게 경직된 입술에서는 목소리가 나오지 않았다. 충격과 놀라움이 생생하게 일렁이는 눈동자만 아니었다면, 미동도 하지 않는 여왕의 모습은 마치 조각상처럼 느껴졌을 것이다.

술꾼이 여왕에게 다가오며 인사했다.

"오랜만이야."

여왕은 유령을 보는 듯한 표정으로 그를 마주 보았다. 정적이 흘렀다.

갑작스레 여왕이 약을 들고 있던 팔을 들어 올리며 몸을 옆으로 틀었다. 순식간에 벌어진 일이었다.

여왕이 고개를 돌려 시아를 바라보며, 기가 차다는 듯이 말했다.

"내가 방심한 틈에 약을 몰래 빼돌릴 생각이었느냐?"

여왕이 손가락으로 약을 쓰다듬으며 큰 소리로 말했다.

"인간이어서 그런지 생각이 야비하고 단순하구나."

여왕은 언제 굳어 있었냐는 듯이, 빠른 손놀림으로 창을 빼 들어 시아에게 겨누었다. 날카로운 창끝이 시아를 향해 반짝거렸다. 시아는 달달 떨리는 손으로 단검을 빼 들었다. 심장이 쿵쾅거렸다. 시아의 단검을 힐끗 바라본 여왕이 피식 웃었다. 하츠의 단검이었다.

여왕이 창을 겨누며 순식간에 달려들었다. 시아는 반사적으로 옆으로 피했다. 예상하고 있었다는 듯이 여왕의 창이 방향을 틀어 시아의 목으로 향했다. 닿는 순간 죽게 된다는 것을 직감했다. 시아는 목을 아래로 꺾었다. 아슬아슬하게 창이 빗나갔다. 목덜미에 땀이 맺혔다. 시아는 자신이 질 것을 알았기에 여기저기서 빠르게 찔러 오는 여왕의 창을 간신히 피해 가며 도망쳤다.

술꾼은 여왕의 곁에서 차분하게 서 있었다. 시아는 여왕의 창을 피해 몸을 옆으로 돌리며, 단검을 앞으로 뻗었다. 형편없이 빗나가는 단검을 여왕은 굳이 피하지도 않았다. 그러나 시아가 목표로 정한 것은 여왕이 아니었다. 돌진하는 여왕의 창을 피하며, 시아는 빗나간 척 술꾼에게 단검을 뻗었다.

"안 돼."

느긋하게 몸을 움직이던 여왕의 다급한 탄식이 귓속에 또렷하게 박혔다. 시아는 단검을 뻗는 손을 멈추지 않았다. 여왕이 빠르게 달려들어 술꾼을 감쌌다. 단검 끝에서 움푹 몸을 관통하는 감촉이 느껴졌다. 섬뜩한 느낌에 손에서 힘이 빠져나갔다. 피부를 뚫고 그 안의 장기들과 혈관들을 헤집는 느낌이 손끝으로 생생하게 전해져 왔다.

'눈을 감을걸.'

후회했으나 늦었다. 단검에 찔린 여왕의 모습이 눈앞에 펼쳐졌다. 충격으로 커졌던 눈동자는 단검이 점점 피로 젖어 가면서 후회의 감정을 담았고 마지막에는 두려움으로 가득 차 있었다. 입은 비명을 지르는 것처럼 벌어졌다.

시아는 더 이상 견딜 수가 없어 단검을 떨어뜨렸다. 싱그러운 풀밭 위로 여왕이 무너져 내렸다.

시아는 여왕이 시선을 돌려 술꾼을 확인하는 것을 바라보았다. 술꾼이 서 있던 자리를 확인한 여왕의 잇새에서 욕지거리가 샜다. 술꾼이 서 있던 자리에는, 여왕의 왕관만이 화사하게 빛나고 있었다. 무시무시할 정도의 죄책감이 시아를 파도처럼 집어삼켰다.

시아는 죽어 가는 여왕을 내려다보며 말했다.

"내가 술의 방에 갔을 때, 그는 이미 죽어 있었어. 너의 병사들 손에."

옆에서 야콥의 비웃는 소리가 들려왔다.

시아는 모든 관절의 뼈들이 어긋나기 시작한 것처럼 전신이 후들거렸다. 머릿속이 새하얗게 변했다. 그러나 시아는 살고 싶었다. 그래서 마음먹은 일을 되뇌었다.

'해돈에게 가야해.'

시아는 여왕의 손에 있는 약을 주워 돌아섰다. 충격과 공포에 꿈속을 걷고 있는 것처럼 모든 감각이 멍해져서 아무것도 느낄 수 없었다. 떨리는 다리로 간신히 몸을 움직였다.

별안간, 소리와 함께 뒤쪽에서 무언가가 시아를 빠르게 스치고 지나갔다.

"시아!"

누군가가 시아의 이름을 부르며 달려들었다. 눈을 깜박일 새도 없이 시아는 정원 풀밭으로 밀쳐져 널브러졌다. 고개를 들었을 때는 자신의 앞에 쓰러져 있는 쥬드가 보였다. 순간 눈앞이 아득해졌다. 정신을 차리고보니 쥬드의 오른쪽 어깨에 침이 꽂혀 있었다. 고개를 돌리자 죽어 가는 여왕이 시아를 보며 키득거리는 것이 보였다. 그녀의 등 아래에 침이 있던 자리가 비어 있었다.

아무 말도 나오지 않았다. 시아는 달달 떨리는 손으로 쥬드의 고개를 잡았다. 그의 몸이 이미 굳어가고 있었다. 시아는 쥬드의 눈에서 초점이 사라지는 것을 그저 바라볼 수밖에 없었다. 시아는 눈물로 흐릿해진 시야로 간신히 그의 입 모양을 읽었다.

'미안해.'

여왕의 죽음

여왕이 죽어 간다는 사실에 온 세상이 시끄러웠다. 레스토랑을 헤집고 다니던 병사들은 단체로 최면에서 깨어난 것처럼 날개를 부산스럽게 움직이기 시작했다. 그들이 한꺼번에 공중으로 날아오르자 하늘이 진동했다. 어마어마한 수의 벌떼가 하늘을 빈틈없이 채우고 정신없이 날아다녔다.

그들의 반응에 요괴들은 무슨 일이 일어나고 있는지 알수 있었다. 공주들은 여왕이 누워 있는 쪽으로 발길을 돌렸다. 여왕은 나무의 고동색 줄기에 등을 기댄 채 앉아 있었다. 칼에 뚫린 곳에서부터 검붉은 피가 새어 나와 웨딩드레스를 빨갛게 물들였다. 꽃과 나무들이 피의 냄새를 맡고 여왕의 근처에 뿌리를 내리기 시작했다.

여왕은 마지막 순간을 확인하려는 듯 무심한 시선으로 주변을 훑었다. 여왕을 위해 싸우던 병사들은 레스토랑을 떠났고 딸들은 몇 걸음 떨어진 곳에서 자신들의 어머니를 지켜보았다.

여왕은 속으로 웃었다. 시시해서 짜증이 났다. 수백 년을 치열하게 싸워 일궈낸 것들이었다. 한순간의 충동 때문에 자신이 정원의 일부로 사라지는 것이 마음에 들지 않았다. 그러나 싫증을 부리기에는 몸에 힘이 들어가지 않았다. 흥건하게 젖은 드레스가 찝찝하다고 느끼며, 남은 시간이 얼른 지나가기를 기다렸다. 샘물을 찾아오는 동물들처럼 꽃과 나무들이 몰려드는 곳에서 여왕은 태연하게 앉아 있었다.

레스토랑은 낙엽처럼 쌓여 있는 시체들과 살아남은 요괴들로 난잡했지만, 그녀가 죽어 가는 자리는 보이지 않는 선이 그어진 듯 텅 비어 있었다.

담담한 발걸음이 낙엽들을 밟으며 경계를 넘었다. 하츠는 자신의 원수이자 어머니이자 신부였던 여왕의 앞에 서서 그녀를 바라보았다. 여왕은 마지막까지 품위를 지켰다. 몸이 떨리는 와중에도, 신음을 잇새로 삼키는 소리를 들으며 하츠는 여왕의 눈을 바라보았다. 초점을 잃고 흔들리던 눈동자가 하츠의 눈동자와 시선을 마주했다.

굳어 가는 입술 사이로 차가운 목소리가 나직하게 뱉어졌다.

"용서 따위의 말은 입에 담지도 마."

하츠는 여왕을 가만히 내려다보았다. 빛을 잃어 가는 눈을 바라보는 시선이 담담했다.

"안 해."

하츠가 한숨을 쉬듯 담백하게 말했다. 그는 여왕의 곁으로 다가가 풀밭 위에서 뒹굴고 있던 왕관을 주웠다. 하츠는 왕관을 여왕의 머리 위에 씌워 주었다.

"그냥 잊고 살아갈 거야."

왕관은 빨간 드레스를 입은 여왕의 머리 위에서 찬란하게 반짝거렸다. 여왕은 입가에 만족스러운 미소를 품은 채 시신이 되었다.

벌들이 사라진 하늘은 파랗게 반짝였고 꽃들은 싱그럽게 피어났으며 구석구석에선 살아남은 계란들의 웃음소리가 새소리처럼 들려왔다. 죽음은 그저 사소한 일상의 한 부분인 것처럼, 세상은 평온하고 아름다운 모습으로 태연하게 돌아와 있었다.

가볍게 코에 닿는 꽃 내음에 지금 상황이 우습게 느껴져, 시아는 허탈한 웃음이 새어 나왔다. 넋을 놓았던 시간 동안 얼마나 많은 눈물이 흘렀는지 알 수 없었다. 의식이 돌아왔을 때는 초연해진 눈동자로 쥬드를 가만히 바라보고 있었다. 알면서도 그의 고개를 붙잡고 있었다.

그때 잔디밭을 밟고 다가오는 발걸음 소리가 가까워졌다. 곁에 멈추어 선 인기척이 느껴졌지만 시아는 자신의 품 안에 굳어 있는 시체의 얼굴에서 눈을 돌리지 않았다.

정적이 흘렀다. 시아는 자신과 쥬드를 바라보며 그가 상황을 파악하고 있다는 것을 느꼈다.

"모든 것이 끝났습니다. 주십시오. 해돈 님께 전해 드리겠습니다."

루이가 손을 내밀며 말을 꺼냈다. 그의 말에 후련함과 동시에 허망함이 밀려왔다. 끝났다는 한마디가 머릿속을 조용히 덮었다. 상상했던 결말과는 완전히 다른 모습이었다.

시아는 자신의 눈을 마주 보는 채로 굳어 버린 눈동자를 마지막으로 바라보았다. 그의 눈빛을 머릿속에 새기며, 손을 들어 눈을 감겨 주었다.

"아니요."

시아가 고개를 들어 루이를 똑바로 바라보며 말했다.

"제가 직접 가져다주겠어요."

루이는 시아의 눈을 잠시 바라보았다. 그가 천천히 입을
열었다.

"따라오십시오."

시아는 한 손에 약을 쥐고 일어나, 순순히 루이를 따라갔다.

시아가 모든 것을 끝내고 건물 밖으로 나왔을 때는 요괴
들이 거미줄과 계란 껍데기들을 크리스마스트리의 장식처
럼 한데 헝클어뜨린 채로 벗겨 내고, 시체들을 정원으로 옮
기고 있었다. 피를 마시기 위해 모여든 꽃들과 나무들의 뿌
리를 이불 삼아, 시체들은 자연스럽게 정원의 일부가 되어
있었다.

빨강, 노랑, 파랑, 초록. 시아의 허리까지 자란 꽃들이 알
록달록한 파도를 이루며 눈앞을 어지럽혔다. 신호등처럼 깜

박이는 주홍빛 등불을 가리고, 벚꽃 잎들이 눈처럼 쏟아졌다. 달콤한 향기가 아찔하게 흘러 왔다. 지나간 상처와 생각을 잊게 하려는 듯, 정원은 그 어느 때보다도 사랑스럽게 무르익었다.

시아는 에메랄드색 계단을 내려가 정원으로 달려갔다. 그러나 매혹적인 광경에 현혹되지 않고 찾아야 하는 이를 찾아 주변을 살피며 발걸음을 옮겼다. 낙엽처럼 쌓여 있는 시체들 중 아는 얼굴이 보일 때마다 시아는 잠깐씩 멈춰 서서 눈길을 주었다.

야콥은 술꾼의 시체 앞에 서 있었다. 시아는 못 본 척 지나치고자 걸음을 계속 옮겼다.

"브리초를 해돈에게 준 거냐?"

야콥의 목소리가 시아의 발목을 붙잡았다. 시아는 멈추어 서서 아무 말도 하지 않았다. 야콥이 고함을 지를 거라고 예상하고 기다렸다. 그러나 야콥은 무거운 한숨을 내쉬며 시아를 놀라게 했다.

"설사 버렸다 해도 상관없어. 이제 나한테는 쓸모가 없어졌으니."

시아는 야콥의 앞에 누워 있는 술꾼을 바라보았다. 술의 방에서 보던 대로 그는 발갛게 달아오른 얼굴로 나른하게 늘어져 있었다.

"그 약은 해돈이 먹었어요."

시아가 담담하게 대답했다. 야콥은 아무 말도 하지 않았다. 시아는 야콥을 지나쳐 걸어갔다.

떨어지는 벚꽃들이 커튼처럼 넘실거리며 시야를 방해했다. 향기가 머릿속을 어지럽히는 것을 막으며 시아는 계속해서 주변을 낱낱이 살폈다. 쏟아지는 꽃들 때문에 나아가는 것이 어려웠다. 이대로 놓칠까 봐, 심장이 불안하게 뛰었다. 시아는 필사적으로 고개를 저으며 부를 수 없는 이름을 속으로 되새겼다.

정신없이 헤매던 시선이 한 방향에 멈추었다. 길을 잃은 것처럼 확신 없던 발걸음이 멈추었다. 빈틈없이 떨어지는 벚꽃들 사이에 그가 보였다. 시아는 울음을 참는 표정으로 그를 바라보았다.

"톰."

정확히는 쥬드의 모습을 한 톰이었다.

"당신은 정말…… 악마가 맞군요."

시아는 그제야 그가 왜 신이 아니라 악마라고 추앙받는

것인지 실감할 수 있었다. 그가 연한 갈색 머리칼을 흩날리며 서글서글한 커피색 눈동자로 웃음을 지어 보였다.

"시아."

그가 웃으며 시아의 이름을 부르는 순간, 시아는 하마터면 그 자리에 주저앉을 뻔했다. 장난을 칠 때마다 이름의 마지막 글자를 느리게 발음하던 억양, 웃음기가 녹아 있는 목소리 그리고 장난스러운 표정까지, 세세한 것 하나하나가 쥬드와 소름 끼치게 똑같았다.

시아는 발이 땅에 붙은 것처럼 움직이지 않았다. 그에게 다가갈 수 없었다. 감히. 톰은 시아가 잘 알고 있는 미소를 지으며 천천히 다가왔다. 시아는 하마터면 그를 쥬드라고 부를 뻔했다.

"왜 그런 말을 해."

톰이 낮게 잠긴 목소리로 말했다. 낯익은 장면에 시아의 심장이 묵직하게 가라앉았다. 그는 오히려 왜 네가 그러느냐는 듯이 물었다. 전신에 소름이 돋았다.

"너도 가짜 술꾼을 만들어서 여왕을 속였잖아. 내가 준 선물로 여왕을 죽였으면서."

쥬드가 산에서 시아를 만났을 때, 지었던 표정과 말투였다. 그 모습이 오싹할 정도로 똑같아 시아를 더욱 괴롭게 했다. 고개를 돌리고 싶었지만 그에게서 눈을 뗄 수 없었다. 그리웠던 환영에 벅차오르는 감격이 고통과 충돌했다.

그때 쥬드 아니, 톰의 웃음소리가 들려왔다.

"떨지 마. 난 그냥 도와주러 온 거니까."

그가 시아를 달래듯이 부드럽게 말했다.

"너희 인간들은 정말 재미있어. 자기네들끼리 축제를 벌여 놓는다니까? 물론 결국에는 네가 가장 똑똑했지만."

그의 마지막 말이 시아의 심장을 후벼 팠다. 그는 그것을 모르는 척, 빙긋 웃으며 팔을 뻗어 어딘가를 가리켰다.

"그는 저기 있어. 친구와 함께 누워 있더군."

시아는 그가 가리키는 쪽으로 발길을 돌렸다. 그러나 몸이 쉬이 움직이지 않았다. 시아는 다시 몸을 돌려 그를 바라보았다.

"쥬드는 이곳에서 너무 오래 지내 우리의 세상을 잊었다고 했어요."

시아가 말했다.

"내가 다시 돌아가면, 나도 기억하지 못할까요?"

시아는 대답을 기다리며 그를 가만히 바라보았다. 시아를 마주 보는 쥬드의 모습을 눈에 새길 수 있는 마지막 순간이었다.

그가 웃으며 답했다.

"영원히 헤어져야 할 것에는 미련을 두지 않는 법이야."

시아는 그가 적어도 이 대답을 할 때만큼은 다른 모습으로 있어 주기를 바랐다. 그러나 그는 어떻게 하면 상대의 마음에 가장 깊숙하게 스며들 수 있는지 알고 있었다.

시아가 가장 잊어서는 안 되는 얼굴을 하고서, 미련을 두지 말라고 선언하는 그의 모습은 죄인에 대한 선고처럼 시아의 머릿속에 파고들었다. 시아는 몸을 돌려 도망치듯 그에게서 멀어졌다.

시아는 익숙한 반딧불이의 불빛들이 안개 속 가로등처럼 희미하게 반짝거리는 모습을 발견하고서야 달리기를 멈추었다. 시아는 두려운 마음으로 불빛을 응시했다. 그 빛이 불러오는 기억을, 얼굴을 확인하는 것이 힘들어서. 시아는 불빛을 향해 천천히 걸어갔다.

꽃들을 헤치고 다가간 곳에서 시아는 숨을 멈추었다. 그곳에 쥬드와 히로가 눈을 감고 나란히 누워 있었다. 이미 몸

대부분이 꽃들의 줄기와 뿌리에 감겨 버린 채, 정원의 일부로 동화되고 있었다. 나무 뿌리의 일부가 되어 버린 연한 갈색 머리카락 아래, 초록색 땅에는 꽃들이 피어나 있었다. 쥬드의 옆에는, 히로가 다시 작아진 몸으로 들꽃들에게 자신의 몸을 내주며 발간 꽃잎처럼 얼룩져 있었다.

시아는 그들의 곁에 쪼그리고 앉았다. 아무 말도 하지 않고 그들을 바라보았다. 오싹한 감각이 거대한 파도처럼 온몸을 덮쳤다. 시아는 눈앞이 아찔했다. 정원의 일부가 된 모습을 마주하고 나서야 실감이 났다. 그제야 그들이 죽었다는 사실이 극명하게 와닿았다.

눈물이 흘렀다. 목 놓아 울지는 않았다. 눈물은 한 줄기, 두 줄기 씩 간격을 두고 고요히 흘러내렸다. 깊숙한 속에서부터 곪은 감정들을 하나씩 천천히 흘려보내듯이.

시아는 고해하듯 그들의 얼굴을 바라보며 사죄의 말을 되뇌었다. 반응하지 않는 평온한 얼굴들을 보며 가슴이 쥐어뜯기는 듯했다. 마음이 아팠지만 일부러 눈을 떼지 않았다. 그들을 기억하지 못할 거라면, 남아 있는 시간만큼이라도 마음에 생생하게 담아 두기 위해서. 시아는 쥬드의 왼쪽 가슴에 벚꽃이 피어난 나뭇가지가 놓여 있는 것을 보았다. 누가 두고 간 것인지 알 수 있었다.

시아는 주변을 둘러보았다. 그 사이 화려한 꽃들이 무성하게 자라 벽을 이루고 있었다. 시아는 둘러싼 꽃들을 살피며 그중에 몇 가지를 골라 꺾었다. 그리고 꽃들을 리디아가 놓은 꽃 옆과 히로의 가슴 위에 올려놓았다.

"봉숭아야?"

목소리에 고개를 돌리니 하츠가 어느새 와 있었다. 시아는 그의 눈을 보자마자 단번에 변화를 알아차릴 수 있었다.

"너…… 돌아온 거구나."

시아의 말에 긍정하듯 하츠가 환하게 웃었다.

시아는 그의 미소를 보고 잠깐 정신이 멍해져 그의 얼굴을 한참이나 들여다보았다. 그의 얼굴이 이렇게까지 맑고 환했던 적이 있었던가.

까마귀에게서 자유로워진 하츠는 이전과는 완전히 다른 아이가 된 것처럼 바뀌어 있었다. 시꺼멓고 흉악한 깃털로 그를 짓누르던 악마는 이제 사라지고 없었다. 그는 아주 무거운 허물을 벗어 버린 것처럼 밝게 빛났다. 감정을 비운 듯 어둡고 건조했던 눈동자는 별을 박은 것처럼 반짝거렸다.

하츠가 시아를 바라보며 대답했다.

"네 덕분이야."

그답지 않은 말에 시아는 내심 당황했다. 그러나 하츠는 진심인 듯 시아의 눈을 들여다보며 말했다.

"고마워."

진심으로 인사하는 그를 바라보며 시아는 저도 모르게 작게 미소를 지어 보였다.

시아는 그가 고통스러워 날뛰는 모습을 보았고, 체념하는 모습도 보았다. 그를 언제나 뒤덮고 있었던 검은 망을 벗기고 홀가분하게 마주할 수 있는 것이 기뻤다.

사실 시아는 그가 자신에게 고마워할 거라고는 예상하지 못했다. 오히려 죽어 가는 여왕에게 다가가는 그를 바라보며, 그가 자신을 원망할 수도 있겠다고 생각했었다. 여왕에게 생각이 이르자 저도 모르게 벚꽃 나뭇가지로 시선이 옮겨 갔다.

"리디아는 어디 간 거지?"

하츠에게 물었지만 그의 대답을 기대한 것은 아니었다. 쥬드의 가슴 위에 벚꽃을 놓은 리디아가 왜 자신 앞에 나타나지 않은 것인지 의아했다. 설마 시아를 원망하는 것일까.

시아가 여왕을 죽여서? 아니면 시아 때문에 쥬드가 죽어서?

그러나 하츠의 대답은 시아의 생각들을 단번에 날려 버렸다.

"공주들은 벌집으로 돌아갔어. 여왕이 죽었으니 그들 중 하나가 여왕벌이 되겠지."

시아는 병사들과 싸워 날개와 침을 되찾을 거라고 당돌하게 밝히던 리디아의 모습을 떠올렸다.

"작별 인사도 없이?"

시아가 중얼거리듯이 물었다.

"헤어질 것에는 미련을 가지지 않아."

하츠가 대답했다. 시아는 그의 대답과 비슷했던 톰의 말을 떠올리며 쥬드와 히로를 돌아보았다. 하츠는 더 이상 아무 말도 하지 않았다. 화려한 꽃들 속에서 경건한 정적이 흘렀다. 향긋한 바람이 잔잔하게 불어왔다.

"봉숭아는 내가 이곳으로 오기 전에 엄마가 손톱에 꽃물을 들이자며 가져왔던 꽃이야."

시아가 쥬드와 히로의 가슴 위에 올려놓은 꽃들을 바라보며 입을 열었다.

"첫눈이 올 때까지 꽃물이 지워지지 않으면 소원이 이루어진다는 이야기가 있거든.”

이제는 꿈처럼 까마득하게 느껴지는 그날, 그곳의 기억을 시아는 오랜만에 회상했다. 떠올릴 때마다 그리움과 불안감에 젖어 언젠가부터는 가슴 깊숙이 묻고 살았던 기억이었다. 이제는 마음 놓고 기억을 곱씹을 수 있었다.

곧 그토록 바라던 집으로 돌아갈 수 있다는 생각이 들자 가슴이 짜릿하게 부풀어 올랐다.

시아가 하츠를 돌아보며 말했다.

“하츠, 내가 떠나서 이곳을 기억하지 못하게 되면…….”

시아는 망설이다 질문을 마쳤다.

“이곳도 나를 완전히 잊겠지?”

헤어짐에는 미련을 가지지 말라고 하지만, 시아에게는 그것이 힘겨웠다. 순순히 고개를 끄덕이며 발길을 돌리기에는 너무 많은 것들을 가졌고 잃었다. 시아가 이곳을 기억하지 못하고 이곳이 시아를 기억하지 못한다면, 그 많은 일들은 모두 어디로 가 버리는 것일까. 모두의 기억 속에서 사라져 버려 그렇게 소멸되고 마는 것일까.

시아는 차마 발길을 옮기지 못하고 하츠의 대답을 기다렸다. 하츠가 천천히 입을 열었다.

"시아."

시아는 깜짝 놀라 그의 눈을 마주보았다. 그가 자신을 이름으로 부르는 것은 이번이 처음이었다. 시아의 이름을 발음하는 그의 목소리는 믿을 수 없을 정도로 담백했다.

"너와 우리는 서로에게서 천천히 사라지겠지만 그래도 아쉬워하지 마."

담담하게 이별을 인정하는 그의 말에 시아는 마음이 씁쓸했다.

"내 마음 한켠에는 언제나 너를 담아 둘게."

흩날리던 벚꽃들이 그의 말이 끝남과 동시에 새하얗게 번져 갔다. 눈송이가 나풀나풀 떨어지는 곳에서 시아는 소리 내어 웃었다. 그를 처음 만났을 때와 같은 날씨였다. 다만 이번에는 눈이 떨어지는 속도가 더 느렸고, 춥지 않을 뿐이었다.

시아는 두 팔을 벌려 하츠를 안았다. 마지막 인사였다.

시아는 레스토랑과 정원을 가로질러, 처음 이곳으로 온 날 이후로 한 번도 건너지 않았던 다리로 향했다. 진한 녹색 호수 위에 벽돌 다리가 언제나처럼 서 있었다. 반딧불이 불빛들과 시끌벅적한 요괴들로 가득 차 반짝거리던 그날 밤과 대조될 정도로, 텅 비어 있는 다리는 따사로운 햇볕을 받으며 평온하게 놓여 있었다.

시아는 혼자서 다리 위를 건넜다. 뒤를 돌아보지는 않았다. 더 이상의 미련은 접어 두기로 했다. 시아는 나무가 빼곡하게 들어차 있는 숲으로 뛰어갔다. 가슴이 나직하게 두근거렸다. 기억 속의 나무로 다가가 굴 아래로 기어 들어갔다. 그리고 아래로 떨어지며, 이번에는 아무 소리도 지르지 않았다.

익숙한 냄새가 시아를 감쌌다. 아름드리나무 바깥으로 나오자 어두운 숲속이었다. 밤이었다. 시아는 숲 바깥으로 온힘을 다해 달려 나갔다. 가로등 불빛이 희미하게 반짝였다. 숨을 헐떡이며 바깥에 나왔을 때는, 자동차 한 대가 꿈결처럼 서 있었다.

시아는 홀린 듯이 천천히 다가가 문을 열었다.

"시아, 어딜 다녀온 거니? 엄마가 꽃병을 찾아 가지고 왔어! 아빠가 이삿짐에 빼놓은 걸 내가 얼른 챙겨 왔지."

조수석에 앉아 있던 엄마가 시아를 돌아보며 뿌듯한 목소리로 말했다. 엄마의 한 손에는 꽃병이, 한 손에는 봉숭아꽃이 들려 있었다.

시아는 차에 타며 창문을 통해 아빠가 이삿짐을 들고 다가오는 모습을 바라보았다. 갑자기 눈이 하나둘 내리기 시작했다. 시아는 본능적으로 고개를 돌렸다. 눈송이는 숲속에서부터 흩날리고 있었다.

"봄에 웬 눈이람. 올해 첫눈인 건가?"

엄마의 너스레를 들으며, 시아는 가만히 숲을 바라보았다.

《기괴한 레스토랑 3권》끝.

기괴한 레스토랑 3

2022년 2월 10일 초판 1쇄 | 2022년 5월 20일 3쇄 발행

지은이 김민정
펴낸이 박시형, 최세현

책임편집 김명래 **디자인** 윤민지 **교정교열** 이민영
마케팅 권금숙, 양근모, 양봉호, 이주형, 박관홍 **온라인마케팅** 신하은, 정문희, 현나래
디지털콘텐츠 김명래, 김혜정 **해외기획** 우정민, 배혜림
경영지원 홍성택, 이진영, 임지윤, 김현우, 강신우
펴낸곳 팩토리나인 **출판신고** 2006년 9월 25일 제406-2006-000210호
주소 서울시 마포구 월드컵북로 396 누리꿈스퀘어 비즈니스타워 18층
전화 02-6712-9800 **팩스** 02-6712-9810 **이메일** info@smpk.kr

© 김민정 (저작권자와 맺은 특약에 따라 검인을 생략합니다)
ISBN 979-11-6534-465-8 (03810

쌤앤파커스(Sam&Parkers)는 독자 여러분의 책에 관한 아이디어와 원고 투고를 설레는 마음으로 기다리고 있습니다. 책으로 엮기를 원하는 아이디어가 있으신 분은 이메일 book@smpk.kr로 간단한 개요와 취지, 연락처 등을 보내주세요. 머뭇거리지 말고 문을 두드리세요. 길이 열립니다.